本书为2021年度江苏省社科应用研究精品工程外语类课题研究项目（21SWC-59）阶段性成果

《哈利·波特》在中国

译介与接受

王伟 著

江苏大学出版社
JIANGSU UNIVERSITY PRESS
镇 江

图书在版编目(CIP)数据

《哈利·波特》在中国：译介与接受 / 王伟著. —镇江：江苏大学出版社，2021.12
ISBN 978-7-5684-1766-2

Ⅰ.①哈… Ⅱ.①王… Ⅲ.①儿童小说—文学翻译—英国—现代 Ⅳ.①I561.078

中国版本图书馆 CIP 数据核字(2021)第 274439 号

《哈利·波特》在中国——译介与接受
《Hali Bote》zai Zhongguo——Yijie yu Jieshou

著　　者/王　伟
责任编辑/宋燕敏
出版发行/江苏大学出版社
地　　址/江苏省镇江市梦溪园巷 30 号(邮编：212003)
电　　话/0511-84446464(传真)
网　　址/http://press.ujs.edu.cn
排　　版/镇江市江东印刷有限责任公司
印　　刷/江苏凤凰数码印务有限公司
开　　本/710 mm×1 000 mm　1/16
印　　张/12.5
字　　数/265 千字
版　　次/2021 年 12 月第 1 版
印　　次/2021 年 12 月第 1 次印刷
书　　号/ISBN 978-7-5684-1766-2
定　　价/58.00 元

如有印装质量问题请与本社营销部联系(电话：0511-84440882)

目 录

图表目录

关于本书中书名缩略的说明

Harry Potter 系列小说原著书名	在本书中的简称
Harry Potter and the Philosopher's Stone	*HP*1
Harry Potter and the Chamber of Secrets	*HP*2
Harry Potter and the Prisoner of Azkaban	*HP*3
Harry Potter and the Goblet of Fire	*HP*4
Harry Potter and the Order of Phoenix	*HP*5
Harry Potter and the Half-Blood Prince	*HP*6
Harry Potter and the Deathly Hallows	*HP*7

《哈利·波特》简体中文版译名	在本书中的简称
《哈利·波特与魔法石》	《哈》1
《哈利·波特与密室》	《哈》2
《哈利·波特与阿兹卡班的囚徒》	《哈》3
《哈利·波特与火焰杯》	《哈》4
《哈利·波特与凤凰社》	《哈》5
《哈利·波特与"混血王子"》	《哈》6
《哈利·波特与死亡圣器》	《哈》7

《哈利·波特》繁体中文版译名	在本书中的简称
《哈利波特：神秘的魔法石》	《哈》1（繁体）
《哈利波特：消失的密室》	《哈》2（繁体）
《哈利波特：阿兹卡班的逃犯》	《哈》3（繁体）
《哈利波特：火盃的考驗》	《哈》4（繁体）
《哈利波特：鳳凰會的密令》	《哈》5（繁体）
《哈利波特：混血王子的背叛》	《哈》6（繁体）
《哈利波特：死神的聖物》	《哈》7（繁体）

第一章　绪　论

英国作家 J. K. 罗琳（J. K. Rowling）创作的《哈利·波特》系列小说（共 7 部）一直以来是世界图书出版史上的奇迹之一。在过去的 20 多年中，根据作家 J. K. 罗琳的个人网站①统计，该系列小说已经被翻译成 80 种语言，所有版本的总销量超过 5 亿册②（截至 2020 年 7 月），是世界上最畅销小说系列之一，荣获诸多文学奖项。该小说的英国版③由英国布鲁姆斯伯里出版社（Bloomsbury Press）④ 出版发行，美国版⑤在引进后经过语内翻译⑥并做部分改动由美国学乐教育集团（Scholastic Corporation）⑦ 发行。

1997 年 6 月 26 日，《哈利·波特》系列小说的第一部《哈利·波特与魔法石》首次在英国出版发行，作者署名是 J. K. Rowling，当时谁也不认识这位作家，首版发行量仅为 500 册，多数为英国各大图书馆所收藏。从这一天开始，有关哈利·波特这个小巫师的故事开始风靡整个世界，至今这股魔法旋风依然在世界各地吸引着众多的读者。同时，由《哈利·波特》系列小说改编的同名电影共计 8 部（最后一本小说改编成上下两部），总票房为 78 亿美元⑧，成为电影史上票

---

① 参见 http：//www. jkrowling. com/writing/。

② 参见 http：//www. jkrowling. com/news/。

③ 英国版《哈利·波特》书籍的相关信息，请参见 https：//www. bloomsbury. com/uk/harry－potter－books/。

④ 布鲁姆斯伯里出版公司（Bloomsbury Publishing Plc）是英国大众出版领域知名的独立出版社，总部位于伦敦。1997 年，该出版社因为出版了《哈利·波特》而在全世界声名显赫。

⑤ 美国学乐教育集团《哈利·波特》书籍的相关信息，请参见 https：//www. scholastic. com/kids/books/harry－potter/。

⑥ 雅各布森（Jacobson）曾在 1959 年撰文，从语言学视角提出了有关翻译三分法：语内翻译（intralingual translation）、语际翻译（interlingual translation）和符际翻译（intersemiotic translation）。语内翻译指的是同一种语言内部各种语言变体之间的翻译。

⑦ 有些文献或网站将该集团名称翻译成“学者出版社”，但该集团自 2005 年进驻中国以来一直以“学乐教育集团”作为其中文译名，具体参见 https：//www. scholastic. com. cn/。

⑧ 参见 http：//www. boxofficemojo. com/alltime/world/。

房最高的系列片之一。

2000 年 6 月 23 日，彭倩文翻译的繁体中文版《哈利波特：神秘的魔法石》由台湾皇冠文化出版有限公司在我国台湾地区出版发行。2000 年 8 月 31 日，人民文学出版社召开新闻发布会宣布获得 *Harry Potter* 在中国的简体中文版版权，该系列简体中文译名为《哈利·波特》。2000 年 10 月 6 日，简体中文版《哈利·波特》系列前 3 部由人民文学出版社正式出版发行，每部首印 20 万册。据《中国青年报》2017 年 6 月 28 日的报道，截止到 2017 年 6 月，《哈利·波特》被引进中国 17 年，销量超过 2000 万册。如今，《哈利·波特》这部风靡世界的英国奇幻文学作品进入中国已经 20 多年了，很多中国读者对该作品非常熟悉，可以说，《哈利·波特》系列小说伴随着他们一起成长。

一、《哈利·波特》及其作者 J. K. 罗琳简介

本节主要对《哈利·波特》的故事内容及其作者 J. K. 罗琳做简要的介绍和说明。

（一）《哈利·波特》故事内容简介

Harry Potter（简体中文版名为《哈利·波特》）是英国作家 J. K. 罗琳（J. K. Rowling）于 1997—2007 年所著的奇幻文学系列作品。该系列一共 7 部，主人公哈利·波特（Harry Potter）从小父母双亡，寄养在姨妈家长大，饱受歧视和欺辱。在 11 岁生日那天，他意外地收到了来自霍格沃茨魔法学校（Hogwarts School of Witchcraft and Wizardry）的入学通知书，并从迎接他的巨人鲁伯·海格（Rubeus Hagrid）口中得知了自己的身世——哈利·波特的父母都是魔法世界里赫赫有名的魔法师，当哈利·波特还是婴儿的时候，他的父母在对抗黑巫师伏地魔（Lord Voldemort）的战斗中牺牲了。为了保护襁褓之中的哈利·波特，他的母亲施了一种古老的魔咒，他因此在伏地魔的毒手下幸存下来并重伤了伏地魔，他成为那个在魔法世界里无人不知、无人不晓的"大难不死的男孩（the boy who lived）"，而他的额头上也留下了一个闪电形状的疤痕。该系列小说前 6 部都是以霍格沃茨魔法学校为主要舞台，描写了主人公哈利·波特与两位好朋友罗恩·韦斯莱（Ron Weasley）和赫敏·格兰杰（Hermione Granger）一起，在霍格沃茨魔法学校 6 年的学习、生活和冒险之旅。在前 6 部小说中，哈利·波特从一个对魔法一无所知的麻瓜①少年，逐渐成长为一名优秀的魔法学校学生。从一年级开始，哈利不断地与意图东山再起的黑巫师伏地魔进行斗争，从保护魔法石、打开

---

① 麻瓜（英语：Muggle），在《哈利·波特》系列书中泛指非魔法人类，即没有魔法能力的普通人。具体参见 https：//en. wikipedia. org/wiki/Muggle。

密室并摧毁伏地魔留下的神秘日记到挽救他的教父小天狼星布莱克（Sirius Black），哈利·波特屡次阻止伏地魔的复活阴谋得逞，同时他也逐渐认识到了自己与伏地魔之间神秘的联系。在伏地魔复活之后，哈利·波特在校长阿不思·邓布利多（Albus Dumbledore）的帮助和指引下努力学习魔法，并开始寻找对抗伏地魔的方法。邓布利多牺牲之后，哈利·波特决定完成邓布利多的遗愿，去寻找并摧毁伏地魔当年留下的魂器。第 7 部讲述了哈利·波特即将迎来他 17 岁的生日并开始成为一名真正的魔法师，他在凤凰社成员的精心策划下开始躲避伏地魔的袭击，最终哈利和他的两位好友罗恩、赫敏靠着他们的勇敢、智慧、团结和勇气战胜了邪恶巫师伏地魔。

（二）《哈利·波特》作者简介

图 1-1 《哈利·波特》作者 J. K. 罗琳的肖像

《哈利·波特》的作者 J. K. 罗琳，全称为乔安妮·凯瑟琳·罗琳（Joanne Kathleen Rowling）①，英国作家，见图 1-1②。1965 年 7 月 31 日出生于英国西南部城市布里斯托（Bristol）郊区的耶特综合医院（Yate General Hospital），在英国英格兰西南部的格洛斯特郡（Gloucestershire）和威尔士东南部的格温特郡（Gwent）小镇切普斯托（Chepstow）长大。儿童时代的罗琳喜欢写作，在她 6 岁的时候，她就写了第一本书，是关于“兔子”的故事，她很想长大后成为一名作家。1983 年，她进入英国埃克塞特大学（University of Exeter）读书，学习法语和古典文学。学习经典文学作品为她之后创作《哈利·波特》系列奠定了良好的基础，小说中大量的咒语和物品名称是基于拉丁语创造的。罗琳大学 4 年之中有一年是在巴黎教英语。1987 年，在大学毕业获得学位之后，罗琳移居伦敦从事了一系列工作。然而，罗琳喜欢写作而不喜欢永无休止地做一堆沉闷的秘书性质的工作，她会抓住任何可以利用的机会进行写作。

1990 年，《哈利·波特》系列小说的创作念头源于罗琳往返于伦敦和曼彻斯特的火车途中。当时罗琳的母亲（Anne Rowling）身患重病，罗琳觉得需要改变一下，换个环境，加上她当时的男友想要他们一起搬到曼彻斯特。于是罗琳利用

---

① 罗琳最初交给出版社稿件时署名是 Joanne Rowling，而之后出版的书署名都改成了 J. K. Rowling，在这里首字母缩写中的 K 代表 Kathleen，是罗琳祖母的名字。因为布鲁姆斯伯里出版社编辑认为《哈利·波特与魔法石》的主要目标读者群是小男孩，而女作家的书可能不会受到年轻男孩的欢迎，因此建议作家罗琳改用两个字母缩写作为笔名，因为罗琳没有中间名，所以她选择了祖母 Kathleen 的 K 作为笔名的第二个缩写字母。具体参见 https：//www. jkrowling. com/about/。

② 该图片选自 J. K. 罗琳个人的官方主页。

周末找房子，然后乘火车返回伦敦，在旅途中，“哈利·波特”的灵感出现了。当时的罗琳看到一个瘦瘦的、戴着圆形眼镜的小男孩一直在冲她微笑，然后她思如泉涌，开始构思一系列的故事。但当时她手边没有笔，所以只能一直思考，在火车前进途中，她专注于思考各种细节，晚上回到公寓，罗琳动笔把所有的想法记了下来。她构思了主人公学习的霍格沃茨魔法学校，然后在一个笔记本上详细地记录下这所魔法学校里的学生从一年级到七年级必须要学的所有学科目录，紧接着她制订计划打算用 7 年时间完成所有故事的编写。罗琳在后面的几个月里，给几乎所有的人物都编出了完整的经历，然后开始撰写这部长篇小说。

图 1-2 《哈利·波特》诞生地——英国爱丁堡大象咖啡馆

1990 年 9 月，她接受了一份在国外的工作，在葡萄牙北部城市波尔图（Porto）当一名英语教师。在那里，她遇上了一位葡萄牙记者乔治·亚兰蒂斯（Jorge Arantes），他们于 1992 年 10 月结婚。这段婚姻持续了不到一年。1993 年年底，罗琳离婚后带着女儿杰西卡还有《哈利·波特》系列第 1 部的前 3 章回到英国爱丁堡，租住在其妹妹家附近。那段时间，由于没有收入，生活非常艰苦。为了节省暖气费用，罗琳经常带着年幼的女儿到爱丁堡当地一家当时较为安静的咖啡馆坚持创作，这家咖啡馆名为“大象咖啡馆（The Elephant House）①”，见图 1-2。她申请并收到苏格兰艺术委员会（The Scottish Arts Council）的一笔补助金，同时她也在爱丁堡找到一份法语教学工作。《哈利·波特》系列第 1 部手稿于 1996 年完成。在历经了数次退稿打击之后，罗琳的文学代理人克里斯托弗·利特尔（Christopher Little）经过一年的努力终于让英国的布鲁姆斯伯里出版社决定签下《哈利·波特》第 1 部，该书于 1997 年 6 月 26 日正式出版发行，首印 500 册。之后，这部小说开始受到很多读者的喜爱并迅速风靡全世界，长期占据世界畅销书排行榜榜首的位置。与此同时，作家 J. K. 罗琳也开始成为世界知名的作家并收获诸多荣誉和奖项，例如大不列颠最佳童书奖、苏格兰艺术协会最佳童书奖、史马蒂书卷奖、红房子童书奖和安徒生文学奖（2010 年）等。

长时间的文学知识沉淀及对写作真诚的热爱最终使 J. K. 罗琳走向成功。在大学期间她学习了希腊语和拉丁语，这些为她后来写作《哈利·波特》打下了坚实的基础，因为小说中的大量人名、地名、神奇动物及咒语等大多是罗琳自己创造的。罗琳从小喜欢创作、阅读和观看戏剧、电影，她会记下很特别的人名。例

---

① 大象咖啡馆在 J. K. 罗琳成名之后也随之声名鹊起，成了全球上亿“哈迷”的朝圣之地，其官方网址为 https：//elephanthouse. biz/。

如，罗琳小时候看莎士比亚的戏剧《冬天的故事》，里面就有“赫敏（Hermione）”这个名字，只是很多年之后这个名字才被罗琳用于《哈利·波特》中的女主角赫敏·格兰杰（Hermione Granger）身上。从《哈利·波特》中众多的伏笔、布局、双关、猜谜等文字游戏可以看出罗琳深厚的古典文学造诣。罗琳在《哈利·波特》作品中巧妙地运用了特别的叙事模式，突破现代人习惯的阅读模式，以青少年的校园现实生活和成长为素材，非常完美地将一个魔法世界里发生的故事和现实世界并置，亦幻亦真，交替融合，将现代与虚幻用魔法和巫术等元素糅杂在一起，吸引众多读者阅读，形成了读图时代的一个奇迹。J. K. 罗琳的《哈利·波特》系列作品在英国取得巨大成功，紧接着在大洋彼岸的美国也受到了读者们的喜爱，之后更是被翻译成多种语言进入其他国家，被广泛地传播和接受。

二、研究动因

通过对《哈利·波特》原著和中译本的文本对比细读，笔者在阅读过程中产生了一系列的困惑并由此对原著《哈利·波特》是如何进入中文世界产生了浓厚的兴趣。通过分析国内外有关《哈利·波特》的研究文献并结合该系列小说完结后中文世界中出现的译介新特征，笔者提出了 4 个研究问题并针对原著《哈利·波特》在中国的译介和传播的理论意义进行了探讨。

对于西方文学界来说，奇幻文学早在 20 世纪 50 年代就已经大放光芒，吸引了众多读者，尤其是“现代奇幻文学之父”托尔金（J. R. R. Tolkien）创作的 *The Hobbit*（《霍比特人》）①、*The Lord of the Rings*（《魔戒》，又被译为《指环王》）和 *The Silmarillion*（《精灵宝钻》）等欧洲读者耳熟能详的经典奇幻文学作品。但是奇幻文学直到 20 世纪末 21 世纪初才开始进入中文世界。在 21 世纪伊始，中国译林出版社和人民文学出版社相继引进英国奇幻文学作品，出版了《魔戒》系列和《哈利·波特》系列，同时由这两部奇幻文学系列小说改编的电影在中国也取得了巨大成功，书籍销量和电影票房成绩双双创纪录。奇幻文学借助奇幻小说的中译本及电影这个大众媒介在中国广受欢迎，培养了一大批奇幻文学读者群体。之后，刘易斯（C. S. Lewis）的 *The Chronicles of Narnia*（《纳尼亚传奇》）、菲利普·普尔曼（Philip Pullman）的 *His Dark Materials*（《黑暗物质》）等开始不断进入中文世界。在这些奇幻文学作品之中，中译本《哈利·波特》留给中国读者的印象及带来的影响尤为深刻。

---

① *The Hobbit* 有多个中文译本和译名，如《小矮人闯龙穴》（1993 年，徐朴译）、《小矮人历险记》（2000 年，徐朴译）、《小矮人历险记》（2000 年，李尧译）、《魔戒前传：哈比人历险记》（2002 年，朱学恒译）、《霍比特人》（2013 年，吴刚译）等，此处只是给出一个最新也更为大众读者熟悉的中文译名。

笔者在接触《哈利·波特》作品之初、在后来的文本细读和文献梳理研究过程之中遇到很多困惑：第一，该作品被人民文学出版社定位为儿童文学作品，在众多书店里该作品摆放的位置也是儿童文学区域，却被大量青少年读者、大学生读者阅读，甚至不少成年人也成为该作品的忠实拥趸；第二，该作品自出版之日起译文就受到不少读者的批评和指责；第三，虽然该作品在国外非常受欢迎，销量也不断刷新纪录，但是国内学术界只将其视为畅销书或儿童文学作品，严肃的学院派学者很少对其展开深入研究；第四，《哈利·波特》系列小说的最后 3 部在中国掀起了网络翻译的热潮，正版译本和网络译本竟然共存。上述种种困惑让笔者对《哈利·波特》在进入中国后的际遇十分好奇，该作品究竟适合什么年龄段的读者群体阅读？该作品进入中国的具体过程是怎样的？是什么使中国读者对该小说如此着迷？中国读者是如何看待和接受这部英国奇幻文学作品的？带着这些困惑，笔者开始搜寻和查阅相关资料和文献，发现国内只有周林（2006）、储亚萍（2008）、姜淑芹（2008）对该小说的中国译介进行过研究，但对该小说进入中国的具体过程以及读者接受情况的研究不够具体、细致、深入，而且该小说已经进入中国有 20 多年，在中国的传播与接受出现了新的特点，笔者决定对《哈利·波特》系列小说在中国的译介做进一步的探讨。

鉴于在 2008 年之后尚未发现国内学术界从译介学视角对《哈利·波特》系列小说及其中译本展开研究，以及该小说在其完结之后又呈现出新的特点，本书拟从下面 5 个问题展开学术研究：

第一，原著《哈利·波特》在英语世界的译介现状如何？

第二，原著《哈利·波特》当初是如何被译介到中国来的？

第三，中译本《哈利·波特》的评介现状如何？

第四，中译本《哈利·波特》在中国的定位和目标读者群体的接受呈现何种特征？

第五，中译本《哈利·波特》的副文本及文本转换过程中的翻译有什么特点？

三、理论框架与研究方法

（一）理论框架

为了使本书的个案描述研究更加系统、全面，笔者接下来对本书涉及的相关理论的主要内容及核心观点等做简明扼要的介绍。

1. 译介学

译介学是近几十年来方兴未艾的新兴研究领域，在比较文学、翻译学甚至是中国现当代文学研究中发展最为迅速、富有生机，展现出极大的学术研究空间。

廖七一（2019：108）曾评价“译介学不仅是翻译研究转型的重要推动力量，拓展翻译研究的学术空间，同时也改变中国翻译研究的进程和走向”。

译介学最初是传统比较文学理论中影响研究的“媒介学（mediology）”的研究对象，其研究目的是探讨民族文学间的影响、传播和接受。谢天振（2004：10）认为：“翻译不再被看作一个简单的两种语言之间的转换行为，而是译入语社会中的一种独特的政治行为、文化行为、文学行为。”传统的翻译研究目的是总结和指导翻译实践，而谢天振（1999：11）译介学的研究目的是“把翻译看成文学研究的一个对象……把任何一个翻译行为的结果（也即译作）作为一个既成事实加以接受（不在乎这个结果翻译质量的高低优劣）”，然后展开翻译作品“对文学交流、影响、传播、接受等问题的考察和分析”。换句话说，译介学关注的是“为什么这么译”“什么因素影响了译者或译作”而不是“该如何译”。谢天振（1999：1）指出：“译介学的研究不是一种语言研究，而是一种文学研究或者文化研究，它关心的不是语言层面出发语和目的语之间如何转换的问题，它关心的是原文在这种外语或本族语转换过程中信息的失落、变形、增添、扩展等问题，它关心的是翻译（主要是文学翻译）作为人类一种跨文化交流的实践活动所具有的独特价值和意义。”

创造性叛逆（creative treason）是译介学理论的立足点和出发点，也是译介学研究的基础和理论支柱。作为一个术语，“创造性叛逆”是一个中性词，是对客观现象的一种描述，并无褒贬之意。史国强（2011：24）指出，作为一种客观存在，文学翻译中存在的大量“创造性叛逆”可以让人们更好地理解“译者在不得已的情况下借助目的语对来源语所采取的变通策略”。换句话说，原作者的原文和译者的译文之间存在着不可避免的差异，这种差异的存在让学者可以正视翻译的现实，从而可以从文化视角对翻译在目标语言环境中的地位、影响、传播等展开研究。正如曹顺庆（2018：126）所说的，“翻译作为一种语言形式的转换的过程，变异在其中如影随形……翻译中的变异不可避免，创造性叛逆势在必行”。文学翻译中涉及很多不能避免的文学形式，如文字游戏、文化负载词、习语等，这些都需要译者在翻译过程中做出妥协，进行变通。众多译者在文学翻译中对原文的误释、误读、误译等都是大量存在的翻译现象，译介学的重点不是去关注译者如何使用“创造性叛逆”去进行翻译，而是就已经存在的翻译事实展开描述性阐述分析，分析文化语言环境中哪些因素会在译者选择翻译策略时起作用，将研究的视角引向翻译研究的文化层面。

翻译文学在译入语文化语境中的传播、接受、影响的特点也是译介学研究的重要内容之一。谢天振（2019：99）曾指出：“从最初的译介到他们作品在各时期的翻译出版情况、各个时期接受的特点等等，尤其是某具体作家或作品在特定的时代背景下的译介等情况，都应有一个比较完整的描述和阐释。”同翻译研究的文化转向一样，译介学不再关注简单的语言文字转换“译”层面的问题，而是把翻译放到宏大的民族文化大背景之中，从文化层面上审视和阐述翻译文本生成之后“介”层面的问题。翻译过程其实就是跨文化传播和接受的过程，翻译文本在译入国的出版并不是传播的结束，而是翻译文本在译入国传播的肇始。吕敏宏（2011：11）指出，“译本进入异域阅读层面，赢得异域行家的承认和异域读者的反响才是作品在海外传播成功的关键”。当一部经典的外国文学作品经过中国译者的翻译之后，“披上中国外衣的外国作家”在中国的译介和接受情况更值得研究者去深入分析和考察。译介学理论还为众多中国学者在当下中国文学如何“走出去”的学术研究提供了强大的理论支撑，谢天振曾多次提出要注意“译入”和“译出”这两种翻译行为之间的差异，要了解主流文化向非主流文化流动的译介基本规律，更要重视文化交际中的“时间差”和“语言差”问题。

译介学理论的出现为比较文学和翻译研究打开了一扇全新的窗户，开辟了更加广阔的研究空间，也帮助学者更好地认识了翻译的本质。译介学理论跳出了传统翻译研究的藩篱，既不排斥传统翻译研究在语言文字层面上的功能，又提升了翻译研究的学术内涵，从文化层面上对翻译研究的内容和领域进行了丰富和拓展。史国强（2011：22）指出，“译介学理论的出现也使翻译研究走出了‘原地循环’的研究模式”。

2.“重写”与“操纵”

安德烈·勒菲弗尔（André Lefevere）（1992）在 *Translation, rewriting and manipulation of literary fame*（中文译名为《翻译、改写以及对文学名声的制控》①）一书中提出了翻译学界耳熟能详的“重写”理论和“操纵”理论。“重写”理论即翻译是对原作的一种“重写（rewriting）”，而“操纵（manipulation）”则是影响翻译行为的几个因素，即意识形态、诗学、赞助人、文化体系、翻译与语言发展和教育、翻译策略、中心文本与中心文化等七个方面。在上述几个因素之中，最重要的三个影响翻译行为的因素为意识形态、诗学和赞助人。勒菲弗尔的理论对翻译学界产生了重大影响，该理论在进入中国后不断引起中国翻译界研究者的兴趣和重视。既然翻译是一种对原作的重写，因此绝对的对等是不可能实现的。在对原文进行重写的翻译过程中，由于受到社会、文化语境的影响，译者必然会对原作进行一定程度的艺术加工或变通调整，从而使译作符合译者所处的社会、文化环境下的意识形态和诗学规范。这个理论的提出能解释

① 该书由上海外语教育出版社原版引进，出版时仅书名为中文，书中内容为英文。关于勒菲弗尔提出的 rewriting theory 中的“rewriting”究竟是翻译成“改写”还是“重写”，有数位学者如邱进、胡文华、杜凤刚（2014）、耿强（2017）等，对此展开了讨论和分析，普遍认为“rewriting”翻译成“重写”更合适，也更能反映这个词的本质，笔者也认为“rewriting”翻译成“重写”更恰当；勒菲弗尔提出的 manipulation theory 中的“manipulation”在该书于国内由上海外语教育出版社引进出版时被翻译为“制控”，而随着学者对该翻译理论的深入理解，该词普遍被翻译为“操纵”。

很多翻译学界的翻译现象，如有些文学作品因为意识形态和诗学规范原因在国内和国外的待遇截然相反。刘彬（2010：93）认为，勒菲弗尔有关“意识形态”的理解“不能局限于政治领域，而应理解为由用于规范我们行为的模式、惯例、信仰所形成的框架体系”。“赞助人”时刻在翻译过程中对译者进行着把控，它是那些可以促进或窒碍文学阅读或重写的力量，是“具有影响力的个人、团体、宗教机构、政党、出版商、媒体等”（Lefevere，1992：15）。在翻译的整个过程中，赞助人对翻译的把控非常重要。外国文学作品进入一个全新的文化语境，赞助人从最初的引进版权开始就主导着外国文学作品在目的语文化语境中译介和传播的整个过程。

3. 接受理论

接受理论，或称为接受美学，勃兴于20世纪60年代中后期到70年代初的联邦德国，是一种文学批评理论，其代表人物是汉斯·罗伯特·姚斯（Hans Robert Jauss）和沃尔夫冈·伊瑟尔（Wolfgan Iser）。接受理论认为读者作用重大，在文学接受活动中扮演着十分重要的角色，文学作品因为读者才能完整，或者说，文学文本因为读者才具有价值。由此可见，以读者为中心才是接受理论的核心所在。接受理论的主要观点有“期待视野”“视野融合”“召唤结构”和“具体化”等。朱立元（1983：13）指出，“期待视野”是指在文学接受活动中，读者原先各种经验、趣味、素养、理想等综合形成的对文学作品的一种欣赏要求和欣赏水平，在具体阅读中表现为一种潜在的审美期待。“视野”又称“视界”或“视域”，是指人的前判断、前理解，是对文本意义的一种预期，而“视野融合”则指的是读者的视野与文本的视野所呈现出的相互交融的状态。读者作为阅读过程中的接受主体必须使自己的期待视野和作品所代表的作者和传统的视野达到某种程度的“视野融合”，这样才能深入理解文学作品的内涵。

胡开宝、胡世荣（2006：10）认为，“任何文本的翻译都涉及文本的接受，译者是特殊的读者”。译者在翻译文本时首先就是读者，所以以文本接受为研究对象的接受理论为翻译学研究提供了一个全新的切入点，也为翻译学研究提供了更为有力的诠释。根据接受理论，译者的审美经验、期待视野、知识沉淀等内在因素始终影响着译者对源语文本的理解，译者还必须考虑译义读者的期待视野，使原文的期待视野和译文读者的期待视野达到“视野融合”，只有这样，译文才有可能被读者理解和接受，才能真正实现翻译的目的。与此同时，译者还必须要考虑译文与译文读者的视野融合。而马萧（2000：49）则认为，“随着时间的流逝、体验的加深、时代的变迁，读者对统一作品的理解也会发生变异，他所领会、所赋予作品的意义也会发生很大的变化”。

接受理论还能够为文学翻译中存在的误读或误译提供理论依据。首先，文学翻译不是简单的语言或语码的转换，而是两种文化之间的交流，译者在处理两种语言时必然要对两种文化进行对比，甚至为了迎合译文读者的心理或帮助译文读者克服文化理解障碍，译者在翻译时会进行必要的文化过滤，甚至对某些文化意象进行删减或替换。其次，由于作为读者的译者有着属于自己的“期待视野”或“前理解”，这种前理解会使译者对源语文本的具体化带有主观的、再创造的成分，从而会导致文学作品的误读；此外，译文读者的“期待视野”也可能无法和译文的“期待视野”达到视野融合，进而造成文化误读。最后，译者在翻译活动中每时每刻都受到接受环境的制约，例如意识形态、民族心理等，译者虽然是翻译活动的主体，但“译什么”“怎么译”都被接受环境所支配，这种有意的误读在现实中大量存在。总之，这些在文学翻译过程中所产生的文化误读鲜明地反映了不同文化之间的碰撞、扭曲和变形，接受理论让译者意识到读者群体、接受环境在翻译过程中所起的重要作用。

4. 副文本

“副文本（paratext）”概念最初由法国著名学者热拉尔·热奈特（Gérard Genette）在1979年的《广义文本导论》（*Introduction à L'architexte/ The Architext: An Introduction*）一书中提出。之后，他又在该领域持续耕耘，出版了一系列关于副文本研究的论文和专著，于是副文本理论体系开始形成、发展和壮大，从最初的文学领域逐渐发展延伸到语言符号学、语言教学和翻译研究领域。热奈特（2001：71）在《隐迹稿本》（*Palimpsestes*）① 一书中指出，“一部文学作品所构成的整体中正文与只能称作它的‘副文本’部分所维持的关系组成”。在《副文本：阐释的门槛》（*Paratexts: Thresholds of Interpretation*）一书中，热奈特（1997：1）将副文本比喻成“门槛（threshold）”，副文本是指“在正文本和读者之间起协调作用的、用于展示作品的一切言语和非言语的材料”。热奈特将副文本主要分为两大类：一类是边缘副文本或书内副文本（peritext），另一类是后副文本或外副文本（epitext）。肖丽（2011：17）认为，边缘或书内副文本主要有作者姓名、译者姓名、文本标题（书名）、副标题、序、跋、出版信息、前言、后记、致谢、扉页题词、封面设计图案、腰封、附赠书签、插图、注释、附录等；外副文本主要包括作者及出版社提供的文本相关信息，如书评、访谈、作者日记、读者来信、对话、广告等内容。热奈特（1997：3）指出，“可以毫无疑问地断言没有副文本的文本从来就没有存在过而且永远不会存在”。

翻译文学文本中存在大量的副文本，但一直以来没有引起国内学者的重视。金宏宇（2012：173）分析指出，这主要因为“副文本位处边缘，只不过是正文本周边的一些辅助性的文本因素，因而它们难以进入具有强烈‘中心’意识的中国读者的阅读视野”。研究者关注更多的是正文本部分，而那些在正文本周围穿

① 有些学术文献中将法语书名 *Palimpsestes* 翻译成《印迹文本》，笔者此处采取的译名“《隐迹稿本》”来自中国发展出版社2001年出版的《热奈特论文集》，译者为史忠义。

插、点缀出现的副文本元素，对他们来说习以为常。随着翻译研究的文化转向，从副文本视角展开对翻译进行研究的国内外学者逐渐增多。殷燕、刘军平（2017：26）利用 CiteSpace 软件对 1986—2016 年国内副文本研究进行了科学计量分析后指出，“翻译研究逐渐成为国内近五年副文本研究的新兴热点，成为该领域的研究前沿，呈现上升趋势”。肖丽（2011：17）探讨了副文本对于翻译研究的意义，她在文章中指出：“译本的副文本……反映出译本在目的语历史和文化环境中的生产和接受机制，为我们研究翻译提供了非常重要的线索……副文本能够揭示文本研究不能说明的东西……副文本因素能为文本提供一种氛围，为读者阅读正文本提供一种导引，参与正文本意义的生成和确立。”副文本的种种要素可以使翻译活动的线索明晰化，可以更好地解释翻译行为和翻译现象，找到并发现操纵和制约翻译过程的各种因素。土耳其翻译研究者伊卡拉·科卡（Içlklar Koçak）（2007：171）在其博士论文中写到，“副文本对任何翻译研究来说都至关重要，因为副文本是把原作者、译者、出版社和读者串联起来的重要纽带”。读者在看到书中具体的正文文本内容之前，他们首先接触的应该是封面设计图案、腰封、文本标题、出版信息等副文本元素。塔希尔-居尔萨格拉（Tahir-Gürçaglar）（2007：45）在书中提到，“这些元素对文本的接受有着很大的影响，至少是在阅读实际文本的过程开始之前”。作为赞助人的出版社在译本的副文本设计上花时间和精力也是为了赢得目标读者，间接地引导读者对译本的理解和接受。而读者也正是通过各种副文本元素了解书籍正文本，从而形成对该作品的初步印象，然后才能决定是否购买。文本研究开始从“中心”走向“边缘”。从副文本的视角介入翻译研究可以扩展文本研究的范畴，有助于了解译者、译本的外部生产环境和接受机制、相关的历史、社会和文化语境。研究者可以通过研究和对比各种副文本元素，找出外部社会、文化、政治环境、诗学、意识形态等是如何影响译者和赞助人的。

5. 理论研究框架的构建

前面四部分所叙述的译介学理论、文化学派翻译理论中的“重写”与“操纵”理论、接受理论和副文本理论为本书提供了重要的理论支撑，给本书研究指明了需要重视和关注的研究要素和内容。

译介学是以翻译文学和文学译介为核心的文学、文化关系研究，因此探讨翻译文学在译语文化语境中的传播、接受、影响、研究的特点等必然是译介学的主要研究内容。查明建（2005：48-49）指出，译介学中的“‘译介’指的是文学翻译、介绍和评论，因此，‘译介学’不仅包括文学翻译、翻译文学的研究，也包括对外国作家、作品的介绍和评论的研究”。《哈利·波特》系列作品自 1997 年问世以来，关于这部作品的评论以及作家和译者的介绍都是本书的主要研究内容；《哈利·波特》系列作品自 2000 年由人民文学出版社引入中国后的译介和传播出现了很多新的特征，借助译介学理论可以分析《哈利·波特》系列作品在中国的文学译介、传播、影响和接受。针对中译本《哈利·波特》的对比研究，译本的删改、增添、误读、误译等都不能停留在简单的译文分析层面，而是要深入挖掘这些现象背后隐藏的文化因素，揭示在中文语境中的政治、经济、意识形态、文学观念因素等对文学翻译的影响。

副文本和接受理论能够很好地解释为什么原著《哈利·波特》在进入中国后会产生一系列的变形，作为赞助人的人民文学出版社是如何利用中译本的副文本因素来影响和引导读者对译本的理解和接受，以及说明小说中的错译和漏译等都是译者在当时社会、文化环境下为了迎合中国读者需求而产生的“创造性叛逆”，或者说译者的“期待视野”和译文读者的“期待视野”无法达到“视野融合”。21世纪以来，由于读者群体层次的差异，受教育程度和译文欣赏能力的不同，阅读译文的目的也必然有所不同，不同的读者群有着迥异的期待视野，所以译者必须采取不同的翻译策略对原文本进行重译或修订，以满足有不同期待视野的读者群。当代的读者更喜欢欣赏原作的原汁原味，体验原作蕴含的异域文化，这就使得译者必须要随着新时期读者的期待，将视野从源语文本中的某些文化意象或特殊表达通过异化翻译策略翻译成汉语，这样既能丰富汉语的语言表达，引导读者阅读和鉴赏，同时也能丰富读者的阅读经验和拓宽读者的期待视野。读者的期待视野可以影响译文的接受，他们渴望了解异域文化，因此希望译文采取异化处理，尽量保留源语文化中的文化意象。翻译的接受效果与接受者和接受环境关系密切，原著《哈利·波特》在英语世界深受欢迎，进入中文世界之后却引起了部分读者的不满，部分读者对人民文学出版社的译文产生不满，甚至开始自行翻译并将译文放在网络空间中，正式翻译文本和网络文本共存，这就是文学翻译中接受者和接受环境的创造性叛逆。作为接受者的读者而言，读者由于他们自己的知识积累和储备、人生经历和体验会影响对译文的理解，所以当译者翻译的译文与读者的期待视野无法关联时，读者会对译文中的文化特色词汇、文学意象产生创造性叛逆。读者的创造性叛逆很大程度上来源于其所处的社会环境，各自不同的世界观、文学观念和个人阅历使得读者对人民文学出版社中译本《哈利·波特》的接受出现新的特征，新型读者群体逐渐出现并对中译本《哈利·波特》展开了网络文学翻译批评，这些都是中译本《哈利·波特》在中国的传播和接受史中最具特色和最为重要的组成部分。

译介学理论和接受理论为解释人民文学出版社中译本《哈利·波特》的意象流失和人物形象扭曲与变形提供了重要的理论支撑。而副文本理论和文化学派翻译理论的“赞助人”“操纵”和“重写”等概念为描述该作品从进入中国、译文生产到流通的所有过程提供了工具。作为赞助人的人民文学出版社在整个《哈利·波特》系列小说在中国的译介和传播过程中扮演着十分重要的角色，涉及译者的选择、译文的生产、译本的营销与读者的互动等各个方面；而与此同时，新型读者群体的网络文学翻译批评使赞助人、译者和读者之间产生了良性互动，也对中译本《哈利·波特》的生成形成了“质量监督”。借助赞助人主导下由原作者、译者、出版社和读者一起形成的合力，《哈利·波特》系列小说才能进一步在中国得以传播和接受。

（二）研究方法：描述性的个案研究

本书是从翻译学视角展开的以原著《哈利·波特》和中译本《哈利·波特》为研究对象的描述性个案研究。

本书的理论框架是译介学、文化学派翻译理论、接受理论和副文本理论，这些理论都属于描述性翻译学研究范畴。与规范性翻译研究不同的是，描述性翻译研究不再将视野局限于静态的、封闭的文本体系，而是将目光投向更加宏大、宽阔的目的语社会和文化环境，探索影响翻译行为的各种文化、社会因素以及翻译与所处的环境之间的关系。同时，翻译也是一种历史现象，为了更好地理解翻译，还应该考虑翻译所处的历史语境，在历史语境中溯本求源、探寻能够影响翻译行为的多种因素。本书以英国奇幻文学《哈利·波特》系列小说和其中译本为个案研究对象，对其在中国的译介和传播展开描述性翻译研究分析。因此，本书不会对制约原著《哈利·波特》译介的因素或对人民文学出版社中译本《哈利·波特》做出高低、优劣等价值判断，而是将《哈利·波特》放在当时进入中国的历史语境进行分析，对既有的翻译事实和翻译现象进行客观的描述、解释，并试图提出一些学术观点和判断。

本书主要采用文献法、观察法搜集英语世界和中文语境下针对《哈利·波特》系列作品的翻译出版现状、各种研究和评论，然后把各种文献放在历史语境下进行考虑，还原在特定的历史、政治、文化背景下《哈利·波特》系列作品在中国的传播与接受、学者及读者反映的变化，从而形成历时的变化脉络。借助译介学理论、文化学派翻译理论、接受理论和副文本理论，采取描述性、解释性、探索性的研究方法对5个研究问题进行探索和分析。

四、研究意义

本书以风靡全球的英国奇幻文学作品《哈利·波特》及其中译本为研究对象，以译介学为理论基础，结合文化学派翻译理论、接受理论和副文本理论，对《哈利·波特》在中国的译介和传播展开研究。本书具有一定的理论意义，主要体现在如下四个方面：

第一，本书将进一步深化对《哈利·波特》的学术研究，尤其是从译介学研究视角出发，对《哈利·波特》系列作品在中国的译介和传播进行系统而详尽的探讨，同时也为该作品走向经典化做出努力。

尽管《哈利·波特》进入中国已经20多年，中国国内针对该作品的学术研究从零星点评到初具规模，从简单的儿童文学范畴的争论到有针对性的文学批评，已经取得了一定的成就，但是相比于纯文学或严肃文学作品，学院派研究者仍然没有对该作品的研究投入太多关注，《哈利·波特》的学术研究一直被边缘化。而系统地从译介学视角对《哈利·波特》系列作品进行的研究还属于空白，目前多数对《哈利·波特》的翻译研究关注更多的是"怎么译"的问题，总是以某种翻译标准对出版社的译文"正误"进行判断，没有将《哈利·波特》放在一个历史语境中进行分析。通过对《哈利·波特》在中国20多年译介和传播过程的详细梳理，借鉴译介学理论、文化学派翻译理论、接受理论和副文本理论，本书尽可能全面地对《哈利·波特》在中国的译介传播现象及其本质和原因进行描述性的阐释。

第二，通过分析中译本《哈利·波特》在文本转换过程中的偏差，可以更好地理解一部外国奇幻文学作品在进入中国文化语境之后译者和读者所遇到的困惑，同时为今后的外国奇幻文学作品译介提供有力借鉴。

作家J. K. 罗琳在《哈利·波特》系列小说中不仅创造了数量众多的新词，刻画了栩栩如生的人物形象，而且草蛇灰线、伏笔深埋。译者对作家巧妙构思的故事中的文化特色词汇、"文字游戏"、习语和各种文化意象的翻译处理在很大程度上影响着这部作品在中国的传播与接受。

第三，在探索中国文学"走出去"的时代语境下，对《哈利·波特》系列作品在中国的译介和传播进行系统的研究，可以挖掘文学翻译的影响因素，找出其走向成功的一般规律，进而能够为讲述中国故事提供有效的反向借鉴。

从接受环境、读者群体、赞助人等角度考察《哈利·波特》在中国译介和传播过程中所受到的各种制约因素，探讨《哈利·波特》在中国译介和传播的现状。从文化、政治、历史背景和读者群体等特点入手展开深入分析，验证译介学理论"翻译不仅仅是简单的语言转换，而是一个复杂的文化问题"的正确性，从而走出"翻译质量是译本接受不佳的主要原因"的误区，更深刻地认识到译介意识在文化沟通中所起的重要作用。《哈利·波特》作为一部奇幻文学作品，深受世界各地读者的喜爱，除了内容优秀之外，其成功的其他原因值得中国儿童文学作品、奇幻文学作品借鉴；此外，该作品在营销方面所取得的成就也值得国内出版社学习和效仿。一方面，该作品在中国有很好的传播效果，重要因素之一是与影视作品的结合。从2002年到2011年，8部同名电影的上映获得的巨大成功也为《哈利·波特》的图书销售提供了重要动力。本书通过展开对《哈利·波特》系列作品在中国的译介和传播进行描述性研究，探讨制约译本译介具体因素和推动译本传播的一般规律，从而为中国文学"走出去"提供有效的反向借鉴。另一方面，英国奇幻文学随着《魔戒》《哈利·波特》等系列小说以及电影的改编成功进入华语世界，并逐渐渗透到文化产业的各个层面，从而引发了中国读者对奇幻文学的兴趣与旺盛的阅读欲望，同时也进一步催生了中国奇幻小说的繁荣。例如，国外三大中国网文英译网站［Wuxiaworld（武侠世界）①、Volare Novels（飞阅文学）②、Gravity Tales（引力小说）③］译介了大量国内奇幻文学作品，深受国外读者喜爱。其中起点中文网与美国 Wuxiaworld（武侠世界）合作，签署 10 年翻译和电子出版合作协议，初步达成 20 部作品的合作协议，开启了中国奇幻文学作品对外输出的新模式。本书通过研究《哈利·波特》系列作品在中国的译介和传播，也有利于进一步探索中国奇幻文学在西方的译介和传播，为中国网络文学或中国奇幻文学“走出去”提供反向借鉴。

---

① 具体参见 https://www.wuxiaworld.com/。

② 具体参见 https://www.volarenovels.com/。

③ 具体参见 http://gravitytales.com/。

第二章 《哈利·波特》在英语世界中的研究情况

对原著《哈利·波特》在英语世界①中的研究文献多见于报纸期刊上的评介文献、学术文章，同时也不乏专著、传记和学位论文等，内容庞杂，数量巨大。对这些研究文献进行梳理、分析之后，本章首先把英语世界对原著《哈利·波特》的评介研究分为三个阶段来进行译介回顾，以此呈现出英语世界中该作品评介的具体研究情况；然后将重点论述英语世界中针对原著《哈利·波特》的翻译问题展开的学术研究；最后总结《哈利·波特》在英语世界的“译”和“介”的研究情况。

本书涉及的文献资料主要来自以下平台：

① 学术搜索引擎（EBSCO Research Database）；

② 西文过刊数据库（Jstor Journal Archive）；

③ 学位论文数据库（ProQuest）；

④ 综合学术期刊数据库（ProQuest Research Library）；

⑤ Taylor & Francis SSH 期刊数据库；

⑥ SSCI 与 A&HCI 期刊索引数据库；

⑦ 爱思维尔（Elsevier）数据库；

⑧ 中国知网（CNKI）。

通过上述学术资源数据库并结合当今两大综合性搜索引擎（谷歌和百度），笔者能够比较全面地搜集与本书研究有关的文献，这些资料相互补充，基本涵盖了自原著《哈利·波特》1997 年 6 月 26 日出版发行以来绝大部分英文研究文献。当然，因为与《哈利·波特》相关的文献资料数量庞大，内容庞杂，笔者

① 本书中的“英语世界”概念主要参考印度语言学家卡齐鲁（Braj B. Kachru）于 1985 年提出的英语国家的“三个同心圈理论”中的“内圈”概念，内圈又称为“核心圈”，指把英语作为母语的几个主要国家：英国、美国、澳大利亚、新西兰、爱尔兰、加拿大（讲英语地区）和南非。具体参见 https://en.wikipedia.org/wiki/Braj_Kachru。

尽力搜集和整理与本书研究相关的文献，但无法穷尽。综合搜集到的有关研究《哈利·波特》的学术文献和材料，笔者希望能够全面而清晰地展现《哈利·波特》在英语世界的研究情况。

一、第一阶段：作为儿童文学受到支持与质疑

自1997年出版以来，原著《哈利·波特》最早受到的关注都是来自英美两国的新闻界媒体，不少主流报纸和图书出版类杂志在初期也对该作品进行了积极肯定的报道和评论。

（一）英国地方媒体对《哈利·波特》的评论

1997年6月26日，《哈利·波特》系列第一部*HP*1由英国布鲁姆斯伯里出版社正式出版发行。在《哈利·波特》小说出版初期，最早对该作品进行评论的都是作家J. K. 罗琳当时所在的爱丁堡地区的苏格兰地方媒体。1997年6月28日，苏格兰地区的媒体《苏格兰人报》（*The Scotsman*）率先对该作品进行了报道并发表了积极的评论。著名儿童书评人林赛·弗雷泽（Lindsey Fraser）在报道中对该书内容和作者J. K. 罗琳做了简单介绍，提及了该书刚刚从美国出版商那里拿到了六位数的预付款。林赛·弗雷泽指出“在公式化恐怖和病态浪漫盛行的当下，这本书的内容新颖、故事讲述富有创造力”；在书评最后，她称赞J. K. 罗琳“是一流的儿童作家，她能创造性地运用经典叙事讲述一个惊险刺激、扣人心弦的复杂故事并发人深省”。林赛·弗雷泽撰写的这篇文章是原著《哈利·波特》在英语世界评介史最早出现的书评，开启了这部作品在英语世界评介的序幕，具有重大的意义。1997年7月8日，苏格兰地区格拉斯哥（Glasgow）的《先驱报》（*The Herald*）也就罗琳的作品对儿童具有很大的吸引力发表评论：“我几乎找不到一个小孩能把这本书放下。很神奇的魔法!”

（二）英国全国性媒体对《哈利·波特》的评论

在苏格兰地方媒体的积极评论和肯定报道之后，英国全国性的报纸随即也针对*HP*1展开了积极正面的评论，一时间该书好评如潮。1997年6月29日吉布·埃迪（Gibb Eddic）在英国《星期日泰晤士报》（*The Sunday Times*）点评该作品“是一个充满惊奇和笑话的故事，比罗尔德·达尔（Roald Dahl）的作品内容更合乎情理”。1997年7月8日，格莱斯特·丹（Glaister Dan）在英国三大报纸之一的《卫报》（*The Guardian*）上发表书评对*HP*1赞誉有加，认为该作品“是一本极具创造力的作者精心创作、极富质感的小说”。英国《星期日邮报》（*The Mail on Sunday*）则把这部作品评价为“自罗尔德·达尔作品问世以来最具想象力的故事首秀”（Eccleshare, 2002：11）。这些杂志的评论者都提及了作家罗琳和罗尔德·达尔在写作方面有相似之处。与此同时，英国专业儿童书籍杂志——

《图书收藏》（*Books for Keeps*）也很支持罗琳这位新作家，称赞她为“一位打动人心、活力四射的新天才作家”。该杂志主编罗斯玛丽·斯通斯（Rosemary Stones）把*HP*1选为1997年9月那一期的“新天才作家”专栏作品，并给了四星好评（满分为五星）。1998年7月2日，*HP*2在英国出版之后深受读者喜爱，同时也获得了近乎所有评论者的称赞。1998年9月18日，黛博拉·劳登（Deborah Loudon）在《泰晤士报》（*The Times*）中将该书描述为一部儿童作品，并点评其“情节跌宕起伏，人物机智幽默，寓意浑然天成”。紧接着，J. K. 罗琳开始收获各种儿童文学奖项。

（三）美国评论界对《哈利·波特》的评论

在大洋彼岸的美国，学乐教育集团早在*HP*1的英国版被英国布鲁姆斯伯里出版社发行（1997年6月26日）之前，就已经于1997年4月在意大利博洛尼亚儿童书展①（Bologna Children's Book Fair）上以105000美元的价格购买了该书的美国版版权。1998年9月1日，该系列小说美国英语版第一部*Harry Potter and the Sorcerer's Stone*②在美国由学乐教育集团出版发行。最初，主流美国评论家们都忽略了这部作品，只有《科克斯书评》［*Kirkus Reviews*（or *Kirkus Media*）］③和美国图书馆协会的《书单》（*Booklist*）④以儿童小说标准对这部作品进行了评论。《科克斯书评》把该小说读者的年龄定位在10~14岁⑤，指出该书是“令人赞叹的一部小说，已经在英国赢得许多奖项……这部娱乐性十足的幻想小说，充满了……种种极富想象力的细节，偏爱戏剧性情节的读者们将会发现在这篇充满英国风味的故事中，巧妙地融合了魔法学校特有的种种奇观”⑥。1998年9月15日，迈克尔·卡特（Michael Cart）在《书单》上撰写书评文章“Booklist Review on *Harry Potter and the Sorcerer's Stone*”，指出罗琳的小说“是一部迷人的、构思巧妙、想象力丰富、充满大量传统英国校园故事元素的幻想作品”。

之后，不少独具慧眼的专业评论家就罗琳创造出来的魔法世界的复杂性、深

① 博洛尼亚儿童书展是所有从事创作和出版儿童读物的专业人士的聚会，也是儿童世界图书领先的专业博览会，自1963年以来，每年的3月或4月在意大利博洛尼亚举行，为期4天。

② 出于保护投资的目的，当时学乐教育集团的负责人亚瑟·A. 莱文（Arthur A. Levine）建议将原书名进行修改以迎合美国市场，于是J. K. 罗琳就将书名改成了*Harry Potter and the Sorcerer's Stone*，本节后面对此有详细说明。

③ *Kirkus Reviews*（or *Kirkus Media*）是一本美国书评杂志，由弗吉尼亚·科克斯（Virginia Kirkus）（1893—1980）于1933年创立，总部设在纽约，每年评论超过7000种书籍。

④ *Booklist*是美国图书馆协会的出版物，为所有年龄段的书籍和视听材料提供重要评论。主要受众是教育工作者和书商。

⑤ 具体参见《科克斯书评》官网：https://www.kirkusreviews.com/book-reviews/jk-rowling/harry-potter-and-the-sorcerers-stone/。

⑥ 此处引用的评论源自中国台湾地区繁体中文版的《哈利波特：神秘的魔法石》正文开始前的书评摘录部分。

度和一致性展开了更加深入细致的评论，此后美国的主流报纸和文艺批评家才开始关注这部作品。1998 年 9 月 17 日，南希·吉尔森（Nancy Gilson）在美国《哥伦布电讯报》（*The Columbus Dispatch*）上评论 *HP*1 是“故事情节流畅，如同魔杖发出的火光一般引人入胜，是一部真正的让人爱不释手的好书”。1998 年 10 月 6 日，玛丽露·索伦森（Marilou Sorensen）在《犹他新闻报》（*Deseret News*）上发表评论文章说 *HP*1 “是神奇的混合物”，并称这本书是“本世纪最优秀的奇幻小说之一”。伊娃·米特尼克（Eva Mitnick）（1998：146）在《学校图书馆杂志》（*School Library Journal*）上认为“这本书的乐趣在于将麻瓜（普通人）的世界与魔法的世界并置起来。读完这本引人入胜的奇幻小说，读者们相信，只要能在国王十字车站找到站台，他们也能乘坐火车前往霍格沃茨魔法学校”。1998 年 10 月 20 日，凯西·海纳（Cathy Hainer）在《今日美国》（*USA Today*）报纸上对罗琳的书持肯定态度，评论“该书的吸引力不限于儿童，成人也会被吸引”。利兹·罗森博格（Liz Rosenberg）分别于 1998 年 10 月 1 日和 1999 年 7 月 18 日两次在《波士顿环球报》（*The Boston Globe*）上发表书评，他一开始指出该作品“是一部迷人的、富有想象力的魔幻小说”，紧接着他对 *HP*1 的最后几个章节颇有微词，认为这是书中最薄弱的部分，否则这部小说将是“完美的儿童文学作品”。在他看来，“作者罗琳在小说的结尾部分将很重要的问题回答得十分轻松，虽然为续集铺平了道路，但是牺牲了小说的丰富性和完整性”。利兹·罗森博格表示，《哈利·波特》系列作品仍然是儿童文学世界中一道强烈的夏日阳光。1999 年 1 月 14 日，伊冯·齐普（Yvonne Zipp）在《基督教科学箴言报》（*The Christian Science Monitor*）上称赞罗琳的 *HP*1 “像《绿野仙踪》一样，欢快、俏皮，具有经典幻想作品的潜质”，并预测它“必定会成为‘儿童最爱经典书目之一’”。1999 年 2 月 14 日，迈克尔·温瑞普（Michael Winerip）在《纽约时报》（*The New York Times*）上评论罗琳的小说“生动幽默，如同作者写作背后的故事一样感人肺腑、令人印象深刻。与哈利·波特一样，罗琳的内心深藏着魔法”。1999 年 10 月 13 日，亚瑟·A. 莱文（Arthur A. Levine）和多伦·卡瓦加尔（Doreen Carvajal）也在《纽约时报》上评论“这本儿童读物向成人读者施了咒语，深受成人欢迎”。琼·康明斯（Junc Cummins）（2000：661）在《密歇根季刊评论》（*Michigan Quarterly Review*）上称赞 *HP*1 是“平凡世界和神奇世界的完美融合”。

总体上来看，大多数的美国文学批评界的评论家对罗琳的作品《哈利·波特》前两部均表示支持和赞赏，认为它们是构思巧妙、想象力十分出色的儿童文学作品，可以与英国著名作家托尔金（J. R. R. Tolkien）的《魔戒》、C. S. 刘易斯（C. S. Lewis）的《纳尼亚传奇》和刘易斯·卡洛儿（Lewis Carroll）的《爱丽丝漫游奇境记》相媲美。也有评论家指出该小说也深受成人读者欢迎，但是更多的评论者则夸赞作家罗琳创作的这部作品符合多种经典文学题材，如孤儿故事、寄宿学校故事、探索故事和童话。美国的知名刊物或评论杂志，如《出版人周刊》（*Publishers Weekly*）、《号角杂志》（*Horn Book Magazine*）和《纽约时报书评专栏》（*The New York Times Book Review*）等都称赞罗琳的作品与罗尔德·达尔的作品有不少相似之处。

（四）质疑、批判和否定《哈利·波特》的评论开始出现

随着《哈利·波特》系列作品 *HP*3 的出版，许多知名作家，严肃的学院派学者，部分儿童教育界、宗教界人士和评论家开始质疑和批判这种风靡全球的“哈利·波特热”现象，否定的声音也越来越强烈。

一方面，《哈利·波特》系列作品销量激增，随之引发的“哈利·波特热”现象引起了支持纯文学的著名作家和严肃学院派学者的极大关注。作为文化精英的严肃学院派的一部分学者以精英主义的姿态，指责《哈利·波特》系列作品缺少成为经典的特质，认为其持续热销和广受欢迎只是因为出版社在商业营销上取得了成功，而大部分的成年人和儿童阅读此书都是追赶时尚，跟风潮流而已。这些作家和学者呼吁人们对商业炒作保持警惕，并表达对当代读者审美趣味下降的忧虑。

2000 年 7 月 11 日，著名的西方文学批评家、耶鲁大学教授哈罗德·布鲁姆（Harold Bloom）在《华尔街日报》（*The Wall Street Journal*）上撰文对《哈利·波特》猛烈抨击，认为 *HP*1“想象力匮乏，行文陈词滥调”，并称“哈利·波特现象是可耻的、愚昧的文化潮流”。2003 年 9 月 24 日，当 *HP*5 发行之后，哈罗德·布鲁姆更是在《波士顿环球报》上对该书的文学价值展开激烈批评，指出“这本书简直糟透了……罗琳的思想充满陈词滥调和死亡隐喻，没有属于她自己的写作风格”。至于他为什么要反对“哈利·波特”文学，可阅读 2017 年 6 月 22 日《南方周末》上刊登的文章《“和多元文化打了半个世纪，我不想再挑起任何辩论”——专访耶鲁大学教授哈罗德·布鲁姆》寻找答案，其中提及哈罗德·布鲁姆在 2017 年 4 月 15 日下午接受《南方周末》记者独家专访时给出的理由是：“你读了这些三流作品，就没有时间读一流作品了……劣书会挤占好书的时间。”作为当代西方最著名的文学评论家，哈罗德·布鲁姆对《哈利·波特》的批评是当时一种具有代表性的声音。这位耶鲁大学教授一直都是文学保守主义的捍卫者，他对奇幻文学作品《哈利·波特》的批评从来都是直言不讳、毫不掩饰的，认为这种通俗小说尽管能够掀起阅读风潮，但永远无法被纳入真正的文学序列。在笔者看来，这位伟大的文学评论家完全只是从纯文学的角度出发，对未来做出了一个悲观但又不乏理智的预测，之所以对《哈利·波特》作品发起批判是因为他觉得我们应该警醒起来：《哈利·波特》这样的通俗文学在大众媒介的影响下成为风靡世界的读物，说明世界上各个国家整体阅读水平在下降，而这将最终使我们失去理性思考和判断的能力。

著名文学批评家菲利普·亨舍尔（Philip Hensher）于2000年1月25日在英国《独立报》（*The Independent*）上提出了“文化幼稚病”的观点，认为J. K. 罗琳的作品“只能算是一出英国滑稽戏……我们需要担忧的是成人文化的幼稚化倾向，人们已经丧失了对经典的感知能力”。紧接着，2000年1月27日，《纽约时报》编辑威廉·萨菲尔（William Safire）也在《纽约时报》上撰文指出“《哈利·波特》系列作品只是简单有趣的儿童读物……这些作品中英雄的神奇魅力培养了未成年人的阅读习惯……而这些书不是给成人阅读的，成人阅读这种书就是浪费时间”。2000年6月25日，安东尼·霍尔登（Anthony Holden）在《观察家报》（*The Observer*）上发文表示很认可菲利普·亨舍尔提出的“成人文化幼稚化”观点，认为“《哈利·波特》是一种营销现象”，他对*HP*2更是不屑一顾，评论该作品的“人物非黑即白、略显单调，剧情乏善可陈、毫无悬念”。2003年7月7日，著名英国小说家、诗人和文学评论家A. S. 拜亚特（A. S. Byatt）也曾在《纽约时报》撰写文章猛烈抨击罗琳的小说，指出成年人沉迷于阅读《哈利·波特》是心理上和精神上幼稚的表现，他们试图在这部儿童文学的小说里“找到舒适感”，他们在儿童时代是感受不到这种感觉的。同时，她还批评罗琳的写作水平一般，故事情节离奇且缺少伟大的儿童作品应有的深度，只是一本大众时代的消费书籍。

另一方面，部分儿童的家长和教育界人士认为《哈利·波特》的格调过于阴暗，诸多恐怖、可怕和残酷的情节及内容不宜出现在儿童文学作品中，它们对儿童的心理成长不利。2000年10月23日，雅基·科姆施里斯（Jacqui Komschlies）在《今日基督教》（*Christianity Today*）报纸上把罗琳的小说比喻成“混合着橙汁汽水的毒鼠药”，说“我们正在从我们的世界中拿走一种致命的东西，把它变成一些人所说的‘只不过是一种文学手段’。无论书中如何描绘魔法，我们都要记住，现实生活中的魔法能够也确实会导致死亡——永远如此”。无论是在大洋彼岸的美国还是在英国本土，大量保守派基督教徒声称《哈利·波特》不适合儿童阅读，呼吁学校师生对其进行抵制。有部分家长和教育者甚至反对学校图书馆收藏《哈利·波特》。例如，在美国的阿肯色州的锡达维尔校区，一位学生家长投诉《哈利·波特》系列图书宣扬巫术，学校董事会经过投票决定将该系列图书撤离借阅区，学生必须得到大人的书面许可才可以阅读它们。但之后其他学生和家长上诉至地区法院，法院下令将书籍重新摆上图书馆书架。在澳大利亚，部分基督教会学校也将《哈利·波特》列为禁书，称该书鼓吹邪恶的巫术与魔法。

总而言之，《哈利·波特》系列前两部出版发行并获得巨大成功之后，这两部小说也在早期的英美两国新闻界受到了主流报纸和图书出版类杂志评论家的关注和评论。从评论文献上来看，积极正面的评价占主流，许多评论家对新晋作家

J. K. 罗琳的《哈利·波特》系列作品持肯定态度，认为该作品是近些年来难得的儿童文学佳作，甚至将 J. K. 罗琳提升到了与著名儿童文学作家罗尔德·达尔近乎相同的地位。J. K. 罗琳也因此声名鹊起，享誉世界，成为出版界炙手可热、深受欢迎的作家之一。《哈利·波特》系列作品早期收到的几乎全是积极正面的评论，但从 20 世纪末就开始在报刊上不断收到否定意见，一时也引发了不少争论，不过就这一阶段整体的评论而言，针对罗琳的《哈利·波特》作品的评论还是以积极的、正面的为主。《哈利·波特》系列作品在众多的文学评论家的支持下获得了一个又一个奖项，并不断地创造出版界的神话和销售奇迹①，此时的罗琳和她的小说《哈利·波特》已经成为一个社会争相讨论的焦点。这些早期的评论大部分来自英语世界的主流报纸和图书出版类杂志，评论文则主要由文学批评家、报纸和杂志主编撰写，他们对这部作品的关注更多的是其表面情况，即关注小说的传播、小说对读者群的影响，以及对小说取得的成功进行商业化剖析，而没有深入细致地对小说的内容、主题、叙事及文本进行分析。下面笔者将就英语世界中对《哈利·波特》作品展开的进一步的研究进行详细探讨。

二、第二阶段：文学批评渐趋理性

随着《哈利·波特》系列作品 *HP*3 的出版发行②，英语世界对该作品的争论开始回归理性。随着《哈利·波特》逐渐被众多读者所接受，严肃的学术界有学者对罗琳的作品展开更为细致具体的研究，并开始在英语世界主流核心刊物③上发表学术文章。与此同时，研究该系列作品的专著、学术论文和学位论文也陆续出现，这些专著和论文通过文本细读的方式，将注意力转移到小说文本本身，研究、讨论、分析这一系列作品的文学性及其文学魅力，取得了丰硕的成果。

早期主流核心刊物上的文章对《哈利·波特》的研究以书评为主，但有学者已经开始由表及里对小说的文本内容进行深入探讨。通过细读文本，李·西格尔（Lee Siegel）（1999）和尼古拉斯·塔克（Nicholas Tucker）（1999）都对罗琳《哈利·波特》前 3 部做了详细的介绍和点评。例如，尼古拉斯·塔克在《儿童文学教育》（*Children's Literature in Education*）上发表的文章认为，罗琳的故事有着明显的守旧特点，人物描写过于肤浅，故事是典型的灰姑娘情节设定，而且故事背景设定在一个传统的哥特式寄宿学校。罗琳在人名、新奇动物和事物名称方面下了不少功夫，而且对于食物的描写都比较细腻丰富。《哈利·波特》只

---

① 2000 年 7 月 8 日，*HP*4 在美国出版发行，首印 380 万册，打破初始印刷纪录，同时第一周就销售 300 万册，打破所有出版物销售纪录。参见 http://mediaroom.scholastic.com/node/277。

② *HP*3 在英国出版时间是 1999 年 7 月 8 日，而美国版出版时间是 1999 年 9 月 8 日。

③ 这里的主流核心刊物是指国外出版的 SSCI 和 A&HCI 目录里的学术期刊。

是娱乐了读者，但是无法激发人们思考问题，缺乏深度，是“不错的而不能称之为很优秀的文学作品”。艾莉森·鲁里（Alison Lurie）（1999）在《纽约书评》上发表书评文章，对《哈利·波特》前3部做了一个相对中立的点评，并解释了为什么英美两国儿童书籍深受欢迎——因为越来越多的人不想长大。这些学术文章的出现表明，当时研究者已经开始关注《哈利·波特》这部幻想文学作品并对其进行研究，他们开启了严肃学术界研究《哈利·波特》的先河，是真正意义上的英语世界中《哈利·波特》研究的奠基者，对学术研究具有重大意义。

随着学术研究者们对《哈利·波特》作品的持续关注，有关作品主题、语言特色、叙事技巧等研究陆续出现在专业儿童文学研究的学术期刊上。同时，《哈利·波特》系列小说深受青少年读者的欢迎，陆续有不少学者从教学的视角对该作品进行了分析，认为该作品可以作为教学材料引入课堂教学。例如，美国斯克兰顿（Scranton）聋哑人学校的两位学者托德·A. 楚贝克（Todd A. Czubek）和简妮·格林沃尔德（Janey Greenwald）（2005）认为，《哈利·波特》系列小说席卷整个世界并成为人们生活的一部分，聋哑人也不例外。《哈利·波特》小说作为通俗文学和大众文化不可或缺的一部分，对于失聪儿童来说，了解哈利·波特和他的巫师冒险故事都是提高其文学素养必不可少的环节。于是，这两位学者利用失聪者研究模板、失聪者的视角和经验，发明了一种创新的办法，确保失聪儿童对该小说有更深的理解。这两位学者将罗琳的作品引入了失聪儿童的世界，让他们了解这个世界还有很多色彩斑斓、奇妙有趣的东西，虽然他们听不见，但是他们可以与其他正常儿童一样用心去感受这部作品的魅力。美国亚利桑那州立大学的学者艾琳·佩斯·尼尔森（Alleen Pace Nilssen）和唐·L. F. 尼尔森（Don. L. F. Nilsen）（2006）试图将《哈利·波特》作品引入课堂教学。因为J. K. 罗琳在《哈利·波特》作品中使用了大量的基于拉丁语词根的单词来表示人物、地名、咒语及魔法生物等，于是两位学者提出，教师可以在学生对《哈利·波特》作品熟悉的基础上，创建基于这些拉丁语词源的词汇课程。这两位学者想以罗琳的小说为阅读材料，鼓励老师和学生从中学习，并以此来调动学生的学习热情。亚当·M. 梅辛杰（Adam M. Messinger）（2012）也撰文表示，可以采用内容分析这个很有价值的研究工具，把《哈利·波特》引入课堂练习。亚当·M. 梅辛杰提出了一种高度吸引人的、临时紧凑的课堂练习，在练习中，学生们通过对《哈利·波特》电影中音乐的内容进行分析并配合老师的指导，可以提高学习兴趣并提高内容分析能力。萨拉·菲欧娜·温特斯（Sarah Fiona Winters）（2014）撰文探讨了是否可以将哈利·波特的粉丝制作的视频作为对罗琳主要文本的二次批评。该文章给出了两个建议：第一，与其他针对某个文本的批判文章一样，粉丝制作的视频能够看成对该文本的批评；第二，对于教授文学尤其是儿童文学的教师而言，这种做法是行之有效的。这篇文章首先提供了《哈利·波特》粉丝制作的4个视频，表明它们如何能被用来补充传统的学术材料，然后从影迷研究的视角探讨粉丝制作的视频用于教学的可能性。史蒂夫·邓普斯特（Steve Dempster）和爱丽丝·奥利弗（Alice Oliver）（2016）从英国皇家学会的一项小型焦点小组研究报告中得出的结论出发，研究了阅读《哈利·波特》对他们随后的阅读行为和学术发展的影响。具体来说，两人在思考这些儿童读者是否觉得《哈利·波特》小说有助于提高儿童的读写能力，以及是否认为这些书改变了儿童对阅读的态度。博尔曼·康奈尔·威廉（Boerman Cornell William）和克兰德曼·大卫（Klanderman David）（2017）提出J. K. 罗琳的作品可以使用内容分析方法进行数学教学。他们认为，以《哈利·波特》系列小说中场景和物体为例进行数学解析，可以帮助学生建立关于数学思辨能力的新见解，而且这些书的内容足够吸引对数学兴趣不大但非常热衷阅读《哈利·波特》系列小说的学生。

上述学者将《哈利·波特》引入课堂教学进行研究，不仅调动了学生学习的热情，也进一步加深了读者对该作品内容、主题的了解。青少年读者不单单把注意力放在小说本身的阅读上，更是从课堂教学中找到与《哈利·波特》相关的知识切入点，这些研究丰富了《哈利·波特》研究的范畴。

自2000年以来，英语世界有关《哈利·波特》系列小说研究的学术会议、论文集和学术专著不断出现。2000年6月，美国儿童文学协会（Children's Literature Association）在弗吉尼亚州罗诺克市举办的研讨会上就有专门的小组对《哈利·波特》作品进行讨论，美国学者拉娜·A. 惠特德（Lana A. Whited）和100多位学者展开了激烈的讨论。两年后，拉娜·A. 惠特德（2002）汇编出版了英语世界第一本关于《哈利·波特》的论文集《象牙塔与哈利·波特：文学现象多视角透视》，该论文集分7个专题共收录了16篇文章。在前言部分，编者拉娜·A. 惠特德就文艺批评界人士对《哈利·波特》小说的抨击言论进行了分析和反驳，认为在没有经过详细的文本细读的前提之下，任何对这一系列作品的批评都是没有意义而且是苍白无力的。她呼吁学者们全面、深入、多维度、多视角地对该作品进行研究，并从罗琳的这一系列小说之中深度发掘英国的文学传统。该论文集的作者都对《哈利·波特》系列小说赞赏有加，并试图弄明白为什么这部作品会适合孩子们阅读。有7篇文章追根溯源，讨论了《哈利·波特》系列小说的文学渊源，认为书中的不少内容其实是作家罗琳对史诗、神话和民间传说及英国哥特式小说的一种创造性的继承。有4篇文章集中探讨了小说涉及的性别、权力制约、种族歧视、文化冲击等社会、政治问题。虽然只是对《哈利·波特》前4部小说的内容进行分析，但该论文集对《哈利·波特》的学术研究做出了不错的尝试。

美国堪萨斯大学学者吉赛尔·丽莎·阿纳托尔（Giselle Liza Anatol）（2003）

出版了论文集《阅读〈哈利·波特〉：批评论集》，进一步将《哈利·波特》学术研究向前推进。该论文集共有 14 篇文章，分为 3 大类，分别从儿童成长理论视角、历史背景、道德与社会伦理视角展开讨论，探讨了儿童的心理和发展历程、小说中魔法世界的建构、小说的文学和历史背景（包括欧洲童话传统、英国废奴运动和公立学校故事类型）、小说背后的社会价值、道德和法治等问题。论文集中的文章均采用了跨学科的研究方法，视角新颖。伊丽莎白·E. 海尔曼（Elizabeth E. Heilman）（2003，2009）两次整理出版论文集《〈哈利·波特〉的批判透视》（*Critical Perspectives on Harry Potter*），从文化批评、读者反映批评、身份认同、社会学、道德、文化研究和媒体等多个视角，对《哈利·波特》小说文本、媒体和文化实践之间的关系进行分析，学科涵盖人类学、传播学、历史、文学批评、政治理论、社会学和精神分析等诸多领域。这本论文集分门别类地从多个视角对《哈利·波特》系列小说进行分析，给读者带来不少启发，分析问题的视角都比较新颖，值得进一步研究。

三、第三阶段：在多元研究中走向经典

学术会议和论文集的出版推动《哈利·波特》的研究进入了一个全新的阶段，严肃的学院派学者开始对《哈利·波特》系列小说中的各种主题、人物、情节等展开细致的研究。有些学者甚至不满足于从文学视角对其进行探讨，因此，跨学科的研究文章不断在主流刊物出现，研究方法和视角从单一走向多元。这些研究选择的视角都很新颖，如哲学、心理学、经济学、政治学和国际关系等。这些跨学科视角的文章和学术专著从各自的领域出发，对《哈利·波特》系列作品做了全新的解读，让人耳目一新，印象深刻。

考特尼·B. 斯筠梅尔（Courtney B. Strimel）（2004）在《儿童文学教育》上发表文章，从政治学视角对原著《哈利·波特》进行解读，详细探讨了《哈利·波特》小说中的政治学元素。文章指出 J. K. 罗琳的小说描写了魔法、可怕的故事情节及亦正亦邪的人物，这些对孩子们认识恐惧和恐怖主义相关问题是大有裨益的。考特尼认为小说中的情节教会了孩子们如何应对包括生理的和心理的伤害；同时，小说中所描述的道德问题，推动儿童读者分析与恐怖主义有关的问题，例如，为什么有些人被认为是邪恶的，为什么好人要去做坏事等。尽管有批评家指出这些对儿童读者比较危险，但是考特尼经过实际调查从儿童读者那里收集证据，最后得出结论：罗琳的系列小说的利大于弊，阅读此类作品可以使读者在自己的生活中更好地面对恐惧和应对恐怖主义。几年之后，美国罗斯福大学政治学副教授贝瑟妮·巴勒特（Bethany Barratt）（2012）从政治学的视角，就《哈利·波特》系列小说撰写了专著《〈哈利·波特〉中的政治学》（*The Politics of*

Harry Potter）。她在书中把魔法看成一种隐喻的手段，将《哈利·波特》的魔法世界转化为政治学的神秘宝藏，帮助读者从阅读小说中反思社会现实，进而领悟政治学的奥妙。全书共有10章，从多个研究对象出发，探讨《哈利·波特》系列小说在政治学中的角色及发挥的作用。一些人认为，儿童和年轻人的小说只能是快乐而又空洞的，而贝瑟妮·巴勒特则反对这种观点，她利用罗琳复杂的魔法世界来阐释我们现实世界中的政治原则和政治制度。这本专著不仅读起来不枯燥，而且能让读者对J. K. 罗琳的思想进行深入的解读，去分析书中的各种政治讽喻，从而为阅读《哈利·波特》7部小说打开了另一扇窗户。

美国的大卫·巴格特（David Baggett）和肖恩·E. 克莱恩（Shawn E. Klein）（2004）编辑出版了《哈利·波特的哲学世界：如果亚里士多德掌管霍格沃茨》。这两位编者分别是美国宾夕法尼亚州国王学院和亚利桑那州州立大学的老师，主要研究的方向是伦理学、哲学，二者都是忠实的哈迷。他们与其他15位既爱好研究哲学同时也是忠实哈迷的学者们一起，从哲学的视角对罗琳的《哈利·波特》系列小说进行了文本细读并做了相应的哲学分析。该书和书中的霍格沃茨魔法学院一样，分为4个部分，或者说是4个“学院”，每一部分探讨了不同的主题。文章内容丰富，既富含文化韵味，又具有深邃的洞察力。这本专著的出现告诉读者们，只要真正热爱罗琳的小说，即使是从晦涩难懂的哲学视角也可以很好地解读这本书，从而实现两个世界的完美融合。因为这本书是2004年出版的，并没有涵盖《哈利·波特》系列小说第6部和第7部的内容，而许多重要的真相和情节在最后两部中才被揭晓，所以该书中的有些观点并非完全合理。于是，6年之后，同样是忠实哈迷的威廉·埃尔文（William Irwin）和格雷戈里·巴沙姆（Gregory Bassham）（2010）则对罗琳的《哈利·波特》7部小说做了全新的哲学探索，出版了专著《〈哈利·波特〉终极哲学观：麻瓜的霍格沃茨》，该书更详细地探讨了很多有趣的哲学问题，给读者奉上了一次完美的哲学盛宴。这本书随着电影《哈利·波特与死亡圣器（上）》的上映，给所有希望在更深层次上欣赏罗琳作品的忠实读者们奉上了一份权威的阅读指南，书中有趣的话题和独特的解读视角能够帮助读者破解《哈利·波特》小说中的潜台词。

尼尔·莫霍兰德（Neil Mulholland）（2006）编著出版了《〈哈利·波特〉与心理学》。这本书是很多心理学的教授、博士、精神分析专家以及临床心理专家结合各自领域的知识和流行的心理学元素，把《哈利·波特》世界中的人物和事件联系起来，对其进行心理学分析。这本专著一共有22篇文章，分为6个专题，分别是：霍格沃茨魔法学校是什么样的学校、哈利的性格、小说中的魔法是否真实、魔法师不可思议的世界、麻瓜们的怪异世界、向哈利学习。这本专著是从一个全新的跨学科视角对《哈利·波特》系列作品进行诠释和解剖，视角新颖，文章极具创意。作者尼尔·莫霍兰德还使用哈利·波特的形象来帮助年轻人调节自己的焦虑、抑郁等负面情绪。而目前我国从心理学方面对《哈利·波特》进行的研究还为数不多，亟待国内心理学领域的学者们对这部作品做出新的解读。

美国乔治城大学的学者丹尼尔·H. 耐克森（Daniel H. Nexon）和挪威奥斯陆大学的艾弗·B. 诺伊曼（Iver B. Neumann）（2006）另辟蹊径，从国际关系的视角共同编撰了一本专著——《〈哈利·波特〉与国际关系》。该书的两位作者与10多位国际关系学者合作，展示了大众文化是如何与我们的现实世界联系在一起的。在该专著的作者看来，大众文化的产物如电影和各种文学作品对世界政治都十分重要，他们认为《哈利·波特》系列小说、电影及其衍生产品在全世界范围内的风靡已经为研究大众文化与世界政治之间的关系提供了重要的思路。《哈利·波特》系列小说、电影等在世界范围内的成功使它进入了文化政治领域，也使它成为世界政治学者们研究的一个成熟的主题；作为重要的文化力量或者说国家文化软实力，吸引了很多对大众文化与国际政治关系感兴趣的人。文化历史学家和理论家们也把《哈利·波特》置于全球化的背景下进行分析，《哈利·波特》是英国幻想文学作品，在各种不同文化、不同语言的社会中，它的成功程度各不相同。传播和接受上的程度，译者的政治和文化问题，以及在不同的民族、宗教和国家群体中受欢迎程度上的差异，表明当前全球和地方力量在该领域之间的博弈激烈。《〈哈利·波特〉与国际关系》这本专著分析的视角很新颖，也不容忽视。《哈利·波特》系列小说在全世界的传播，可以理解为英国文化软实力对全球其他国家的一种文化入侵。该专著的可读性和原创性显著，对于哈迷来说可谓是一个里程碑性质的研究，它能够让人们对大众文化与世界政治之间的关系进行更加深入和批判性的思考。通过对《哈利·波特》系列小说纸质文本和改编的同名电影影像文本的研究，该专著向我们证明了对于世界政治的理解可以通过深入研究大众文化而得到扩展，这对于研究文化与国际关系的学者来说是一个很好的案例。

苏珊·古德里斯（Susan Gunelius）（2008）在专著《〈哈利·波特〉：一个全球商业现象的故事》中从商业角度剖析了J. K. 罗琳及其《哈利·波特》系列小说的成功。该作者从作家J. K. 罗琳的背景出发，分析了“哈利·波特”品牌生命周期中的一系列事件，从中提取相关的商业决策和营销策略等，分析哪些元素促成了《哈利·波特》系列小说在文学和商业上取得的空前的成功。这本专著对于学生、专业人士和学者来说是一个完美的案例研究，证明了《哈利·波特》的成功是一个精心策划的结果，任何企业都可以借鉴和复制其成功。

罗拉·菲尔特（Laura Feldt）（2016）的文章从宗教的视角出发，试图理解目前在幻想小说中普遍存在的宗教，并讨论幻想小说在当代西方社会中的重要意义，以及幻想小说对宗教理解的影响。罗拉·菲尔特表示，在更大程度上，我们应该留出宗教可以与商业、娱乐、共同的情感和日常的关注相结合。此外，该文章建议，我们应该为宗教活动的部分和变化留出更多空间，并留出在宗教范畴内的超自然流行文化的一席之地。文章还指出，当前西方的幻想流行浪潮不仅表明了制度化宗教的弱化，也表明了宗教信仰和绝对真理的重要性。

J. K. 罗琳小说的热销及小说同名电影的热播使得她成为靠文学写作而成功的亿万富豪，但与此同时，J. K. 罗琳创造的“哈利·波特”品牌也遭遇了不少知识产权之争，很多类似的作品在市场上出现，J. K. 罗琳及其出版商对这些出版物提起了诉讼。泰德·斯特瑞弗斯（Ted Striphas）（2009）就撰文针对知识产权时代中“原著作品”和“仿制文学或仿像”进行了深刻的讨论。娜塔莉亚·萨木缇娜（Natalia Samutina）（2016）以俄罗斯版《哈利·波特》的同人小说为例，分析了这种跨界同人小说的生产和接受情况。紧接着，娜塔莉亚·萨木缇娜（2017）在文章中把同人小说作为一种文学经历，特别是在同人小说读者的接受策略上。从方法论上看，她用的方法是文学理论、流行文化理论和在线社区交流实践的定性研究的交叉。她把同人小说描述为一种当代的阅读和写作。以俄罗斯《哈利·波特》粉丝小说界为例，这篇文章提出了一系列关于沉浸式阅读和情感阅读的意义和语境的问题，对同人小说群体的情感解读是在历史和理论背景下进行的。研究人员对同人小说进行了分析和批判，分析了文学文化中理性与情感解读的二分法。“阅读”的“情感景观”的隐喻，被用来对同人小说读者的阅读策略进行理论化，并与景观现象学理论进行了探讨。在同人小说的“阅读集合点”中，描述了特定的元素，比如“选择性阅读”“怪癖阅读”“第一次接触同人小说”和“不可预测性”。

《哈利·波特》进入专业学术研究者的视野同样也体现在博士论文的选题上，根据“学位论文数据库（ProQuest）”检索结果，截至 2020 年 12 月 31 日，自《哈利·波特》小说于 1997 年出版发行以来，共计有 39 篇与《哈利·波特》相关的英文博士学位论文，具体见图 2-1。可知，平均每年都有至少 1 篇博士论文是关于《哈利·波特》作品的，其中最多的是 2015 年和 2016 年，各有 4 篇。尽管博士学位论文的数量并不是很多，但也从一个侧面说明《哈利·波特》作品历久弥新的魅力吸引着不少研究者前赴后继对其展开各种研究。

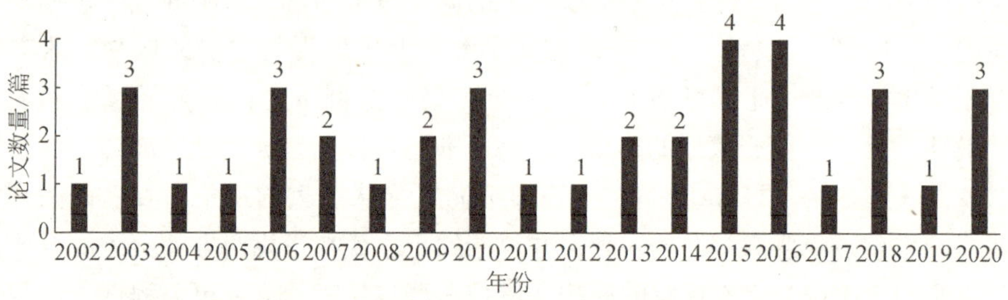

图 2-1　英语世界有关《哈利·波特》研究的博士论文数量统计

美国加利福尼亚州伯克利心理学研究生院莱特学院的蒂斯戴尔·蒂莫西·米哈尔（Tisdell Timothy Michal）（2002）的博士论文利用精神分析法探讨了*HP*1儿童读者的潜在内心作用。这篇从心理学视角对《哈利·波特》进行研究的博士论文开启了英语世界里博士研究生研究《哈利·波特》的序幕，为其他学生研究《哈利·波特》的作品树立了一个典范。《哈利·波特》系列小说也由此进入高校研究生的视野，成为学术研究的对象。

罗琳的《哈利·波特》系列小说一直深受哈迷喜爱，不少读者等不及新一部小说的出版就开始在互联网上进行信息交换、猜测剧情，甚至有很多资深哈迷在互联网上开始创作同人小说并在哈迷中广泛流传，也有博士研究生对《哈利·波特》同人小说展开了细致的研究。除此之外，研究者开始从各种视角分析究竟是什么原因促使人们阅读《哈利·波特》系列小说。进一步的研究发现，大量成人读者也争相阅读《哈利·波特》，那么《哈利·波特》作为跨界文学（或交叉文学）有什么特点？理查德·E. 布斯（Richard E. Booth）（2005）和特蕾莎·艾妮·安格莱尼（Theresia Enny Anggraini）（2015）都对青少年文学跨界问题展开了讨论，前者探讨了青春文学的幻想小说开始跨界，逐渐向成人文学靠拢；而后者则采用定性研究的方法，重点分析了2005—2012年间的14部小说中儿童与成人跨界文学的特点。哈佛大学的克里斯蒂娜·菲利普斯·马特森（Christina Phillips Mattson）（2015）从儿童文学的历史出发，探讨了当代儿童文学中出现的革命，挑战了儿童文学和成人文学之间长期存在的分歧。通过分析罗琳的《哈利·波特》系列小说，她得出的结论是，当代儿童小说的特点是将阅读儿童读物的传统和成人小说的传统结合，其力量源于它将故事和艺术结合在一起。

对《哈利·波特》进行研究的博士学位论文逐渐增多，说明该作品不仅进入了高校学术研究者的视野，而且逐渐受到重视。无论研究者从何种视角对该作品进行解读，都是对作家罗琳及其作品的一种经典化的建构。尽管罗琳的小说风靡世界，销量高达数亿册之多，但是仍然没有进入经典作品行列，学术界依然把《哈利·波特》看成儿童文学、幻想文学而不给予重视，因为它不是严肃文学、纯文学或者说不是“高雅艺术”。但随着学术研究者的不断努力，对《哈利·波特》研究的增多及对该作品积极正面的评价，可以成为该作品经典化的舆论向导。

除了上述学术研究文献和博士学位论文之外，有关《哈利·波特》作者罗琳的访谈录和传记也不断出现，这些著作从几个侧面让读者近距离地认识了作家J. K. 罗琳，以及她创作小说的过程。有些传记中对J. K. 罗琳的采访能进一步让读者或研究者详细了解小说创作的背景和其他相关信息，这些是研究《哈利·波特》系列小说不可缺少的资料。

对罗琳的作品进行评介并撰写传记的第一人林赛·弗雷泽在2000年出版了

一本英国版《罗琳访谈录》（*An Interview with J. K. Rowling*），这本书介绍了作家罗琳的童年时代、家庭、家乡及其写作生涯。从该书中读者会了解到在孩提时代罗琳最喜欢的书籍及长大之后她是如何开始鼓励自己写作的。之后，林赛·弗雷泽（2001）在美国又出版了一本罗琳的传记，名为《与 J. K. 罗琳的对话》（*Conversations with J. K. Rowling*），内容和之前在英国出版的那本传记大致雷同，但该传记更多的是面向美国 9 岁及以上的儿童读者的。因为罗琳很少接受媒体专访并且对版权保护尤为重视，所以这本传记是唯一得到罗琳授权出版的传记。后面出版的传记基本上都没有得到罗琳的授权。尽管如此，每年都有研究者乐此不疲地撰写与罗琳有关的传记，这些传记内容大多是关于罗琳的生平、童年时代、工作经历及小说创作经过，没有太多的新意。

艾米·西科斯（Amy Sickels）和凯尔·齐默（Kyle Zimmer）（2008）合著了一本介绍罗琳的传记——《神话创造者：J. K. 罗琳的故事》（*Mythmaker：The Story of J. K. Rowling*），这本传记仔细讨论了《哈利·波特》系列小说的情节，而且深入探讨了罗琳的人生故事，并就知名文学评论家对其小说的评论展开描述，探讨了罗琳的作品在儿童文学领域中的地位。同时，该传记的结尾部分有大量的注释和罗琳的详细著作目录、小说中的主要人物、获奖记录等。凯利·艾德妮（Karley Adney）和霍利·哈塞尔（Holly Hassel）（2010）合著了一本专著 *Critical Companion to J. K. Rowling：A Literary Reference to Her Life and Work*。这本专著对《哈利·波特》系列的每一部小说的每一个章节都做了详细的介绍，并搜集了大量关于罗琳小说的学术评论文章。更为重要的是，该专著还就一些评论文章进行了详细的主题划分，并按照字母排序，使读者一目了然。对于需要对《哈利·波特》进行各种主题研究的读者来说，该书是很好的参考资料和文献来源。

之后，英语世界还陆续出版了几本有关罗琳的传记，但多数内容雷同，除了对罗琳的生平和小说创作经历做介绍之外，添加了罗琳的小说改编的同名电影、后期新作品及其获奖情况，有些传记还对罗琳的个人网站和她创办的 Pottermore① 网站做了介绍。不少传记描述了她“白手起家”的故事，以及她在成为亿万富豪之后从事的慈善活动和媒体对她发起的慈善机构的报道等。关于罗琳的传记，从记录初期对其进行访谈、与其对话的情况，介绍其生平和创作经历等，到后期研究其著作、外界的评论、最新作品及其近况等，这些传记著作开始变得越来越具体、专业，从单一平面的介绍到立体全面的覆盖，而且无论是读者还是研究者，都能从这些传记中获取较为详细的资料及文献。

---

① Pottermore 是作家 J. K. 罗琳自己创办的集数字出版、电子商务、娱乐和新闻于一体的网站，它提供新闻、特写，以及作家罗琳的想法、某些未发表的作品等，是众多哈迷喜欢的网站之一。详见 https：//www. pottermore. com/。

四、英语世界中有关《哈利·波特》的翻译研究

英国作家J. K. 罗琳创作的《哈利·波特》把我们带入了一个美妙绝伦的魔法世界，在这个魔法世界发生的故事受到全世界众多读者喜爱。在这个过程中起重要作用的是翻译，也就是《哈利·波特》在各个国家的译本。任何文学作品如果要进入另一个国家就必然要经历翻译的过程，《哈利·波特》在全世界深受欢迎并被无数读者阅读，在很多时候都依赖译本才能实现。文学作品要进入另一个文化环境必然需要翻译的参与，只有经过翻译，在原语境之外的地方才能得到他国读者的阅读和接受，进而促进其在世界文化语境中的传播。早在1997年，当《哈利·波特》从英国传播到了大西洋彼岸的美国，即使英国和美国都属于印度语言学家卡齐鲁（Braj B. Kachru）所提出的英语世界“核心圈”国家，但是依旧存在着诸多不同。《哈利·波特》同样需要经历一个语内翻译（intralingual translation）的过程进入美国语境，而翻译作为一种语言形式的转换过程，变异或变形无处不在。

《哈利·波特》在英语世界中的翻译研究最早涉及美国学乐教育集团对《哈利·波特》系列小说的第1部作品书名的改动。其实早在*Harry Potter and the Philosopher's Stone*的英国版被英国布鲁姆斯伯里出版社发行之前，美国学乐教育集团就已经以高价拍下了这部作品在美国的版权。在回忆花105000美元购买一个根本没有名气的作家写的儿童小说时，学乐教育集团的负责人亚瑟·A. 莱文在1999年10月16日的《纽约时报》上曾说，“风险很大……当你继续竞标并且赌注越来越高时，这是一件可怕的事情”。由于承担了很大的投资风险，出于保护投资的目的，亚瑟·A. 莱文觉得很有必要更改原作品的名字，以此来迎合美国市场，于是学乐教育集团把书名从英国的“*Harry Potter and the Philosopher's Stone*”改成“*Harry Potter and the Sorcerer's Stone*”。英国版书名中的“Philosopher”一词是“哲学家”的意思；由于这个单词的词义略显深奥，美国学乐集团的编辑在引进这部小说后使用“Sorcerer”替换了“Philosopher”，“Sorcerer”是“巫师、术士、魔术师”的意思。大卫·巴格特和肖恩·E. 克莱恩（Baggett & Klein, 2004：2）在他们的专著《哈利·波特的哲学世界：如果亚里士多德掌管霍格沃茨》中是这么解释的，“这种改变的基本依据是，美国人会因为看到有关哲学的东西而敬而远之，人们认为，哲学会不由得让人联想到象牙塔里深奥、晦涩难懂且令人望而生畏的形象。但这可能是一个误解”。而在菲利普·W. 埃林顿（Philip W. Errington）（2015：99）出版的《J. K. 罗琳：参考书目1997—

2013》（*J. K. Rowling*：*A Bibliography* 1997-2013）① 一书中提到亚瑟·A. 莱文和作家J. K. 罗琳就书名进行了详细的沟通，前者提出改成“*Harry Potter and the School of Magic*”，但是罗琳没有同意，认为“书名是我想要表达的东西。要不我们将它改成*Sorcerer's Stone*吧？”就这样，《哈利·波特》系列*HP*1（美国版）诞生了。

除书名做了改动之外，*HP*1（美国版）对原著中的单词也做了大量的修改，甚至在某些地方增加了一些解释性内容。J. K. 罗琳本人表示改动的地方很少。笔者猜测，也许当时J. K. 罗琳仅是一位不出名的作家，她在出版商面前并没有太多的话语权，而她需要让她的作品走向世界，需要出版社迎合市场从而刺激小说的销量，所以她默许了学乐教育集团对她的小说进行修改。学乐教育集团对小说做出的语内翻译在英语世界产生了巨大的反响，读者、学者都曾就学乐教育集团将《哈利·波特》小说进行美国本地化的做法提出各种看法。2000 年 7 月 10 日，彼得·H. 格莱克（Peter H. Gleick）在《纽约时报》上发表评论文章，对美国学乐教育集团将《哈利·波特》作品进行美国本地化的做法表示强烈反对，认为这样做“没有必要而且没有意义，美国读者在阅读《哈利·波特》小说的时候就是要看到原汁原味的英国小说，而非经过加工处理的完全是美国风味的一部作品”。2000 年 8 月 9 日，苏坎塔·乔杜里（Sukanta Chaudhuri）在《新海峡时报》（*New Straits Times*）上发文，指责学乐教育集团的这种行为凸显了美国的文化帝国主义，是美国人在全世界的傲慢表现之一。诚然，美式英语在很多方面和英式英语存在着差异，但是这并不影响美国读者去理解这部来自英国的小说。美国学乐教育集团对书名及对小说进行美国本土化的改写是《哈利·波特》这部英国奇幻文学作品在走向世界的过程中遇到的第一个翻译问题。美国学者拉娜·A. 惠特德（Lara A. Whited）（2002：261-284）汇编出版了论文集《象牙塔与〈哈利·波特〉：文学现象多视角透视》，其中有一篇文章详细讨论了《哈利·波特》系列小说在进入美国市场后产生的语言变形问题。文章作者菲利普·内尔（Philip Nel）在论文中主要研究了美国学乐教育集团在获得罗琳小说的美国版权之后对前 3 部在美国出版的《哈利·波特》进行本地化的修改，但是这种修改引发了诸多讨论和热议。美版的改动在作者罗琳看来是一种对原文本的隐形破坏，而且令原著中不少生动活泼的描述失色，与此同时，很多原著中的双关语、文字游戏等在美版中丢失。尽管美版的《哈利·波特》对英国版进行了修改，但是有些地方还是值得称赞：美国学乐教育集团的编辑很细心，发现了不少拼写错误和逻辑错

---

① 《J. K. 罗琳：参考书目 1997—2013》（*J. K. Rowling*：*A Bibliography* 1997—2013）是一本关于 J. K. 罗琳出版的每本书和手稿的权威参考书目，包括 *Harry Potter* 全系列和部分相关书籍，其目的是记录事实和消除关于 *Harry Potter* 出版历史的谣言。该书记录了 *Harry Potter* 每种版本的详细信息及罗琳后来对重印版本做的具体修订等，是一本非常全面、详细的资料书。

误，并进行了修改；有的部分编辑添加了解释，使得文章行文更符合逻辑。从该系列小说第 4 部 *HP*4 开始，美版基本没有对《哈利·波特》进行改动，主要出于两方面考虑：一方面，学乐教育集团可能意识到这样的改动会带来更多的错译；另一方面，由于作家 J. K. 罗琳要求小说全球同步发行，所以当英国版第 4 部到达美国之后没有留给编辑们太多的时间进行仔细的翻译和改动。为此，学乐教育集团还印刷了阅读指南，将之前更改过的所有词汇做了单词表并进行对比，让读者了解英国原版和美国版小说在用词上的不同。菲利普·内尔还进一步分析了学乐教育集团对罗琳小说进行修改的深层次原因：商业资本迫使出版社对市场负责。

自此之后，随着《哈利·波特》在世界的风靡和畅销，越来越多的国家引入该小说版权并对其进行翻译，针对该作品的翻译研究也开始不断涌现。由于《哈利·波特》小说给我们营造了一个神奇独特的魔法世界，魔法世界里的各种物品、人名、地名、文化特色词汇、文字游戏等都给各国的译者带来了巨大挑战，如何保留原著中的这些“英国特色”而使这部奇幻文学作品在译入语国家被很好地被接受成为译者关注的焦点，于是译者在进行翻译时所采取的翻译策略成了《哈利·波特》翻译研究的主题。

英国著名翻译评论家杰里米·芒迪（Jeremy Munday）（2001）在其专著《翻译研究入门：理论与实践》（*Introducing Translation Studies*: *Theories and Applications*）中的第 7 章“系统理论”部分做了一个案例分析，对比了《哈利·波特》系列第一部的意大利语译本和西班牙语译本，通过分析两国译者对该作品进行翻译时所使用的不同翻译策略，以及对英语原文本中包含很多特殊寓意的文化特色词汇的不同处理，进一步认识图里（Toury）所提出的不同语言文化系统中不同行为的“规范”理论。杰里米·芒迪的这种理论与案例分析结合的方式可以使读者对相应的翻译理论有更好的把握，同时也有力地证明了翻译理论与翻译实践之间相辅相成的关系。这是最早将《哈利·波特》这部作品引入翻译研究的专著，虽然只是一个小小的案例分析，但是它开启了严肃学院派对《哈利·波特》这部作品进行翻译研究的序幕。

在美国学者拉娜·A. 惠特德（2002）汇编出版的论文集《象牙塔与〈哈利·波特〉：文学现象多视角透视》中，南希·K. 耶特斯（Nancy K. Jentsch）在名为《哈利·波特与巴别塔》（*Harry Potter and the Tower of Babel*）的论文中分析了法国、德国和西班牙 3 国译者在翻译《哈利·波特》这部奇幻文学作品时遭遇到的困难，如罗琳精心挑选的带有寓意的人物姓名、地名、动物名称、文字游戏及新造词语的翻译等。该论文指出，译者们必须谨慎地选择翻译策略，各自国家的读者才能比较自然地理解罗琳创造的魔法世界。厄里斯·E. 戴维斯（Eirlys E. Davies）（2003）也在国际翻译学术期刊《译者：跨文化交际研究》（*The Transla-*

tor：*Studies in Intercultural Communication*）上发文探讨了《哈利·波特》系列小说的原文本中大量的文化特色词汇的翻译。通过对比法语译文、德语译文及从互联网上搜集到的其他语种的译文，作者分析了7种译者的翻译策略。作者认为，与其单独处理每一个文化特色词汇，倒不如结合这些词汇的特点，从整体宏观的视角来看待某一组文化特色词汇，这样有利于译者在翻译过程中处理文化特色词汇时做出更加合理、更加系统的决定。

莉亚·惠勒（Lia Wyler）（2003）在国际翻译学术期刊*Meta*上发表文章，从一位专业文学翻译者的视角出发，讲述了她在巴西翻译《哈利·波特》葡萄牙语版的经历。作者谈及自己在翻译过程中既要保留英国小说的风格，又要为了营造一个适合9~12岁儿童的逼真魔法世界而不得不采取的翻译策略：通过与作家J. K.罗琳沟通，莉亚·惠勒自己创造了400个葡萄牙语单词；同时，莉亚·惠勒通过大量的例子来说明自己翻译过程中如何对词语进行取舍，以最大限度减少文化差异、如何解决罗琳的文字游戏翻译等。《哈利·波特》的葡萄牙语译本在年龄较大的青少年和成年人中获得了意想不到的成功，媒体争相报道。另外，不同于之前处于“隐身”地位的译者，这次巴西版的《哈利·波特》译者和原作者被放在一起进行报道。这篇文章的视角比较独特，作者本人就是《哈利·波特》小说的译者，从自己的切身翻译经历出发，从译者的视角近距离地看各种翻译策略的选取和使用，而不是从一个学术研究者的视角去描述和分析已有的译本来漫谈自己如何处理文化差异、如何重新创造一个巴西版的哈利·波特魔法世界。截至目前，这是唯一从翻译者本人视角研究《哈利·波特》翻译的学术文章。

卡特琳·布伦斯特（Katrine Brøndsted）和凯·道勒拉普（Cay Dollerup）（2004）在国际翻译学术刊物《视角：翻译学研究》上发表文章《哈利·波特中的人名》（*The names in Harry Potter*），探讨《哈利·波特》系列小说的5种译本中的部分人物姓名的翻译，并得出了3个结论：第一，主要人物姓名的“英国风格”只能通过没有言外之意的英国名字翻译实现；第二，即使目标语各不相同，每位译者依然对姓名采取了个性化翻译方法；第三，作者对英国成年人关于英国文学和拉丁语知识的利用可能会引起读者对翻译的不同反应，而主要的叙事线性（例如情节、整个《哈利·波特》的故事）不受姓名翻译策略的影响。同样，艾丽卡·慕斯（Erika Mussche）和克拉斯·威廉斯（Klaas Willems）（2010）也对《哈利·波特》系列小说前3部中与食物有关的专有名词和文化特色词汇的阿拉伯语翻译进行了研究并发表文章。两位作者重点研究了两个问题：第一，翻译过程中采取的不同翻译策略与原文本材料的形式、语义和文化属性之间的关系是什么；第二，翻译策略对目标文本的内容和文体特征有着什么样的影响。作者分析发现，在翻译过程中使用的主要翻译策略是简化，偶尔也会涉及异化，但归化几乎不存在。这些发现基本上认可了语料库中其他文化特色词汇的翻译，例如有关学校、教育、亲属关系和家庭关系的词汇，以及方言和俚语的使用等。

吉莉安·莱西（Gillian Lathey）（2005）在儿童文学学术期刊《狮子和独角兽》① 上发表文章，对主流的儿童读物的发展轨迹进行分析后得出结论：经济、意识形态、政治和文化因素都可能是儿童读物在国际上取得成功的重要原因。而《哈利·波特》的问世使国际儿童畅销书概念成了一种“现象”——快速分销和全球营销的有效性，确保了该系列小说在每个国家的成功。每一部《哈利·波特》小说的发行留给各国处在营销漩涡中心的译者的时间都很紧张，受制于出版社给他们的翻译要求和最后期限，他们不能字斟句酌，仔细推敲每一个细节。另外，在文章中作者对《哈利·波特》各种译本的封面、装帧设计做了比较和总结；提到了有些国家的译者对小说内容进行了篡改，例如俄罗斯的译者在《哈利·波特》第 2 部和第 3 部中增加了新段落；对罗琳文本中的幽默、方言风格和文化特色词汇的翻译进行了评论；指出书中专有名词的翻译传达了原作者的幽默，罗琳精心挑选的专有名词都具有一定的寓意；通过对小说中的两个专有名词的翻译进行详细的分析，作者指出译者的不少译文都丧失了罗琳的幽默感和双关信息。作者还认为，阶级问题在英语语境中总是很重要，这也体现在人物的对话中，各国译者都无法对罗琳小说中海格所说的方言进行准确的翻译。这篇文章探讨了罗琳的《哈利·波特》系列小说在各国的出版情况，以及各国的译者在对该小说进行翻译过程中所遇到的困惑。值得称赞的是，这篇文章提到了各国译者在《哈利·波特》系列小说在世界各地的传播、接受过程中都创造性地发挥了各自的想象力来进行翻译，每种译本都蕴含各自语言的特质，这也从另一个角度证明了这些差异的韧性。

蕾蒂西娅·波戴克（Laetitia Bedeker）和伊尔斯·菲诺尔（Ilse Feinauer）（2006）发表文章《译者——文化的协调者》（*The Translator as Cultural Mediator*），指出译者早已不仅是基于单词和句子的文本转换者，而且是跨文化交际过程中的文化协调者。为了能够在目标文化中创建最合适的目标文本，今天的译者需要意识到他们作为文化协调者的重要性。该文章认为，译者需要有大量的文化知识和沉淀才能在跨文化交际的翻译过程中灵活运用翻译策略。这篇文章探讨了译者在翻译过程中发挥的文化协调者的作用及文化意识的重要性，作者以《哈利·波特》的第 4 部和第 6 部的南非荷兰语翻译为案例进行分析，探讨了进行翻译时文化意识的重要性，以及强调了在翻译过程中对翻译策略进行仔细考虑和计划的重要性。

---

① 《狮子和独角兽》（*The Lion and the Unicorn*）是一家成立于 1977 年的学术期刊，主要从学术角度对儿童文学展开研究，同时也审视出版业、作者和其他主题。该期刊由美国约翰·霍普金斯大学出版社（Johns Hopkins University Press）出版。参见 https://en.wikipedia.org/wiki/The_Lion_and_the_Unicorn_(journal)。

除了上述关注《哈利·波特》小说翻译策略的研究之外，个别学者开始从译介学的视角出发，注重考查该小说在经过译者的翻译之后进入目的语国家进行传播的情况。例如，安妮-丽思·费拉尔（Anne-Lise Feral）（2006）在国际翻译学术期刊 *Meta* 上发表文章详细描述了《哈利·波特》在法国的译介情况，并对该系列小说的第 1 部进行了个案研究。作者论述了 *HP*1 的法语译本情况，并指出译者基于意识形态和目标语境的文化现实，采取了相应的翻译策略。通过关注对异域的英国价值观的处理，这篇文章分析了在目标文本中的翻译策略及其效果。这些翻译策略表明目标文本有必要假定其读者群——法国儿童。这也正是目标文本的目的——被法国儿童读者所阅读。因此，这就极大地影响着译者的选择：译者不仅要消除极端的英国"他者"，而且要强化《哈利·波特》世界的想象。法国译者通过强化其幻想和魔法元素，创造了"另一个世界"，从原著中儿童的视角转变到观察敏锐的成年人（即译者）的视角，再加上留给译者翻译的时间有限，这些都导致了许多细节的省略，从而削弱了背景和主角的真实性。作者提供了大量经过翻译策略处理的文本例子，以此来说明是法国译者对原著文本的改写和操纵最终使得法国版本的《哈利·波特与魔法石》（*Harry Potter à L'école des Sorciers*）变成了一个童话故事，而且也影响了法国人对该小说的理解和接受方式。这篇个案描述性研究文章把 *HP*1 在法国的译介情况做了很详细的介绍，结构清晰、例证丰富而且论证合理，为其他学者撰写《哈利·波特》的译介文章树立了一个很好的典范。

经过"学位论文数据库（ProQuest）"检索，笔者发现有两篇与《哈利·波特》翻译研究相关的英文博士学位论文，这两篇学位论文都是研究《哈利·波特》在进入阿拉伯国家过程中遇到的各种翻译问题。如 Ahmed R. M. Altahri（2013）在博士论文中探讨阿拉伯语版《哈利·波特》电影中的有关文化特色词汇的字幕翻译问题及翻译策略。Alaa Abdul Hussain Al-Daragi（2017）则通过对比分析，试图找出《哈利·波特》这部奇幻文学作品在进入阿拉伯国家过程中经过多种翻译策略处理背后的原因。研究发现，启蒙和说教仍然是阿拉伯语国家儿童文学翻译中的重要特征。因此，在《哈利·波特》进入阿拉伯国家文化语境的过程中，译者必然要对原文本进行改写，使其符合目的语文化的规范，进而创建一个对阿拉伯国家儿童来说可以接受的翻译文本。

研究《哈利·波特》的文献和学术专著数量众多，限于篇幅，笔者无法一一介绍，但从已收集的文献来看，20 多年以来众多学者对《哈利·波特》的研究开始回归理性，不再是"一边倒"支持，也不再是争论不休，而是逐渐回归文本，从文本表面进入内部。研究者早已不再局限于探讨小说中的人物、性别、种族、权力等主题，而是从跨学科的视角对该小说进行多维度、全方位的立体解读。从学术文章发表的刊物来看，早期儿童文学类、教育类和语言文化类的刊物居多，研究者主要是从事儿童文学、语言或教学研究方向的学者；但后期开始出现不少其他学科的学术期刊，这意味着不断有学者从文学之外的学科视角去解读《哈利·波特》系列作品，如哲学、国际关系、心理学、政治学等，这些研究文献和学术著作着实让人耳目一新。从已经收集的发表在主流核心刊物上的文章数量来看，英语世界学术界对《哈利·波特》的研究仍然处在蓬勃发展时期，虽然已经形成了一定规模的研究格局，但是远远没有达到高峰，这主要有两个方面的原因：一是因为《哈利·波特》系列小说诞生至今才20余年，历时较短，还存在很大的研究空间；二是因为现在的研究者虽然已经开始从多个学科针对该作品进行解读和思考，但仍然有拓展的可能，或者说，学术界仍然没有重视对《哈利·波特》展开更多、更细致的研究。《哈利·波特》作为一部奇幻文学作品，能够走进严肃学院派的学者眼中已经不易，要想走得更远，需要更多的研究者同心协力。美国北伊利诺伊大学政治学教授安东尼·吉尔兹尼斯基（Anthony Gierzynski）和凯瑟琳·艾迪（Kathryn Eddy）（2013）在《〈哈利·波特〉与千禧一代》（*Harry Potter and the Millennials*）一书中指出，《哈利·波特》对千禧一代①有很大影响，这代人几乎都是看着这些书长大的。现如今，这些千禧一代的很多资深哈迷也已经进入了学术界，他们正在发挥着自己的学术影响力，不断地为这部作品走向经典贡献着自己的力量。

值得注意的是，英语世界有关《哈利·波特》翻译的研究还相对较少，在主流学术刊物上和学位论文数据库中，从翻译学视角对《哈利·波特》展开研究的文章还不是很多，研究尚未形成规模，更没有达到高潮。与众多学者从跨学科视角对《哈利·波特》进行各种解读不同的是，目前有关《哈利·波特》作品的翻译研究多数还集中于分析罗琳作品中大量文化特色词汇、文字游戏和人名翻译，以及在翻译过程中各国译者采取的翻译策略；也有从译介的视角出发，利用描述翻译学的方法论述《哈利·波特》作品在某国家的译介和接受情况；而随着《哈利·波特》作品改编的电影上映，有关《哈利·波特》电影中的字幕翻译也开始进入研究者的视野。从文献来源上来看，多数文章都发表在国际知名翻译学术期刊和儿童文学研究专业学术期刊上，如*The Translator*，*Meta*，*Perspectives*等，文章含金量都很高，这毫无疑问能够引起翻译学术界对《哈利·波特》研究的重视，从而推动《哈利·波特》在翻译研究的道路上走得更远。本章通过认真梳理和归纳整合有关《哈利·波特》系列作品在英语世界的研究文献，描述了该作品的“译”和“介”的研究情况，为《哈利·波特》在中国的译介研究提供了重要的参考和借鉴。

---

① 千禧一代（Millennials）这个单词最早由威廉·施特劳斯（William Strauss）和尼尔·豪依（Neil Howe）于1987年提出，通常指20世纪80年代早期到90年代中期出生的人。参见 https://en.wikipedia.org/wiki/Millennials。

第三章 《哈利·波特》在中国的翻译与出版

本章分为三部分。第一部分对《哈利·波特》在中国的翻译史展开全面的历时性描述，这一部分根据《哈利·波特》在中国出版发行的历史和各个阶段所产生的文学现象的总体情况，将《哈利·波特》中译史分为三个阶段进行描述；第二部分对《哈利·波特》在中国大陆和台湾地区的出版情况做详细介绍；第三部分是对《哈利·波特》翻译与出版史的总结和思考。

一、中译本《哈利·波特》翻译史

通过对所收集的文献进行阅读、分析和整理，本书将《哈利·波特》中译史分为三个阶段进行考察分析，具体如下：

第一阶段：版权归属问题尘埃落定，中文译本销售火爆。

第二阶段：全球同步发售，正版译本和网络译本并存。

第三阶段：修订、重译和品牌维护的“后哈利·波特时代”。

对中译本《哈利·波特》在中国的20多年翻译历史进行分期，主要是将各个历史时段的文学现象进行归纳、总结，对隐藏在这些现象背后的原因做较为详尽的剖析，从而解答为什么特定的历史时间段内会呈现各种文学现象，进而去探寻这些文学现象背后的译本特征、译者的意图和目的、译本在译入语国家的传播等。从严格意义上来说，江帆（2014：31）指出：“对于某种历时性文学现象的历史分期是没有定论的，就如同文学系统及由此衍生的子系统一样都是人创造的系统，历史分期也是人为的行为，都是根据某个历史时段的共性特征将其进行归类分组，目的就是让描述性研究变得更有意义和更易于操作。”本书将《哈利·波特》系列小说放在历史的坐标轴上，将它进入中国的各阶段中发生的文学现象进行分类，通过梳理各种线索，对纷繁复杂的文学现象进行叙述和归纳。

（一）第一阶段：版权归属问题尘埃落定，中文译本销售火爆

《哈利·波特》系列图书深受海外读者欢迎，中国大陆及台湾地区的出版社对该作品也十分感兴趣，纷纷联系作家 J. K. 罗琳的代理人试图获取独家中文版版权，但是这部作品在进入中文世界的一开始并没有想象中那么顺利。

1. 简体中文版版权竞争激烈，多家出版社鏖战逐鹿

随着中国改革开放步伐的加快，加上中国在 1992 年加入了《伯尔尼公约》（即《保护文学和艺术作品伯尔尼公约》）和《世界版权公约》，至此，中国进入版权国际保护的行列。从 20 世纪 90 年代后期开始，我国的对外版权贸易得到快速发展并逐渐走向成熟，于是，图书版权引进也随之升温。当时，我国改革开放步伐加快，以市场经济为导向，如何能够获得更大的利润及占领市场份额成为出版社必须要考虑的现实问题，因此，出版能吸引读者的作品就成为各大出版社的首要选择。出版社之间的竞争归根结底就是对优秀作家及优秀作品资源的争夺。随着中国改革开放的深入，国外大量出版社对我国的知识产权保护的信心增强，逐渐重视中国市场。与此同时，中国政府实施的“科教兴国”战略让国人对国外的优秀科学成果需求不断增加，众多国内出版社积极转变观念，开始准备从国外引进相应图书，如此既能够开发潜在市场，又能创造较好的社会效益和经济效益。通过敏锐的商业嗅觉，出版社紧跟英语世界畅销书的步伐，通过各种商业运作将国外的资源引入国内。在 2001 年 1 月 23 日的《中华读书报》上，记者舒晋瑜就曾撰文报道，在 2000 年的时候，《哈利·波特》系列已经出版了前 3 部，全球发行超过 3500 万册。一本畅销书版权的引进之争历来都是激烈艰辛的，人民文学出版社就是众多出版社中争夺优质出版资源的胜利者之一。

人民文学出版社自 1999 年起进行改革，对出版物品种进行优化调整，不断拓展，并强调开展以资讯为基础的经营，要求编辑重视并加大资讯搜集力度。在 1999 年 10 月的德国法兰克福国际书展上，中国出版界的编辑们就了解到《哈利·波特》小说销售火爆。随着《哈利·波特》在世界图书市场上取得巨大成功，《中国图书商报》等报纸对此书都进行报道，人民文学出版社在 1999 年 11 月成立的少儿读物编辑室的工作人员敏锐地察觉到，这部作品非常优秀，极有可能风靡中国并成为一部畅销书。于是时任人民文学出版社少儿编辑室主任王瑞琴和编辑叶显林上报人民文学出版社上级领导，他们在得到支持后着手版权引进工作，王瑞琴担任此作品项目引进的负责人。与此同时，国内有不少出版社也注意到了炙手可热的英国畅销书《哈利·波特》系列，都在积极设法和英国作家 J. K. 罗琳的代理人克里斯托弗·利特尔联系。但是当时网络远没有现在这么便捷，与国外联系相对比较困难。人民文学出版社多次试图联系 J. K. 罗琳的代理人，但最终都失败了。时任《中华读书报》编辑的赵武平刚好从英国出差回来，把 J. K. 罗琳代理人的地址给了王瑞琴。因此，人民文学出版社在版权鏖战中取得了先

机。时至今日，王瑞琴依然很感激赵武平，“没有他帮忙，引进《哈利·波特》的进展也许不会很顺利”（舒晋瑜，2007：18）。

版权引进谈判艰辛且漫长。J. K. 罗琳的代理人要求出版社必须保证前3部单册有50万册的销量①，此时出版社竞相报价夺取版权，竞争激烈。2000年2月，人民文学出版社向英方发去了长达几十页的传真，详细介绍了人民文学出版社，概括了人民文学出版社半个多世纪以来在中外文学图书出版方面的辉煌业绩。经过人民文学出版社的努力，最终因为罗琳非常愿意与文学品牌社合作，人民文学出版社终于力战其他6家出版社（中国少儿出版社、上海少儿出版社、江苏少儿出版社、人民邮电出版社、译林出版社和光明日报出版社），在版权之争中胜出。

2000年7月29日，人民文学出版社收到英方寄出的协议书。2000年8月3日，人民文学出版社当时的社长聂震宁将签好的协议书邮寄回英国，8月18日代理人将罗琳签字的合同寄回，8月25日人民文学出版社才收到作家罗琳签字授权的合同。在收到罗琳亲笔签字的授权书之前，当时的人民文学出版社相关负责人很紧张，因为授权书没有签字就没有最终确定版权归属。2000年8月31日，人民文学出版社举行了专题新闻发布会，《哈利·波特》简体中译本的版权之争最终尘埃落定。

版权之争结束后的那个9月对于人民文学出版社的各个部门来说都是十分忙碌的，无论是译者、责任编辑，还是校对、设计、出版、印刷部门人员，所有人都在努力加班，目的是在保证质量的前提下把书于9月底送到各大城市书店，然后于10月6日国庆节假期期间在全国统一发售。因为按照以往图书销售的经验，国庆节小长假前后是一年中最后一个销售的好时机，所以人民文学出版社领导强烈要求新书必须选择合适的时机发售，不能耽误。2000年10月6日上午10时，《哈利·波特》（1—3部）简体中文版首发，每部首印20万册，共计60万册。截止到2002年9月，在中译本《哈利·波特》系列出版发行4部之后，聂震宁（2002：7）提道：“在过去的21个月里，人民文学出版社目前出版的4卷《哈利·波特》共销售118万套平装本、7万套精装本，按照国际上统计办法，总册数是500万册，码洋为1.5亿多人民币……《哈利·波特》已经为广大中国少年儿童所熟悉和喜爱，500万册的销售数就是一个证明。”而到了2007年，该系列完结，“7年间，《哈利·波特》累计发行900余万册，销售2亿码洋，创造了近2500万元的利润”（舒晋瑜，2007：18）。

2. 繁体中文版版权的获取也颇为艰辛

《哈利·波特》繁体中文版版权由中国台湾皇冠文化出版有限公司获得，这要归功于时任皇冠文化集团副总编辑庄静君女士。在皇冠文化的主页上有一个关

① 具体参见 http://www.cnpubg.com/news/2011/0805/1201.shtml。

于《哈利·波特》系列书籍的链接，名为“哈利波特站台”，里面有很多关于该小说的背景资料说明。在这个网络空间里，时任皇冠文化集团副总编辑的庄静君女士撰写了一篇名为“大家都叫我哈利波特小姐”的文章，回顾了皇冠文化获取该作品繁体中文版版权的始末①。经过大致如下：庄静君1997年从台湾辅仁大学英文系毕业后进了皇冠文化出版有限公司。1998年，庄静君从一本英国的书讯杂志上第一次知道了这部风靡英美、炙手可热的《哈利·波特》，出于好奇，她委托朋友从美国邮寄了一本英文版到台湾皇冠文化出版有限公司。公司当时的英文主编余小姐看完后欲罢不能，大力推荐。虽然都是成人，但是她们都爱看这本童书，于是上报皇冠高层，经过开会讨论决定签下这本书。庄静君女士通过写信的方式与罗琳的英国代理人克里斯托弗·利特尔进行联系，在信中对皇冠的历史背景及她们对这本书的兴趣进行了介绍，并询问是否可以得到这本小说的全球繁体中文版版权。克里斯托弗回信让她们写提案，但是提案发过去之后，一时间杳无音信。经过反复沟通，才知道皇冠文化出版有限公司给出的条件太低，克里斯托弗·利特尔没有同意。由于《哈利·波特》在国外红极一时，版权费也水涨船高，当时关于要不要出版、怎样出版《哈利·波特》繁体中文版，公司内部也产生了分歧。但经过庄静君反复沟通，不断提高条件，这位罗琳的代理人终于被说服，决定授权。1999年上半年，皇冠文化出版有限公司花了半年多的时间争取到了《哈》1（繁体）的台湾地区版权。由于《哈利·波特》故事本身的精彩和魔力，加之皇冠文化出版有限公司出色的营销，繁体中文版的《哈》1在台湾地区销售火爆。毫无悬念，后面6部的版权也由该公司夺得。2000年6月23日，《哈》1（繁体）正式出版。至2018年，《哈利·波特》系列小说的繁体中文版的销量超过650万册②。当时，我国台湾地区的人口是2358万左右，650万这个销售数字相对于其人口来说比例十分惊人。

（二）第二阶段：全球同步发售，正版译本和网络译本并存

从《哈利·波特》系列第4部开始，J. K. 罗琳及其代理人克里斯托弗·利特尔要求该书在全球做到同步出版发行。2000年7月8日，*HP*4同时在英国、美国、加拿大和澳大利亚出版发行。之后，J. K. 罗琳及其代理人克里斯托弗·利特尔更是一致要求出版社、书店、网络电商进行全球同步首发，任何机构和个人都无权提前拿该书进行销售。2003年6月21日，*HP*5在英国、美国、加拿大同步首发，其他已经拿到《哈利·波特》版权需要进行销售的国家和地区都必须参与全球同步发售。也就是说，中国大陆的人民文学出版社和台湾地区的皇冠文化出版有限公司都只能在《哈利·波特》全球发售当天拿到英语版本开始翻译。

---

① 具体参见 http：//harrypotter. crown. com. tw/even8_ 4. htm。

② 该销售数字来自皇冠文化集团的副总编辑庄静君，参见 http：//harrypotter. crown. com. tw/even8_ 4. htm。

更重要的是，《哈利·波特》系列从第5部开始，故事篇幅较前几部要大①，所以留给翻译人员的时间相对来说更为紧张。中国大陆的简体中文版由马爱农、马爱新、蔡文3人合译完成，而台湾的繁体中文版则是由彭倩文等6人组成的皇冠编译组集体完成，具体见表3-4和表3-6。虽然两家出版社的翻译人员都在加班加点进行翻译，但是由于《哈利·波特》第5部和第4部（简体中文版和繁体中文版都是2001年出版的）间隔两年之久，众多熟稔英汉两种语言的哈迷读者已经迫不及待要看到《哈利·波特》最新的故事情节。当时《哈利·波特》系列第5部网络翻译的中文版本名称是《哈利·波特与凤凰令》。由于中文版本的翻译需要时间，所以该书还未在国内上市的时候，众多媒体的宣传中都以《哈利·波特与凤凰令》或者《哈利·波特与凤凰指令》的名字进行报道，于是这个名字在某些读者心中根深蒂固。因为书名里的单词“Order”常被理解为“命令”或“指令”等，所以网络上出现的数个译本或市场上的盗版书籍用的书名都是《哈利·波特与凤凰令》。但人民文学出版社在2003年9月19日举办了首印新闻发布会，会议上很多记者发现书名为《哈利·波特与凤凰社》，而不是之前盛传的《哈利·波特与凤凰令》。对此，《中国青年报》的记者萧扬采访了时任人民文学出版社的社长刘玉山，刘社长的解释是：“翻译成这个名字不是为了特意避开以前大家熟知的‘凤凰令’，而是因为这个名字更尊重原作，符合原意。《哈利·波特》系列第5部的英文名是 *Harry Potter and the Order of the Phoenix*，其中最关键的是对order的理解，order在英语中有‘命令’的意思，但也有‘社团’的意思。在翻译到第6章时，我们的翻译表示‘凤凰令’的译法是非常牵强的，因为原著有许多‘join the order’的句子，这实际上在讲的是一个对付伏地魔的组织，是‘社团’的意思，于是在选择了几个类似的名字后，最终定下使用《哈利·波特与凤凰社》这个名字。”

人民文学出版社的简体中文版《哈利·波特》第5部要等到 *HP*5 首发两三个月之后才能正式出版发行，疯狂的哈迷们早已按捺不住，有的已经开始购买同步首发的英文原版进行阅读。这使得国内 *HP*5 的英语版销售火爆。根据《北京晨报》2003年6月28日的报道：“首次与全球同步售卖之后两三天，《哈利·波特与凤凰令》即告脱销，但各地订单仍不断飞来。短短一周，订书数量已过万册，这使他们发现，再次的进货量又‘保守’了！”彭伦在2003年7月1日《文汇读书周报》上也撰写文章提到了大批中国大陆的读者疯狂购买英文原版的 *HP*5，短短2天售出近5000册，即使这本书售价高达一百七八十元，而且像砖头

① 《哈利·波特与凤凰社》是《哈利·波特》系列小说中的第5部，也是该系列小说中最广受期待的一本，因为它的出版时间和前一本《哈利·波特与火焰杯》之间相隔3年。这本书一共有38章，是系列中故事最长的一本。英语单词数达到了257045个，简体中文版字数多达67.5万字。具体参见 https://www.jianshu.com/p/3aedf38c28f2。

一样厚。彭伦还指出购买英文原版的顾客以成人居多。英文的原著到手之后，部分英文能力比较强的热心哈迷在各大网络 BBS 论坛、百度贴吧等网络空间里对《哈利·波特》系列第 5 部进行翻译并将译文分享出来，引起众多哈迷支持。这些网络翻译的译者有些是独立翻译，有些则是团队协作，一个人或多个人翻译几个章节，网络译本以每天一万字的速度进行更新，其翻译速度要远远快于人民文学出版社的正式译文。当时国内著名的文学网站“西祠胡同”就刊登了连载中的第 5 部《哈利·波特与凤凰令》网络译本，受到众多网友追捧①。

《哈利·波特》系列第 6 部网络翻译的中文版本名称是《哈利·波特与混血王子》或《哈利·波特与半血亲王子》。2005 年 7 月 16 日，《哈利·波特》系列第 6 部全球同步首发，但是就在当天，百度贴吧就出现帖子，名为“《哈利·波特》与混血王子内容大揭秘”，内容梗概基本符合原著。到 2005 年 7 月 22 日，百度贴吧已经更新了全部 30 章所有情节梗概。网络论坛为了聚集人气，都希望自己的译文发布是最快的，基本上都在 2005 年 8 月 15 日前后发布了网友独立翻译的全译本。而人民文学出版社的正式译本虽然由 3 位译者加班加点赶进度，但由于需要审校、印刷等，正式版到 10 月 15 日才发行，比网络版整整滞后了 2 个月。同样，繁体中文版虽然由 4 位译者组成翻译小组进行翻译，但也是比网络版滞后一个多月才正式发行。当《哈》6 即将出版时，人民文学出版社公布了正式版中文书名：《哈利·波特与“混血王子”》。人民文学出版社的书名在混血王子上加了双引号，责任编辑王瑞琴在 2005 年 10 月 13 日接受《北京晚报》采访时表示：“此举并非为制造噱头或是打击盗版，确实出于翻译的需要。”她说：“在翻译的过程中译者发现‘prince’在书里有多种含义……是罗琳给读者一种文字游戏的感觉……加上引号是因更能贴切地表达英文单词的多义性。”

《哈利·波特》系列第 7 部网络翻译的中文版本名称是《哈利·波特与死圣》。网络上关于《哈利·波特》系列第 7 部最有名的网络译本是哈迷自发组织的“霍格沃茨翻译学院②”集体翻译的，该翻译小组有自己的网站与独立的翻译组、修订组和终审组，该网站声明翻译内容均用于英语爱好者学习交流，是非营利性的。

在这一阶段，由于 J. K. 罗琳及其代理人的坚持，所有的《哈利·波特》后续作品被要求做到同步销售，这导致译者都只能在新书全球发布会当天才能开始对原著进行翻译。而众多哈迷读者早已不满足于被动地等待人民文学出版社的正版译本。随着扫描技术和互联网的发展，世界各地的网友相互分享英文原著，使得有英文功底并热衷于翻译的哈迷网友开始独自或者组队进行翻译，并将译文在

① 出于版权考虑，西祠胡同网站后删除了与《哈利·波特》系列作品有关的翻译内容，但是仍然保留了“哈利·波特”讨论版和当年的帖子标题，具体参见 http://www.xici.net/b216373/2。

② “霍格沃茨翻译学院”是由哈迷自发组成的对《哈利·波特》作品进行翻译的专业翻译团队，不是单一的翻译小组，其网址是 www.hptranslate.cn，但是目前已经不能访问。

互联网上进行发布、分享。各种网络译文深受众多读者欢迎。

（三）第三阶段：修订、重译和品牌维护的“后哈利·波特时代”

“后哈利·波特时代”是指2007年《哈利·波特》系列小说7部完结至今，其间，人民文学出版社对旧版本进行修订、重译工作，以及对《哈利·波特》和其周边产品（如电影、衍生书籍、舞台剧剧本等）进行翻译工作。除此之外，人民文学出版社针对“哈利·波特”这个知名IP进行了深度维护和长线规划。

1. 修订、重译旧版本——力求译文完美，翻译风格统一

《哈利·波特》系列前3部的版权在被人民文学出版社一起引进国内的时候，出版社从译者的选择到出版发行都格外注意。在中译本《哈利·波特》的翻译问题上，人民文学出版社对译者的选择还是比较谨慎的，考虑到原作者J. K. 罗琳是一位女性作家，他们最终选择了4位女性译者（曹苏玲、马爱农、马爱新、郑须弥），她们在翻译方面的经验值得信任，而且她们相比男性译者而言更能再现作者罗琳的文风。2007年，《哈利·波特》系列小说完结，但是由于这7部小说的译者较多，翻译风格没有统一，加上当初留给译者的时间太少而导致存在一些翻译错误，因此人民文学出版社决定对该套小说进行修订和重译。2018年11月3日，《重庆晚报》刊登了一篇文章，详细介绍了中文版《哈利·波特》的译者。在这篇报道中，译者马爱农就曾提到她在中译本《哈利·波特》的翻译过程中留下了不少遗憾，“罗琳每次更新，中国读者都很期待，希望能在英文原版推出后一两个月内看到中文版”，而这样的话就让马爱农和妹妹马爱新的翻译很仓促，总是觉得不够完美。该系列小说在2007年完结之后，人民文学出版社决定对中译本《哈利·波特》进行修订，马爱农也沉下心不断地打磨，认真对每一页的词句进行斟酌修订，她谈道：“最早的时候，我们也没看过后续的书，对于每个人的性格发展都未知。现在回过头来修订、重译，人物更丰满，文字也更流畅，即使是年龄较小的读者，阅读起来都不会有障碍。”

2008年年底，人民文学出版社出版了一套《哈利·波特》系列周年纪念版，修改了全套书的封面。人民文学出版社找马氏姐妹重译了《哈利·波特》系列的第3部，并把第3部更名为《哈利·波特与阿兹卡班囚徒》。人民文学出版社编辑部在2009年版的书上说明了重译的主要缘由，内容如下：由郑须弥翻译的《哈利·波特与阿兹卡班的囚徒》自2000年9月面世至今，已经印刷25次，单印数已达145万册。但由于《哈利·波特》系列其他几册的译文多出自马爱农、马爱新之手，考虑到全系列文字风格的统一，在郑须弥与本社的翻译合同到期之际，本次新版我们决定改用马氏姐妹的译文，并更名为《哈利·波特与阿兹卡班囚徒》（马爱农，2009：V）。同样，人民文学出版社为求翻译风格一致，在2009年4月让马爱农和马爱新对《哈利·波特》第5部进行重译，重译的部分主要是由蔡文先生当初翻译的最后10个章节。

2014年，为纪念中译本《哈利·波特》出版15周年，人民文学出版社第二次对译文做了全面修订并重新设计排版，也重新设计了封面，出版了《哈利·波特》纪念版。该版本对之前大量的前后翻译不统一的地方进行了系统的修订。遗憾的是，仍然有不少错误没有修改过来，但至少说明人民文学出版社在译文的修订方面仍在不断地努力。

2017年，人民文学出版社第三次邀请译者马爱农将全套小说文字进行了精益求精的进一步完善和修订，并使用全球同步新版封面，改进工艺和装帧，出版了《哈利·波特》精装典藏版①。整个过程历时2年。这次修订过程中，人民文学出版社认真对待漏译和错译，7部书中不少网友之前提出有漏译、错译的地方基本都得到了修订。

2019年，人民文学出版社启动第4次修订工作，并开始出版发行《哈利·波特》英汉对照版。

2. 对周边产品的翻译——“哈利·波特”故事的延续

随着《哈利·波特》系列小说在世界范围内的风靡，由其改编翻拍的同名电影共计8部也迅速走红，全球总票房为78亿美元，成为电影史上票房最高的系列片之一。2007年《哈利·波特》系列小说书稿完结之后，J. K. 罗琳一直笔耕不辍，不断对《哈利·波特》带给我们的魔法世界进行补充、完善和添加新的故事。例如，2008年，J. K. 罗琳出版了 *The Tales of Beedle the Bard*（简体中文译名为《诗翁彼豆故事集》），这是魔法世界家喻户晓的床边故事集，也是《哈利·波特》系列小说最后一部中霍格沃茨魔法学校校长邓布利多留给哈利·波特的好友赫敏·格兰杰的礼物，该书中文版出版信息见表3-1。

表3-1 《诗翁彼豆故事集》简体中文和繁体中文译本及出版信息

英文书名	原著作者	中文译名	译者	初版出版日期
The Tales of Beedle the Bard	J. K. 罗琳	简体中文：《诗翁彼豆故事集》	马爱农	2008年12月
		繁体中文：《吟游詩人皮陀故事集》	林静华	2008年11月19日

作为《哈利·波特》故事的正版续集，舞台剧 *Harry Potter and the Cursed Child* 由J. K. 罗琳和杰克·索恩（Jack Thorne）联合编剧，于2016年7月30日在英国伦敦西区的宫殿剧院首演，分上下两部演出。该剧讲述的是第7部《哈利·波

① 需要指出的是，国外细心的网友发现了J. K. 罗琳在写作过程中的多处漏洞，因此J. K. 罗琳本人也对英文原版做了一些修订，而国内人民文学出版社拿到的原文不一定就是最新版，《哈利·波特》到目前仍在不断修订中。截至发稿，英国版20周年纪念版是最新英文版本，2019年1月人民文学出版社出版发行的《哈利·波特》（英汉对照版）是我国最新版本，所有中文译文是经过最新修订的版本。

特与死亡圣器》19年后的故事，主要讲述了中年哈利在魔法部的工作及与自己3个孩子的关系。2016年10月29日，《哈利·波特》舞台剧剧本 *Harry Potter and the Cursed Child* 出版，简体中文译名为《哈利·波特与被诅咒的孩子》，也被众多哈迷称为《哈》8，由人民文学出版社出版发行，首印30万册。该书由马爱农翻译，是英文原版（英文版首发时间是2016年7月31日）推出后全球最早翻译出的译本之一，获得了罗琳代理人的称赞。据《哈利·波特》系列责任编辑王瑞琴介绍，《哈利·波特与被诅咒的孩子》是《哈利·波特》的第8个故事，以J. K. 罗琳、约翰·蒂芙尼（John Tiffany）和杰克·索恩创作的全新故事为基础，是一部由杰克·索恩执笔的全新剧本，也是第一个被搬上舞台的“哈利·波特”官方故事。在我国台湾地区，2016年11月28日，繁体中文版《哈利波特8：被詛咒的孩子》由皇冠文化出版有限公司出版发行，译者为林静华。

除了上述官方衍生书籍之外，人民文学出版社还出版了一些与《哈利·波特》有关的著作，如2012年6月1日出版的《哈利·波特 de 书架》，原作者是约翰·格兰杰（John Granger），译者是马爱新；2017年4月1日出版了J. K. 罗琳创作的《神奇动物在哪里》和《神奇动物：格林德沃之罪》原创电影剧本，译者是马爱新、马珈。

3. 深度维护和长线规划的“哈利·波特”品牌

利用同名电影上映的时机，人民文学出版社开始制订整套计划深挖“哈利·波特”这一品牌，从而使“哈利·波特”品牌效应得到最大化发挥。与此同时，人民文学出版社也开始对这部经典的奇幻文学作品进行深度维护，并开会决定对该品牌做长期的规划和维护。时任人民文学出版社社长聂震宁（2002：12）曾撰文把对超级畅销书《哈利·波特》系列的整体开发和宣传营销比喻成一项系统的“生命工程”，并提出“出版不息，促销不止，要把促销进行到底”。人民文学出版社从2015年开始推出了一系列活动深度维护和持续推广“哈利·波特”这个知名IP，见表3-2。

表3-2　人民文学出版社为深度维护“哈利·波特”品牌所举办的活动列表

时间	地点	活动名称
2015年7月31日	北京	哈迷集结号——哈利·波特15周年暨J. K. 罗琳50岁生日纪念
2016年3月12日	北京	哈利·波特2016都市寻宝活动——人民文学出版社的旅程
2017年8月18日	上海	《哈利·波特》出版20周年哈迷见面会
2018年7月1日	北京	“我与哈利·波特的这些年”分享会
2019年4月26日	北京	“哈利·波特读书之夜”
2020年4月26日	网络平台（抖音）	“哈利·波特读书之夜”

人民文学出版社举办的一系列品牌推广和读者见面会活动，不仅使出版社和哈迷读者之间的联系得以加强，而且有效地拉近了读者和人民文学出版社“哈利·波特”品牌之间的距离，有力地提升了“哈利·波特”这个IP的知名度和品牌识别度。这种活动更为直接，和哈迷读者近距离接触也能不断提高图书销量，并且能燃起老读者购买新版图书重新阅读的欲望，也能鼓励更多新读者加入阅读该图书的行列，进而扩大《哈利·波特》图书的阅读范围和推广人民文学出版社“哈利·波特”的品牌。读者见面会活动主要借鉴国外做法，人民文学出版社2019年4月27日在Pageone（叶壹堂）书店北京坊店举办“哈利·波特读书之夜”① 哈迷大聚会活动，主要是分享读书心得，畅谈《哈利·波特》系列图书对自己成长的影响。《人民日报》（海外版）在2019年5月13日这一天对这次活动进行了详细报道，人民文学出版社的责任编辑王瑞琴说：“《哈利·波特》给我们力量，它是一套能伴随我们一生的经典。我希望我们身边永远有这样的好书，希望我们永远不放弃阅读。”与此同时，人民文学出版社还不断与许多“哈利·波特”同人社团开展多渠道沟通、建立联系，增强哈迷读者黏性。随着科技的日新月异，人民文学出版社也与时俱进地开通了官方的“哈利·波特”微信公众号“RenWenHP”（人文社 Harry Potter 工作室），及时介绍《哈利·波特》系列图书在中国的出版情况和阅读文化等信息。同时，人民文学出版社还招募具有一定资历的哈迷网友做实习生②，负责《哈利·波特》系列英汉对照版的编排工作。2017年9月25日，人民文学出版社策划部主任宋强在接受《中国新闻出版广电报》采访时对记者说：“我们会好好发掘这个宝藏，让‘哈利·波特’这个品牌一直发亮。”

二、《哈利·波特》在中国的出版概况

《哈利·波特》作品的简体中文版版权在经过数家出版社的鏖战竞争后，最终人民文学出版社胜出，《哈利·波特》简体中文版由人民文学出版社出版发行。繁体中文版则是由台湾皇冠文化集团旗下的皇冠文化出版有限公司（简称皇冠文化）出版发行。繁体中文版《哈利·波特》系列第一部的出版日期要早于简体中文版的《哈利·波特》，二者的出版方式略有不同。本节将以图表和文字相结合的形式详细介绍《哈利·波特》系列作品在中国大陆和台湾地区的出版

① “哈利·波特读书之夜”是由英国负责出版发行《哈利·波特》系列图书的布鲁姆斯伯里出版社于2015年发起的书迷读书分享活动，每年都有不同的主题，该活动现已成为全球性的哈迷读者交流读书体会的大型聚会，每年有很多国家在书店、学校、体育馆等场所举办各自的读书之夜。第六届“哈利·波特读书之夜”活动于2020年2月6日举办，这次读书之夜的主题是“三强争霸赛（Triwizard Tournament）”。具体参见 https：//harrypotter. bloomsbury. com/uk/harry-potter-book-night/。

② 具体参见 https：//mp. weixin. qq. com/s/V96vzb2GOYZC7DbWt8KzuQ。

发行、翻译等情况。

（一）《哈利·波特》在中国大陆的出版概况

1.《哈利·波特》简体中文版的译名

1997年6月26日，*HP*1由英国布鲁姆斯伯里出版社出版发行，首印500册。在中国大陆，人民文学出版社于2000年10月6日推出了前3部的中译本，每册首印20万册，共计60万册。时任人民文学出版社社长聂震宁在采访中透露，仅一年半的时间，《哈利·波特》图书销售达7700万码洋，创下中华人民共和国成立以来单本图书出版发行的奇迹（姜淑芹，2008：82）。截止到2017年6月，《哈利·波特》引进中国17年，销量超过2000万册（张知依，2017）。

在国内的媒体报道中，*Harry Potter* 最初被译成《哈利·波特》和《哈里·波特》两种。那为什么后来人民文学出版社得到授权后正式出版的译本名称定为《哈利·波特》呢？当时的人民文学出版社社长聂震宁在接受《中国图书商报》的记者采访时道出了原委。原来台湾皇冠文化在拿到小说繁体中文版的版权之后于2000年6月23日出版发行了该小说系列的第1部，名为《哈利波特：神秘的魔法石》。“英方希望译成《哈利·波特》，以便与台湾先期出版的繁体中文版一样，‘里’与‘利’，我们仔细感觉后，认为后者还是要让中文读者觉得亲切一些，于是就决定取了这个顺利的利、胜利的利、利益的利”（聂震宁，2002：10）。2000年10月6日，人民文学出版社全国同步发行中译本《哈利·波特》系列作品前3部。由于中译本《哈利·波特》（1—3）的成功发行和良好销售，人民文学出版社毫无悬念地顺利获得了《哈利·波特》系列后面4部的简体中文版版权。《哈利·波特》系列的简体中文版译名见表3-3。

表3-3 《哈利·波特》系列原著书名及简体中文版译名

原著书名	简体中文版译名
Harry Potter and the Philosopher's Stone	《哈利·波特与魔法石》
Harry Potter and the Chamber of Secrets	《哈利·波特与密室》
Harry Potter and the Prisoner of Azkaban	2000年初版中译名： 《哈利·波特与阿兹卡班的囚徒》 2009年之后修订版更改译名： 《哈利·波特与阿兹卡班囚徒》
Harry Potter and the Goblet of Fire	《哈利·波特与火焰杯》
Harry Potter and the Order of Phoenix	《哈利·波特与凤凰社》
Harry Potter and the Half-Blood Prince	《哈利·波特与“混血王子”》
Harry Potter and the Deathly Hallows	《哈利·波特与死亡圣器》

2.《哈利·波特》简体中文版的译者和责任编辑

关于简体中文版《哈利·波特》的译者，很多人只是知道马氏姐妹（马爱农和马爱新），但是除了马氏姐妹二人之外，其实还有其他 4 位译者参与了这部作品的翻译工作，他们分别是曹苏玲、郑须弥、蔡文和张红①。人民文学出版社 2000 年拿到前 3 部的版权，翻译工作的安排是：翻译家曹苏玲译第 1 部；第 2 部由马爱农和妹妹马爱新合译；第 3 部找了新华社记者郑须弥女士单独翻译。人民文学出版社在《哈利·波特》系列 7 部作品完结之后，为了统一翻译风格和纠正翻译错误，对《哈利·波特》系列做了几次修订，重新修订后的版本译者基本上都是马氏姐妹二人。除了上述译者之外，人民文学出版社负责《哈利·波特》系列引进项目的少儿编辑室主任同时也是责任编辑的王瑞琴女士非常关键。接下来，笔者对其中 3 位女性译者（曹苏玲、马爱农和马爱新）和责任编辑王瑞琴女士做重点介绍。

曹苏玲（1930—2014），出生于莫斯科，祖籍河南卢氏县，精通英语和俄语。曹苏玲女士历任人民文学出版社外国文学编辑部助理编辑、编辑、编审，多年来翻译了大量作品。曹苏玲女士经验丰富，也是她奠定了《哈利·波特》这部作品中人物、地名等诸多重要元素的翻译基础。当曹苏玲女士接手《哈利·波特》系列第 1 部《哈利·波特与魔法石》翻译工作的时候，已经 70 岁高龄。她一共翻译了《哈利·波特与魔法石》的前 8 个章节。毋庸置疑的是，曹苏玲女士这 8 个章节的译文为后面所有《哈利·波特》系列作品的译文奠定了一个很好的基础：书中的 3 个主要人物（Harry Potter、Ron Weasley、Hermione Granger）人名的翻译（哈利·波特、罗恩·韦斯莱、赫敏·格兰杰）更是成为一代人心中难以磨灭的回忆和经典，反派人物“伏地魔（Voldemort）”的翻译也十分形象和贴切，魔法世界里不会魔法的人（Muggle）译作“麻瓜”，妖精经营的银行（Gringotts）译成“古灵阁”，购物街（Diagon Alley）译成“对角巷”等。这些经典的人名和地名都出自曹苏玲女士之手。2014 年 6 月 13 日，曹苏玲女士逝世，《北京青年报》刊发文章缅怀她。在文章中，译者马爱农曾回忆说：“曹苏玲女士是中国翻译《哈利·波特》第一人，是《哈利·波特与魔法石》前半本的译者，以流畅传神的译文奠定了整套系列中译本的基调。”后来，因为时间比较紧张，翻译工作必须要尽快完成，以便早日出版。翻译家曹苏玲由于身体、时间方面的困难，只能中途退出。人民文学出版社少儿编辑室主任王瑞琴只好将正在与妹妹马爱新合作翻译第 2 部的马爱农调来。所以，《哈利·波特与魔法石》从第 9 章“午夜决斗”开始，由马爱农接替翻译工作。到了最后署名时，曹苏玲和马爱农两

---

① 张红，一直在人民文学出版社进行翻译工作，原本参与了《哈利·波特》第 6 部的翻译，但是因为其翻译风格与马氏姐妹不同，所以最后退出。翻译阵容撤换的细节在 2005 年 8 月 23 日的《新闻晨报》上有相关报道。

人同意各取名字中的一个字，这样就有了笔名“苏农”（舒晋瑜，2007：18）。

马爱农①，1964 年出生于江苏省南京市。1986 年毕业于南京大学外文系英文专业，毕业后在南京医学院②基础部担任英语教师。1993 年从北京外国语学院英语系研究生毕业，研究方向是翻译理论与实践。自 1993 年起在人民文学出版社外文编辑室任编辑，2000 年被评为副编审。她翻译了不少儿童文学作品，其中她与妹妹马爱新合作翻译了广为中国读者熟悉的《哈利·波特》系列小说。

马爱新③，1974 年出生于江苏省南京市，毕业于北京外国语大学，曾在对外翻译出版公司工作。因与姐姐马爱农合作翻译《哈利·波特》系列小说而为人熟知。

王瑞琴，人民文学出版社编审，少儿读物编辑室主任，《哈利·波特》系列策划编辑和责任编辑。正是因为王瑞琴编辑敏锐的出版人嗅觉，才有了人民文学出版社的《哈利·波特》系列。早在 1999 年的时候，王瑞琴就注意到当时已经在欧美图书市场上销售十分火爆的 *Harry Potter* 一书，她通过不懈努力和作家 J. K. 罗琳的代理人取得联系，最终使人民文学出版社在《哈利·波特》中文版版权的竞争中获胜。

除了上述 3 位译者和王瑞琴编辑之外，还有其他几位译者需要我们记住，因为正是有了他们的翻译，这部经典的英国奇幻文学作品才在中国得以传播。详细的《哈利·波特》系列简体中文版译者信息见表 3-4。这里需要说明的是，人民文学出版社对《哈利·波特》全系列进行了数次修订，表 3-4 中统计的版本更新后译者信息源自人民文学出版社 2017 年出版的《哈利·波特》典藏版。

表 3-4　《哈利·波特》系列简体中文版译名及译者

简体中文版译名	译者	版本更新后译者
《哈利·波特与魔法石》	苏农（曹苏玲、马爱农）	苏农（曹苏玲、马爱农）
《哈利·波特与密室》	马爱新	马爱农、马爱新
《哈利·波特与阿兹卡班的囚徒》（2000 年版）	郑须弥	
《哈利·波特与阿兹卡班囚徒》（2009 年版）		马爱农、马爱新
《哈利·波特与火焰杯》	马爱新	马爱农、马爱新
《哈利·波特与凤凰社》	马爱农、马爱新、蔡文	马爱农、马爱新
《哈利·波特与“混血王子”》	马爱农、马爱新	马爱农、马爱新
《哈利·波特与死亡圣器》	马爱农、马爱新	马爱农、马爱新

① 参见百度百科 https：//baike. baidu. com/item/马爱农。

② 南京医学院于 1993 年更名为南京医科大学。

③ 参见百度百科 https：//baike. baidu. com/item/马爱新。

自2003年开始，人民文学出版社参与《哈利·波特》全球新书同步首发。为了应对盗版和早日出版发行抢占市场，人民文学出版社留给译者的翻译时间十分紧张。因此，当时的人民文学出版社找了蔡文先生和马氏姐妹合作翻译了*HP*5，蔡文翻译该书的最后10个章节。

2005年，*HP*6一开始公布的译者是马爱新、马爱农和张红3人。将翻译第5部的蔡文替换成张红，很多读者和媒体担心这样的译者队伍变化会影响第6部的译文风格和翻译质量。在2005年9月19日出版的《中国新闻出版报》上，时任人民文学出版社副社长的潘凯雄说道，“用张红替换蔡文，主要考虑到作为女性的‘哈迷’，张红或许比蔡文更能捕捉作品人物的神韵”。但是由于张红一直翻译古典作品，其翻译风格和文字表达与马氏姐妹差异还是很大的，她本人也注意到了，于是决定放弃原定*HP*6中6个章节的翻译。*HP*6最终还是由马氏姐妹合作完成翻译。人民文学出版社策划部主任孙顺林在2005年8月23日的《新闻晨报》上解释说：“张红翻译时运用的习惯用语，长短句组合方式都与马氏姐妹的有所不同。为了《哈》6中文版的整体质量，张红自愿退出。马爱农、马爱新姐妹从《哈》1就在一起翻译，两人的磨合期比较长，熟悉彼此的文风。”由于马氏姐妹都很喜欢儿童文学作品的翻译，加上长期的合作及多年对《哈利·波特》系列小说翻译的探索和磨合，马爱农和马爱新姐妹两人对罗琳作品的语言风格、情节设定和人物性格的塑造都比较熟悉，翻译起来也得心应手、驾轻就熟，因而人民文学出版社还是将*HP*7的翻译任务交给她们二人。

因为《哈利·波特》系列作品前后一共有5位翻译，所以不少地方存在前后不一致问题，后来人民文学出版社请马氏姐妹数次对该作品进行修订、重译。版本更新后，除了该系列*HP*1的译者仍是苏农之外，《哈利·波特》系列作品其他6部的译者均为马爱农、马爱新。

3.《哈利·波特》简体中文版的出版日期

2000年8月底人民文学出版社才拿到《哈利·波特》的简体中文版版权。为了能够尽快出版这部在世界上已经风靡的奇幻文学作品，人民文学出版社领导已经注意到新产品必须要尽快上市，才能抓住市场，于是在2000年6月初版权之争还不明朗的时候就着手找译者开始翻译。因为《哈利·波特》前3部译成中文大约会有80万字，要求专有名词统一，而且要在短时间之内完成，所以当时的人民文学出版社少儿编辑室主任王瑞琴找了4位译者一起翻译。

尽管人民文学出版社引进版权时间比较晚，但是《哈利·波特》后面几部的出版发行总体比较快。2001年6月1日，《哈》4首发，首印20万册。2003年6月21日，中国首次加入《哈利·波特》全球首发活动。*HP*5约68万字，人民文学出版社译者于当日获得英文版后，开始翻译工作，翻译时间不足 2 个月①。《哈》5 于 2003 年 9 月 21 日上午出版发行，由马爱农、马爱新、蔡文合译完成，首印 80 万册。从第 5 部全球同步发行开始，后几部简体中文版是所有译本中最早发行的版本之一，基本上都是在英文原版发行之后 2~3 个月就发行。因为新书还要统稿、校对、制作版式，这些都需要时间。尤其是印刷，因为后面 3 部的首印高达 80 万册（最后一部《哈》7 首印为 100 万册），还需要把全国发货的时间考虑进去，所以真正留给译者翻译的时间其实很紧张。有关《哈利·波特》系列原著和简体中文版初版的具体出版时间见表 3-5。

表 3-5　《哈利·波特》系列原著和简体中文版初版出版时间表

原著书名	英国版初版出版时间	美国版初版出版时间	简体中文版初版出版时间
Harry Potter and the Philosopher's Stone	1997 年 6 月 26 日	1998 年 9 月 1 日	2000 年 10 月 6 日
Harry Potter and the Chamber of Secrets	1998 年 7 月 2 日	1999 年 6 月 2 日	
Harry Potter and the Prisoner of Azkaban	1999 年 7 月 8 日	1999 年 9 月 8 日	
Harry Potter and the Goblet of Fire	2000 年 7 月 8 日		2001 年 6 月 1 日
Harry Potter and the Order of Phoenix	2003 年 6 月 21 日		2003 年 9 月 21 日
Harry Potter and the Half-Blood Prince	2005 年 7 月 16 日		2005 年 10 月 15 日
Harry Potter and the Deathly Hallows	2007 年 7 月 21 日		2007 年 10 月 28 日

（二）《哈利·波特》在中国台湾地区的出版概况

1. 《哈利·波特》繁体中文版的译名及译者

繁体中文版的《哈利·波特》系列第 1—4 部都是由彭倩文女士独立完成翻译的，后面随着英文版本字数逐渐增多，以及为了尽快出版，皇冠文化出版有限公司找了数位译者合作成立了皇冠编译组进行翻译，彭倩文仍是译者之一。

彭倩文②，淡江大学中文系毕业，纽约市立大学戏剧研究所肄业，现为专职翻译。译有《哈利·波特》系列小说繁体中文版（台湾皇冠文化集团）前 4 部、《辛德勒的名单》等书。

《哈利·波特》系列的繁体中文版译名及译者见表 3-6。

---

① 根据《北京晨报》2003 年 7 月 8 日的报道，人民文学出版社 3 位译者于 2003 年 6 月 21 日拿到 *Harry Potter and the Order of the Phoenix* 英文原著后，按照合同，中译本《哈利·波特与凤凰社》将于 2003 年 8 月 10 日前完稿，因此译者翻译这本书的时间只有 50 天左右。具体参见 http：//www. china. com. cn/chinese/RS/361535. htm。

② 具体参见 http：//www. crown. com. tw/Bookinfo. aspx？ bid=375047。

表 3-6 《哈利·波特》系列繁体中文版译名及译者

原著书名	繁体中文版译名	译者
Harry Potter and the Philosopher's Stone	《哈利波特：神秘的魔法石》	彭倩文
Harry Potter and the Chamber of Secrets	《哈利波特：消失的密室》	彭倩文
Harry Potter and the Prisoner of Azkaban	《哈利波特：阿兹卡班的逃犯》	彭倩文
Harry Potter and the Goblet of Fire	《哈利波特：火盃的考驗》	彭倩文
Harry Potter and the Order of Phoenix	《哈利波特：鳳凰會的密令》	皇冠编译组 （译者有雷蓝多、庄静君、彭倩文、李佳姗、吴俊宏、林静华）
Harry Potter and the Half-Blood Prince	《哈利波特：混血王子的背叛》	皇冠编译组 （译者有张定绮、彭倩文、赵丕慧、林静华）
Harry Potter and the Deathly Hallows	《哈利波特：死神的聖物》	皇冠编译组 （译者有张定绮、彭倩文、赵丕慧、林静华）

2. 《哈利·波特》繁体中文版的出版日期

2000 年 6 月 23 日台湾皇冠文化出版《哈利波特：神秘的魔法石》的时候，英美两国已经出版了该小说系列的第 4 部。皇冠文化通过媒体对《哈利·波特》的各种报道，调动了读者的饥饿感。但是与中国大陆人民文学出版社前 3 部一起出版发行不同的是，皇冠文化决定每半年推出一部《哈利·波特》。因为皇冠文化想采取“饥饿营销”的方法，这样能引起读者消费的欲望。结果表明，这种营销策略效果很明显，台湾地区的《哈利·波特》繁体版销量不断攀升。有关《哈利·波特》繁体中文版的具体发行时间见表 3-7。

表 3-7 《哈利·波特》系列原著及繁体中文版出版时间表

原著书名	英国版初版出版时间	美国版初版出版时间	繁体中文版初版出版时间
Harry Potter and the Philosopher's Stone	1997 年 6 月 26 日	1998 年 9 月 1 日	2000 年 6 月 23 日
Harry Potter and the Chamber of Secrets	1998 年 7 月 2 日	1999 年 6 月 2 日	2000 年 12 月 22 日
Harry Potter and the Prisoner of Azkaban	1999 年 7 月 8 日	1999 年 9 月 8 日	2001 年 6 月 22 日
Harry Potter and the Goblet of Fire	2000 年 7 月 8 日		2001 年 12 月 8 日
Harry Potter and the Order of Phoenix	2003 年 6 月 21 日		2003 年 9 月 26 日
Harry Potter and the Half-Blood Prince	2005 年 7 月 16 日		2005 年 9 月 22 日
Harry Potter and the Deathly Hallows	2007 年 7 月 21 日		2007 年 10 月 19 日

三、《哈利·波特》翻译与出版史的总结与思考

译介学的研究内容和研究对象之一就是对外国作家和作品在译入语国家的译介研究，因此仔细梳理《哈利·波特》在中国的译介出版情况是本书必不可少的内容之一。中译本《哈利·波特》的面世，是《哈利·波特》在中文世界传播的一件大事，意义重大。无论是简体中文版还是繁体中文版，该小说在经过翻译之后为中文世界的读者们完整、忠实地呈现了英国作家 J. K. 罗琳笔下《哈利·波特》这一风靡世界的奇幻小说的内容全貌，体现了丰富的文化内涵，再现了原作者高超的叙事技巧和文学表现手法。人民文学出版社和台湾皇冠文化付出了不少努力才获取了版权，并让该系列作品在中文世界里得以传播和接受。然而，人民文学出版社为了抢占市场匆忙出版该书，留给译者翻译的时间非常有限，加上存在多位译者，翻译风格不统一，出现了不少误译和漏译，导致人民文学出版社后期要对该系列进行修订和重译，这具体体现在以下三个方面：首先，2000 年人民文学出版社拿到简体中文版版权之后，为了和台湾皇冠文化争抢先机，要求多位译者分别译《哈利·波特》系列前 3 部中的一本，再加上翻译第一部的曹苏玲女士中途退出，导致译文风格从一开始就没有统一，留下隐患。由于《哈利·波特》系列小说中出现了大量的专有名词，如人名、地名、课程名称、魔法物品、食物、神奇动物、咒语等，译者过多导致专有名词翻译不统一，从而引发读者的困惑、误解。其次，简体中译本《哈利·波特》中出现了大量漏译，有的是一整段，有的是一句话，有的是漏掉了个别单词。尽管这些漏译在修订版本中基本都已经添加补全，但是早期的漏译对当时的读者在理解上还是有很大影响的。最后，小说中出现大量的“文字游戏”，例如双关语、习语等，只有台湾地区的繁体中译本将部分翻译出来了，而人民文学出版社的译本对这些文字游戏基本都没有翻译出来，这使得中译本没有能够将原作者想要表达的深层次含义表达出来，也在一定程度上给读者的阅读造成障碍。

尽管在“后哈利·波特时代”人民文学出版社为了维护品牌，统一风格，将之前的译本进行修订、重译，但是早期的中译本《哈利·波特》伴随着一代人的成长，见证了许多哈迷读者的青春，给一代人带去了欢乐和感动，有些译文已经成为一代读者心中永恒的回忆。原著《哈利·波特》从 1997 年出版到 2000 年进入中国，在中国读者心目中占有很重要的地位，这都要归功于作为赞助人的出版社的积极推进及相关译者的翻译。如果没有中译本《哈利·波特》，大部分中国读者无法欣赏到这部经典的文学作品，无论是人民文学出版社还是皇冠文化的中译本，其带给我们的回忆不可磨灭。随着 21 世纪以来互联网技术的发展，值得注意的一个翻译现象就是《哈利·波特》网络译本的出现，这说明新时期

的中国读者已经不再是一味地被动接受出版社正式译本的普通型读者了。网络译本和正版译本并存，也从一个侧面说明，网络翻译的译文能够得到网友的认可，网络译本并非粗制滥造。从《哈利·波特》第5部开始出现了不少网络译本，网络译本的出现使读者能够与世界保持同步，这也说明了众多哈迷对于这部作品的热爱，以及对于译文质量能更上一层楼的渴望。在网络与生活紧密联系的当代，出版社对这些读者的反馈也不能置之不理，因而网络上各种读者意见的出现及网络译文都对人民文学出版社的译文修订和重译工作形成了“质量监督”，同时促进了译本质量的提升，也影响着该作品在中国的进一步传播和接受。

第四章 《哈利·波特》在中国的接受语境和中译本评介

《哈利·波特》系列小说进入中国已经有20多年，中译本《哈利·波特》拥有一大批伴随该系列作品成长的中国读者。从第一部到最后一部出版，每一个读者都能从该系列作品中看到自己的影子，20多年来，读者们和故事里的主人公一起成长。在这个流行文化速朽、充满诱惑、多媒体充斥各个角落的读图时代，能让中外读者都能静下心来进行阅读，专心沉浸在魔法世界中，对生活充满向往和希望，这种历久弥新的无穷魅力一直都值得普通读者不断追寻和学院派的专业研究者们深思。20多年来，中译本《哈利·波特》在中国读者心中究竟有着什么样的地位，他们又是如何看待这一系列作品的？在本章中，首先，笔者将论述《哈利·波特》系列作品在进入中国之前的历史背景和接受环境；其次，笔者将展开历时性描述，详细介绍中译本《哈利·波特》在中国的评介史；最后，笔者将对国内《哈利·波特》的翻译研究情况进行介绍和总结。

一、接受土壤的形成和奇幻文学读者群体的勃兴

《哈利·波特》系列作品自2000年进入我国之后就延续着其在海外销售的传奇，但该英国奇幻文学作品在中国的传播和接受肯定与英语世界不同，而这正是译介学的研究内容之一，即外国作品在译入语国家的译介研究：把《哈利·波特》的文学译介活动放置于两个不同文化背景和语言环境中，考察英语原文文本在目标文化语境中的生产与接受。正如谢天振（2007：75）所指出的“文学翻译把原作引入一个原作者没有预料到的接受环境，并且改变了原作者原先赋予作品的形式”。在这个过程中，接受环境是影响中译本《哈利·波特》在中国被读者接受情况的重要因素之一。

翻译是一项极为复杂的跨文化社会交际行为，不是简单的语言转化、解码和编码，而是各个国家文化之间的对话。各种翻译活动和翻译现象都应该放在具体

的历史语境下去考察。受到特定的时空制约，脱离了具体的历史语境，我们无法从根本上了解翻译的社会交际本质。“哈利·波特现象”其实就是某一特定的历史语境下出现的特殊翻译现象，只有通过深挖《哈利·波特》系列作品在其产生、创作及译介和传播的过程中的历史语境因素，我们才能弄清楚为什么这部作品能够风靡世界。《哈利·波特》是英国奇幻文学作品，但是在经人民文学出版社和皇冠文化引入版权之后，其译本同样在中国大陆和台湾地区热销。一个英国11岁儿童在魔法学校经历的一切同样能够在中国引起轰动，这让人不得不思考：一部作品在经过翻译之后是如何将原作者所创作的人物形象进行译介转换和传播的？中国一直以来对外来优秀文学作品有着强烈的需求，早就形成了一个对外来文化、文学有强烈需求的接受环境。谢天振（2011：6）就曾提出过两个在中西文化交流中存在的特殊现象，即“时间差（time gap）”和“语言差（language gap）”。“时间差”指中国自清朝末年就开始积极主动地学习西方先进文化，大量译介西方书籍，深入学习并了解西方，至今已经有100多年的历史，并且在此过程中主动的学习居多。长时间的积累使得中国对西方文化的了解较为深入。随着改革开放的不断推进，中国人不断深入学习外语、了解国外各种文化，中国的读者能够相对比较轻松地阅读和理解来自西方的文学著作，并且这个读者群的数量在不断增加。相比较而言，西方各国积极主动学习和了解中国文学和文化只是最近二三十年的事。换句话说，他们缺少大量了解中国文化和文学作品的读者群。“语言差”是指中国人学习西方语言远比西方人学习汉语要简单，所以我们国家拥有一批精通西方语言的专家学者和大量粗通这些语言并了解与之相关的民族文化的普通读者受众。就英语而言，我们国内拥有相当一批熟稔西方文化并对英语国家的文化和文学作品十分感兴趣的读者群。近几十年来，虽然中国的通俗文学译介不断掀起翻译高潮，但普通读者对奇幻文学作品仍然比较陌生，因此国内缺少奇幻文学的读者群。而随着21世纪《哈利·波特》和《魔戒》等奇幻文学作品的引进，奇幻文学读者群逐步形成并逐渐扩大。由此可见，影响《哈利·波特》系列小说在中国的译介、传播和接受的一个主要因素是目标语读者当时所处的接受环境。本节将《哈利·波特》系列作品放入历史的坐标轴，然后从该小说进入中国时的历史大背景出发，就《哈利·波特》进入中国前后的接受环境分三个阶段进行历时性描述，分析各个阶段中国普通读者对中译本《哈利·波特》的接受情况。

（一）1978—2000年：通俗文学强势崛起，奇幻读者群尚未形成

改革开放之后，我国英美通俗文学的翻译就进入一个新的高速发展时期。在20世纪80年代初和90年代，我国有过两次英美通俗文学热潮，国内出现了对大量英美通俗文学作品进行译介的现象，通俗文学进入一个跨越式发展时期。一方面，这个阶段精英文学的地位受到挑战，“文以载道”的文学教化功能退守边

缘，消遣为乐的通俗文学作为文学最原始的一个功能得到认可和发展，大量英美侦探推理类、冒险类、科幻类、历史类小说被译介。另一方面，在经历了“文革”之后，国内教育受到冲击，读者的阅读水平有待提高，而通俗文学简单易懂、情节引人入胜，正好符合这个层次的读者群需要。与此同时，我国自改革开放以来大量译介国外儿童文学作品。1978 年 10 月 11 日至 22 日，国家出版总局在江西庐山召开了“全国少年儿童读物出版工作座谈会”，会议主题就是“总结交流经验，制定规则，尽快把少儿读物出版工作搞上去，以适应新时期总任务的迫切需要”（喻建章，2006：25）。此次会议之后，儿童文学的译介繁荣起来。

西方儿童文学译介在 20 世纪八九十年代形成热潮，而且翻译数量众多、门类广泛。童话作为儿童文学最为经典的题材一直都是译介的重点，在 20 世纪 90 年代，外国童话的译介比重较高，但是在当时“童话概念比较宽泛，有些幻想小说也被划入童话”（陈晓莉，2011：94）。奇幻文学，英文为 fantasy literature，这个概念在这个阶段还是很新奇的，对于国内大多数读者来说很陌生。国外对于奇幻文学的研究可以追溯到 20 世纪 70 年代，法国的兹维坦·托多罗夫（Tzvetan Todorov）最早采用结构主义分析模式提出了奇幻文学的理论和定义。随着奇幻文学作为独立文学体裁的地位得到确立，到 20 世纪 90 年代国外已经掀起了研究热潮，这种文学体裁逐渐从边缘化走向中心。但是中国在这个阶段对奇幻文学的关注和研究几乎处于空白状态，只有零星的文章，如马顺佳（1987）在《关于科幻小说的两个问题》一文中提到了 science fantasy，将其译成“科学空想”。之后，朱自强（1992）则借用日本儿童文学界的概念，把 fantasy 理解成“小说童话”，并把其当成一种新的文学体裁。中国儿童文学评论家彭懿（1997）把 fantasy 译为“幻想文学”，并提出“幻想小说”概念，指出“幻想小说是运用小说的写实手法，创作的一个现实世界所不存在的长篇幻想故事”。奇幻文学又称为奇幻小说，是一种文学形式。然而中文中的“奇幻”一词是由英语单词“fantasy”翻译而来的，中国台湾学者朱学恒在 1992 年老牌电玩杂志《软体世界》的“奇幻图书馆”栏目中将“fantasy”译成“奇幻”，该译名沿用至今，成为通用译名[①]。该杂志专栏“奇幻图书馆”刊登了大量与电脑游戏内容有关的原创小说，主要目的是帮助游戏玩家进一步熟知游戏情节，以及满足资深游戏玩家对剧情严格的要求。2015 年 9 月 15 日，《新京报》刊登了记者采访朱学恒的访谈文章。在文章中，朱学恒谈道，“1997 年以前，在台湾奇幻文学的作品被归类于儿童文学，但游戏攻略书籍风靡一时”。当《哈利·波特》系列作品进入我国时，对其归类比较模糊，其既被归类为儿童文学，又被归类为文学、魔幻文学、奇幻文学等。一部作品被归类为多种文学类型，说明国内对此类型文学作品尚未有明确的

---

① 具体参见维基百科 https：//zh. wikipedia. org/wiki/fantasy。

定位和系统的研究，也没有进行大规模的译介，《哈利·波特》作为一个崭新的文学类型，我国的读者对其还很陌生。中国大陆读者比较熟悉的是“童话”，而奇幻文学对于他们来说却很新鲜。陈晓莉（2011）曾在文章中指出，20 世纪 90 年代我国对外国儿童文学的译介主要是 3 类：童话、小说和文学名著的“少儿化”译介。例如，英国奇幻文学大师托尔金的作品 *The Hobbit*① 在 1993 年由中国少年儿童出版社出版，当时译名为《小矮人闯龙穴》（徐朴译），这部译作被归为童话，作为“外国现当代童话名著丛书”5 册之一。

综上所述，从改革开放到 21 世纪开始之前这段时间，中国大陆还没有将童话与奇幻文学进行区分，也没有自己创作的奇幻文学作品出现，当时也不存在奇幻文学被接受的土壤，而奇幻文学类的读者群也尚未形成。

（二）2000—2005 年：奇幻文学读者群初具规模，影像与文本交相辉映

20 世纪 50 年代到 2000 年，国外奇幻文学产生了很多了不起的作品，如托尔金的 *The Hobbit* 和 *The Lord of the Rings*。但是，奇幻文学进入中文世界是 20 世纪末至 21 世纪初的事情。台湾联经出版事业公司（以下简称联经）是中文世界早期引进 *The Lord of the Rings* 的出版公司之一，在 1993 年便已取得 *The Hobbit* 和 *The Lord of the Rings* 的繁体中文版版权。1996 年，译者刘会友翻译的 *The Hobbit*（《小矮人历险记》）由联经出版；2001 年 12 月，译者朱学恒 *The Hobbit* 重新翻译，译名为《魔戒前传：哈比人历险记》，仍由联经出版。由于 *The Lord of the Rings* 开局宏大、篇幅较长加上翻译很困难，台湾联经通过续约，在中国大陆延聘译者组成翻译小组（译者为张俪、郑大民、张建平、吴洪和杨心意）进行翻译，终于在 1998 年 1 月出版。1999 年，译林出版社购买了 *The Lord of the Rings* 的简体中文版版权，并于 2001 年 11 月出版了精装第一版，中译名为《魔戒》，译者为丁棣、姚锦镕和汤定九。2000 年 10 月，人民文学出版社将在国外已经风靡 3 年之久的《哈利·波特》前 3 部译介到中国之后，国外奇幻文学开始在中国引发阅读热潮。

一方面，中国本土的奇幻文学随之兴起，伴随着互联网在中国的高速发展，我国本土也开始涌现出大量的原创奇幻文学作家及作品。在这一阶段，随着大量欧美奇幻文学作品的引进和译介，中国本土的原创作者开始复制《魔戒》《哈利·波特》等国外奇幻文学成功的创作模式，他们的作品以网络文学形式被众多网友阅读，但多数作品比较粗糙，质量不高。1998 年，中国大陆杂志《大众软件》增刊以较长的篇幅刊登了台湾奇幻小说翻译者朱学恒（笔名“路西法”）的文章《奇幻文学的今昔》。文章一开始向读者介绍了“奇幻文学”这一风靡欧美的新

---

① *The Hobbit* 在 2013 年 1 月由上海人民出版社重译，中译本名为《霍比特人》，译者为上海外国语大学高级翻译学院教授吴刚。

文类概念，然后把近20年来在欧美奇幻文学界比较活跃的几位作者和他们的作品一一进行了介绍，如罗伯特·霍华德（Robert E. Howard）的《蛮王柯南》、托尔金的《魔戒之王》、泰瑞·布鲁克斯（Terry Brooks）的《莎拉娜之剑》和罗伯特·乔丹（Robert Jordan）的《时光之轮》等。在这之后，中国的奇幻文学读者群逐渐形成，同时中国本土的奇幻文学创作也如雨后春笋般发展起来，不少致力于创作奇幻文学的作者把作品放在网络平台上。一时间，中国出现了不少以奇幻文学为主要作品的网站，例如2000年8月1日建立的“龙的天空原创联盟网站”① 就是国内最大的网络小说讨论网站之一，也是重要的网络文学尤其是幻想文学原创平台和核心讨论平台。该网站对中国大陆的奇幻文学创作和发展起着至关重要的作用，也正是这个网站，在中国网络高速发展的21世纪，培养了第一批奇幻文学读者。该网站还与中国台湾地区出版社合作，将中国大陆作者创作的作品在台湾地区进行出版发行，依靠不错的版税吸引了更多优秀作家加入奇幻文学作品的创作行列。之后，幻剑书盟、起点中文网②等原创文学网站相继出现，推动着中国奇幻文学前进。2003年，中国大陆也涌现了一些奇幻文学类的专业期刊，例如武汉的《今古传奇·奇幻》③、成都的《科幻世界·奇幻版》④ 等。上述网站、期刊呈现了大量奇幻文学作品，中国本土奇幻文学发展迅猛，同时也培养了大批的奇幻文学读者。

21世纪以来，中国进一步融入世界，全球化进程不断加快。在这个阶段，精英文化开始受到挑战，大众文化逐渐走向中心。高红梅（2015：171）在文章中指出，国外奇幻文学在中国的文学接受发生了一个显著变化，即“单文本形式裂变为两个不同层级的文本。文学接受主体要经过‘影像—文本’的过滤，才能接受奇幻文学文本”。也就是说，这个阶段的读者，同时也是大众文化的消费者，在欣赏了据奇幻文学作品改编的电影之后才接受了这种类型的作品。即由奇幻文学作品改编的电影是第一文本，而奇幻文学本身则成了第二文本。奇幻文学文本在经过大众传媒的包装、宣传之后，以影像的方式被更多的大众消费者关注和接受，进而更多的人开始阅读奇幻文学文本。2001年11月，由《哈利·波特与魔法石》改编的同名电影在全球上映，取得了巨大成功，之后《哈利·波特》每

① 2000年8月1日，随缘、水之灵（流水）、红尘、五月天空（五月）、Weid这5位当时志气相投的年轻人凑到了一起，决意独立做一个华语地区的第一大原创文学网站。于是他们投身网络原创文学的大潮之中，将各自名下的“自娱自乐”“一意孤行”“红尘阁”“五月天空乱弹”这4个西陆文学BBS来了个强强联手，改组为“龙的天空原创联盟网站”。网址为http：//www. lkong. net或http：//lkong. cn/。

② 幻剑书盟创立于2001年5月，起点中文网创建于2002年5月，这两个网站都是国内较大的原创文学网站之一。

③ 《今古传奇·奇幻》创刊于2003年9月6日，是全国唯一的一本拥有正式刊号的正规奇幻类出版物，也是中国最大的奇幻杂志。具体参见https：//baike. baidu. com/item/今古传奇·奇幻版。

④ 《科幻世界·奇幻版》创刊于2003年年底，深受众多奇幻作者和读者好评，该刊物于2013年6月停刊。具体参见https：//baike. baidu. com/item/奇幻世界。

一部改编的同名电影都创造了票房奇迹，《哈利·波特》电影成为全球电影史上最卖座的电影系列之一，总票房高达 78 亿美元。电影的热映极大地带动了小说的销售，不少读者是观看了《哈利·波特》系列电影之后才购买原著进行深度阅读的。2001 年 12 月，《指环王：护戒使者》（又称《魔戒 1》①）电影在欧美首映，反响强烈。译林出版社在 2001 年推出《魔戒》中译本时，借用电影海报的宣传效应，使《魔戒》三部曲创下了 2000 多万码洋的销量（袁楠、竺祖慈，2003：12）。随着该系列后两部《指环王：双塔奇兵》（又称《魔戒 2》）和《指环王：王者归来》（又称《魔戒 3》）分别在 2002 年和 2003 年热映，《魔戒》小说在我国的销量一路攀高②。而据《哈利·波特》系列作品改编的前 3 部同名电影也分别于 2001 年、2002 年和 2004 年在全球上映，凭借着原著在世界范围的魅力和众多哈迷的期待，前 3 部电影票房十分喜人。在影片上映之后，众多看过电影但是还没有阅读过小说文本的观众开始购买中译本《哈利·波特》纸质图书并对其进行文本细读。由此可见，在奇幻文学的译介过程中，作为大众媒介的电影对于文学作品进入另一国家读者的视野意义非凡，中文世界的读者都经历了“文本—影像—文本”或“影像—文本”的文学接受过程，对奇幻文学从陌生到熟悉，逐渐接受此类型文学在中国的广为传播。同时，随着中国大众传媒的大力推动和国内主流大型出版社（如人民文学出版社、译林出版社等）的积极支持，国外更多的奇幻文学作品不断被译介到中文世界，中国普通读者对奇幻文学的热情不断被激发，这进一步促使奇幻文学在中国生根发芽、蓬勃发展。

另一方面，我国的学校教育自 20 世纪 80 年代以来经过 40 多年的发展，相比改革开放初期的读者，现阶段的读者在文化程度和知识视野上有了很大拓展；中国家长紧跟改革开放的步伐，教育理念不断在更新，教育视野也得以拓宽，他们很重视对儿童的教育投资，对于孩子的阅读需求都是积极满足，儿童文学出版物尤其是外国儿童文学读物受到中国家长的推崇。21 世纪以来，大众传媒尤其是电影，对西方奇幻文学的包装和宣传都满足了该阶段中国读者的期待。所以说，在这个时期，《哈利·波特》在中国的传播和接受已经是水到渠成，因为这个时期的中国早已具备了接受国外奇幻文学作品的土壤。

（三）2005 年至今：奇幻读者数量、对译本质量的要求均与日俱增

借助大众文化消费的热潮，《哈利·波特》及国外的其他奇幻文学作品继续

---

① 托尔金的奇幻小说 *The Lord of the Rings* 被翻译成中文时书名为《魔戒》，但后来由小说改编的电影在中国上映时，电影的译名为《指环王》，国内读者对这两种译名容易混淆，特此说明。

② 《指环王》3 部在美国和中国的上映时间分别是：《指环王：护戒使者》（美国：2001 年 12 月 19 日；中国：2002 年 4 月 4 日）、《指环王：双塔奇兵》（美国：2002 年 12 月 18 日；中国：2003 年 4 月 25 日）和《指环王：国王归来》（美国：2003 年 12 月 17 日；中国：2004 年 3 月 12 日）。在中国，这 3 部电影上映时间都比美国晚一年。上映日期来源具体参见 http://www.1905.com/mdb/film/search/和 https://en.wikipedia.org/wiki。

在中国广为传播，同时中国本土的奇幻文学也开始勃兴。经过5年如火如荼的发展，国内各大文学网站上各种奇幻文学作品层出不穷，各大原创文学网站的奇幻文学作品的点击量不断上升，国内出版社也开始大规模出版诸多奇幻文学类作品。在网络和纸质媒体的共同努力下，中国的奇幻文学迎来其发展的最佳时期。2005年，中国奇幻文学书籍大量出版，这一年被国内媒体称为"奇幻文学元年"。中国奇幻文学读者群体的数量与日俱增，他们对外国文学作品中译本的翻译质量提出更高的要求。随着互联网的飞速发展，读者可以在网络空间中自由地发表自己对某些文学作品的阅读体会和感想。销售火爆和拥有众多读者群体的中译本《哈利·波特》就成为读者热议的对象。有关中译本《哈利·波特》翻译问题的文章不断出现在各大网络论坛，中国读者不再像以前那样被动接受人民文学出版社出版的正式中文译本，而是就译本的各种话题发出自己的声音。更有甚者，不少有英文基础的网友开始自行翻译并将译文分享在网络空间。从第4部的《哈利·波特与火焰杯》开始，网络译本和人民文学出版社正式译本并存，到了该系列小说的最后3部，这种现象更加凸显。例如，刚开始的《哈利·波特与凤凰社》网络翻译版还只是个人的、实验性质的零散行为，但是到了《哈利·波特》系列的第6部和第7部发布的时候，网络翻译已经走向成熟和稳定。吕侃（2008：9）指出，"参与人数逐渐增多，大多数为16~22岁的在校大学生……一方面，大学生拥有较多较自由的课余时间，另一方面，他们也是网络时代和英语普及化的主要经历者"。个人或自发形成的翻译组织在互联上率先贴出部分段落及完整章节的译文，网络翻译的译者或翻译团队与网络上读者、网友之间就译文有热烈的互动，同时网络译文更新速度极快。这些网络翻译逐渐走向专业化，相比于之前的《哈利·波特与凤凰社》网络版本，后续的第6部和第7部的网络版译文更具有组织性和规范性，更注重译文质量。2003年7月3日，《上海青年报》刊发文章《〈哈利·波特5〉中文盗译与正版同步》，文章中提到了当时的网络译者就网络翻译发表了公开声明，称自己的翻译之举"只是纯粹出于爱好及对出版社翻译的部分不满"，另外还特别强调译文"无任何商业行为，仅为学习交流之用"。在出版社正式译文出版之前，各种网络版译文一时间充斥互联网。与此同时，由于国内的网络翻译给不法书商带来了大量商机，有不法书商和出版社将这些网络译本进行了盗版发行，所以在市场上也能看到打着人民文学出版社和皇冠文学旗号的各种盗版书。随着互联网和扫描技术的迅猛发展，《哈利·波特》系列的第6部和第7部也遭遇了同样的命运，英文原版盗版、网络翻译和非法出版物屡禁不止。2016年7月31日，让读者瞩目的《哈利·波特》系列"第8部"英文版 *Harry Potter and the Cursed Child*（《哈利·波特与被诅咒的孩子》）全球同步上市。但是该书国内的简体中文版要到2016年10月29日才能正式出版发行。2016年的八九月份，未到正版发行时间，网上就已出现了《哈利·波特》"第 8 部"大量的网络翻译和纸质盗版书籍信息。

网络译文为什么能大行其道，深受网友推崇呢？存在以下几个原因：首先，从 *HP*5 开始，J. K. 罗琳及其代理人克里斯托弗·利特尔要求所有拿到授权的出版社全球同步发行，这就意味着人民文学出版社也只有当天才能拿到英文版原版，人民文学出版社的翻译工作人员也只能在全球首发当天看到翻译原稿。正式简体中文版的出版通常都是在全球首发之后的两到三个月，因为出版社还需要对译文进行审校、排版、印刷等，所以留给翻译的时间其实很紧，还不足两个月。而早已等候多时的众多哈迷网友则希望能第一时间了解《哈利·波特》最新的故事情节。其次，伴随着互联网的飞速发展，中国读者的思维方式和沟通方式也在发生翻天覆地的变化。当今中国读者的视野更加开阔，对外界信息的接受速度也更快，并且对"精神食粮"的要求也与日俱增，变得更加多样化。因此，网络译本的出现才会受到众多网友追捧，同时也对正式译本的译作者及出版社构成压力。曾鹏宇（2003）指出，网络译文改变了中国图书出版界几十年以来的"出版社只管出，读者只管读"的单向流通方式。不可否认，网络译文的出现虽然使读者受益，但同时也造成了盗版猖獗，给人民文学出版社带来了经济上的损失。最后，《哈利·波特》网络译文出现的一个更重要的原因是众多网友不满意人民文学出版社前面 4 部的翻译质量。越来越多的中国人开始学习外语，懂外语且学得很好的人始终存在，这些人中不乏"骨灰级"、专业级哈迷，他们对人民文学出版社已经出版的中译本《哈利·波特》提出了不少意见，甚至开始自行翻译并上传译文至网络空间，与人民文学出版社正式译文分庭抗礼。在我国台湾地区，也有众多网友对皇冠文化的翻译水平不满意，在网络上自行翻译《哈利·波特》，但引起皇冠文化不满。皇冠文化的庄静君表示，"对此，原作者 J. K. 罗琳可以诉诸法律，她在全亚洲都有专属的律师①"。台湾的网友只能将网络译文全部删除。

由于《哈利·波特》的中文版版权由人民文学出版社和皇冠文化所有，网络译者没有中文版的电子版权。这些由哈迷自发进行翻译的众多《哈利·波特》网络译文引起了人民文学出版社、皇冠文化和原作者 J. K. 罗琳及英国出版商布鲁姆斯伯里出版社的极大关注。负责翻译版权的克里斯托弗·利特尔文学作品代理公司（Christopher Little Literary Agency）表示，J. K. 罗琳拥有《哈利·波特》系列的所有电子版权。如果网友们不停止自行翻译，将会被追责。于是中国的不少论坛和网站逐渐停止更新译文，并纷纷表示解散翻译组等。而实际上，康慨（2007：008）指出，"布鲁姆伯瑞往往只是口头稍加点拨，并无实际的法律行动。盖因书迷的译文伤害更多的是当地出版商的利益"。从 2003 年到 2007 年，

---

① 具体参见 http：//www. english. com. tw/modules/news/article. php？storyid＝643。

中译本《哈利·波特》最后3部一直是人民文学出版社和皇冠文化的正版图书和网络译本共存，众多网友首先以尝鲜和先看为快的心态欣赏完网络译本，之后又会购买出版社的正版图书做收藏和对比鉴赏，甚至会在网络上将两种译本进行对比，做出评判。

随着互联网的进一步发展，网络论坛和空间里开始出现奇幻文学的大批粉丝读者。他们从基本的情节到叙事结构、写作手法等对奇幻文学作品进行点评和讨论，这也从另一个角度说明了奇幻文学的读者正在不断增加，有些甚至朝着学术化、专业化方向发展。例如，全球最大的中文网络社区——百度贴吧，在已有的637个外国文学类别里有一个《哈利·波特》迷聚集地，叫作“哈利波特吧”①，是人气最旺的网络社区之一，里面的读者对这部作品的讨论帖有1395多万条之多②。百度贴吧外国文学类别的人气榜第二名和第三名分别是“冰与火之歌吧”和“指环王吧”，都是奇幻文学作品爱好者的网络聚集地。除了百度贴吧之外，国内各大知名原创文学网站的论坛也是众多奇幻文学读者进行文学交流和讨论之地；同时，国内还涌现了一些非常专业的读书网站，以及能够让用户就某一部文学作品或某一话题展开讨论、分享读书心得的专业网站，如知乎、豆瓣读书等。随着信息高速公路在中国的飞速发展，越来越多的读者更喜欢从手机终端获取信息或者利用手机终端对文学作品或译文进行阅读、评论等，于是各种网站相继推出各种手机应用以方便读者，某些微信公众号也是众多读者阅读和参与讨论的重要区域。由此可见，在今天这个全球化时代，国外奇幻文学早已在中国落地生根，并且拥有大批的忠实读者。在着眼于本土创作的同时，中国的奇幻文学作品也开始试着“走出去”，不断被译介成英语，在英语世界里也得到了传播和接受。例如，Wuxiaworld（武侠世界）、Gravity Tales（引力小说）和 Volare Novels（飞阅文学）网站已经成为三个最大的译介中文奇幻文学的网站，在英语世界深受外国奇幻文学读者的欢迎。

综上所述，在文化全球化的今天，《哈利·波特》系列作品在全世界热销，同名改编电影的热映和票房高涨，都说明了这一系列作品在各个国家基本都经历了“文本—影像—文本”或“影像—文本”的文学接受过程。一方面，随着21世纪以来我国社会、经济的全面发展，接受奇幻文学作品的土壤逐渐形成，热爱奇幻文学作品的读者人数也在与日俱增，规模日益庞大，这一切都构成了《哈利·波特》在中国进行传播和被接受的前提条件。另一方面，互联网和自媒体科技的发展也打破了原有的读者只能被动接受出版社正式译本而不能发表意见的僵局，中国奇幻文学读者群体开始对人民文学出版社中译本《哈利·波特》提出意见和更高的要求。同样，我们可以反思，要想让外国读者更好地了解和接受中国奇

---

① 具体参见 https：//tieba. baidu. com/f？ kw=哈利波特。

② 截止到2020年12月30日。

幻文学，中国奇幻文学作品的外译就可以试着考虑让文学接受主体先经历“影像—文本”的文学接受过程。最近几年，中国国产动漫取得了长足的发展，不少改编自中国奇幻文学的动漫作品不仅深受中国读者和观众的欢迎，配上英文字幕的动漫作品在国外主流在线视频网站上也受到好评和赞赏。在当今读图时代，与其让众多忙碌工作的人们沉下心来阅读文学作品，倒不如先让他们在影像文本的强大想象空间中得到放松，产生对奇幻文学作品的想象和喜爱，进而继续追寻奇幻文学作品。毕竟，影像文本和文学文本还存在一定的差异，文学文本所拥有的想象空间更广，相应地留给文学接受主体的“不确定性”和“空白”更多，因此也会进一步刺激文学接受主体对奇幻文学作品的阅读欲望。

二、中译本《哈利·波特》评介

有关《哈利·波特》的中文评介文献出现时间要早于中译本《哈利·波特》，这是因为《哈利·波特》在进入中文世界之前已经在国外出版发行并且风靡了3年之久。也正是因为它深受世界各地读者的欢迎，所以才引起了中文世界图书出版界人士的关注。《哈利·波特》的中文评介史文献包括所有对《哈》作品进行评述、报道的文献，涵盖各种中文报纸、期刊论文、学位论文、文学史著作等。借助中国知网庞大的中文文献数据库，同时运用谷歌和百度两大搜索引擎，笔者搜集到大量相关的文献，基本涵盖了有关《哈利·波特》的主要评介研究文献。笔者通过互联网检索可能与之相关的评介资料，但由于这是一个非常复杂的研究对象，所以笔者只能在一定范围内尽可能地从收集到的现有文献中抽丝剥茧，最大限度地描绘出《哈利·波特》在中文世界里的评介历史，并总结出其在各个阶段的特征和表现。

根据所收集到的材料，《哈利·波特》中文评介相关文献的分布状况如下：从人民文学出版社获得《哈利·波特》前3部作品版权至2002年，关于《哈利·波特》的中文评介数量不多，而且评介几乎都是流于表面，不触及文本内容。到了2002年，根据中国知网的检索数据可以发现，针对《哈利·波特》中文评介的文章与学术著作、学位论文开始增多。这些评介不再是对“哈利·波特现象”进行简单的争论，而是由浅入深，逐渐走向理性，从现象进入文本，从外围进入内部，从单一走向多元，并呈现跨学科研究趋势。

那么，上述变化是如何出现的呢？首先，人民文学出版社在2000年8月拿到《哈利·波特》版权的时候，正值该作品在英语世界受到部分学校和保守派基督教人士及组织的强烈反对，而国内部分媒体对人民文学出版社引入《哈利·波特》这样的巫师、魔法题材的作品能否被中国读者接受比较担忧。于是人民文学出版社利用其社会影响力，邀请不少专家学者对该作品进行积极的推介，同时在各大电视台不断宣传该作品，打消家长和读者的顾虑。通过上述做法，《哈利·波特》系列作品在中国得到了很好的宣传，评介文章逐渐增多，且评价以积极、褒扬为主。与此同时，该系列作品的销售量也呈上升态势。由此可见，人民文学出版社在《哈利·波特》的译介过程中有力的干预活动使其销量不断攀升。

其次，20 世纪 90 年代，西方大量的翻译理论被译介到中国，各种理论、学派的研究推动中国翻译研究与国际接轨。到了 21 世纪，翻译研究早已踏上了文学转向的新征途。谢天振（2003）指出，翻译研究先后经历了语言学转向和文化转向，实现了三大根本性突破。在翻译研究经历了文化转向的大背景之后，国内研究者对《哈利·波特》的研究就开始更加学术化、专业化、多元化。根据中国知网检索结果，自 2002 年开始，国内逐渐出现众多专门研究《哈利·波特》的期刊论文和学位论文等，研究范围也开始扩大，有部分论文从跨学科的角度对该小说进行探讨，这些都说明对《哈利·波特》作品的评介进入了全新的阶段。

通过分析《哈利·波特》进入中文世界时的历史背景及当时国际上出现的翻译学研究的最新趋势，笔者把《哈利·波特》评介史划分为两个阶段，最后将对中译本《哈利·波特》的评介研究进行小结。

（一）第一阶段（2000—2002 年）：评介流于表面，较少触及文本内部

从本质上来说，“译”与“介”本身就是紧密结合的两大部分，翻译活动总是和研究评介活动密不可分。在译者进行翻译活动的同时，媒体、记者、学术界的专家和研究者们早期对《哈利·波特》的内容、人物、主题、思想等各方面的介绍和评价对于推动该作品在中国的传播起了积极的作用。早在 2000 年 8 月，在人民文学出版社获得《哈利·波特》简体中文版的授权之前，国内的《出版参考》和《世界文化》杂志就对这部风靡欧美的小说进行了零星报道。因为《哈利·波特》在进入中国读者视野之前已经出版发行到第 4 部，随着中文版版权的成功引进，《哈利·波特》开始进入中国，中文世界对《哈利·波特》的译介也随之产生。

《哈利·波特》在国内的媒体报道中最初被译成“哈利·波特”和“哈里·波特”两种。根据中国知网的检索结果，最早提及该作品的中文文献有两篇，第一篇名为《〈哈利·波特〉：魅力何在?》，刊载于 2000 年 1 月的《商务周刊》杂志第 1 期“文化·流行”栏目。这篇只有一小段文字用几个数字展现了成为出版界宠儿的《哈利·波特》系列作品在国外的风靡和无限魅力。第二篇出自《出版参考》杂志 2000 年第 2 期“国外出版瞭望”专栏中一个国外书籍资讯报道，题为《哈里波特童书让英美儿童着迷》。该报道介绍了《哈利·波特》前 3 部在英美两国深受儿童和家长欢迎，并转译了《出版商周刊》（*Publishers Weekly*）资深编辑对《哈利·波特》的评论。因为该书当时还没有被引进国内，所以报道中的中文书名、人名和地名等都是期刊记者或编辑自行翻译的，且以音译和直译

为主。例如，报道的标题用的都是“哈里·波特”而非“哈利·波特”，故事中的魔法学校的译名是“霍格瓦兹巫术学院”，反派人物 Lord Voldemort 则被译成“邪恶公爵佛特蒙”，小说前 3 部译名分别为《哈里波特暨魔法师的石头》《哈里波特暨秘密之屋》和《哈里波特暨阿斯卡班》。该报道提到了这部儿童作品风靡英美，连成年人都爱不释手。尽管资讯报道篇幅较短，也没有对书的内容和书中人物进行详细介绍，但是这篇报道还是让不少出版社具有敏锐的商业眼光的编辑注意到了这部即将席卷全球的文学作品。同样，人民文学出版社的编辑们也注意到了这部作品。人民文学出版社时任社长聂震宁（2002：8）曾撰文回忆，“人民文学出版社自 1999 年就开始加大国外图书资讯搜集力度，《哈利·波特》在国际上走红的信息就是人民文学出版社编辑从网上和《中国图书商报》等报纸上收集到的”。这两篇报道虽然简短，内容不是很详细，甚至翻译也很粗糙，却是 21 世纪以来国内有关《哈利·波特》这部作品的最早介绍，可以说意义重大，是中国对这部作品进行评介的滥觞。

在严肃的学术界，译林出版社的王理行（2000）在核心刊物《当代外国文学》上发表文章，以较短的篇幅对《哈利·波特》做了简单介绍，“一位名叫 J. K. 罗琳的 30 多岁的女子，1991 年乘火车旅行时突发奇想，写起了以一个魔法师孤儿为主人公的儿童历险系列小说”。虽然没有对这部小说展开细致的描述和讨论，但这也算学术界文学研究者首次就这部小说进行评介，并把该小说界定为儿童文学作品历险系列。至此，《哈利·波特》开始进入文学研究者的视野。2000 年 7 月 21 日，《光明日报》转载了美国《新闻周刊》上一篇对作家罗琳的专访文章，在这篇文章里，J. K. 罗琳谈到了自己创作《哈利·波特》的感受和对儿童文学的见解。对于儿童文学，罗琳认为，“儿童文学是一个有趣的领域，你只有身在其中，才能有所体会。儿童读物不是教科书，其目的不是要教会孩子们什么特定事物，这不是文学的特性”。她反对人们提出要禁她的书，认为“他们有权决定自己的孩子看什么书，尽管这么做不一定对，但是他们无权干涉别人的孩子看什么书”。张红在《外国文学动态》2000 年第 6 期上译介了德国《明镜》周刊记者克里斯托夫·达拉克对《哈利·波特》作者 J. K. 罗琳的采访。值得注意的是，该文章发表于 2000 年 12 月，而人民文学出版社购买中文版版权的《哈利·波特》前 3 部小说都是于 2000 年 10 月 6 日出版发行的，可是文章前面介绍部分对于该作品前 3 部的中文译名仍然没有采用人民文学出版社正式出版时所用的译名，而是分别译成《哈利·波特和智者的石头》《哈利·波特和恐惧之屋》《哈利·波特和阿斯卡班的囚徒》。当然，有可能作者投稿之时正式译本尚未出版发行。这篇专访也谈及了 J. K. 罗琳创作这部小说的过程及书中人物名字的由来，以及罗琳小时候的生活和经历。从这两篇文章中，我们可以看到作家 J. K. 罗琳创作的经历、个人感受及她对外界评论的一些回应。在 J. K. 罗琳正式的个人传记出版之前，这样的专访文章可谓是及时雨，能够让研究者第一时间从J. K. 罗琳本人的视角知道《哈利·波特》故事创作的经过，知道作者罗琳本人的心路历程及她对于各种评论的态度。

部分文献是对这部畅销书版权的获取进行细致的跟踪报道，有些是对该作品的市场营销的成功进行剖析。如杨文（2001：57）认为这部小说风靡全球是因为“小说没有脱离现实，它成功地将现实和虚幻联系在一起……填补了国内非智力图书的空白”。虽然杨文本人也承认小说的畅销有媒体炒作的因素，但他还是肯定了这部作品有很多积极的元素是国内儿童类图书所欠缺的。梁燕（2001）在《中国图书评论》上发表文章，对《哈利·波特》的故事进行了一定的分析和解读。她把哈利·波特比喻成当代的“丑小鸭”，经历了10年的苦难之后回归自己的同类“天鹅”（巫师），发生了华丽蜕变。从百年经典安徒生童话“丑小鸭”的故事出发，分析哈利·波特的翻身，到最后战胜伏地魔。梁燕赞扬了J. K. 罗琳对于故事情节的设计及鼓励儿童读者从阅读中得到释放和满足。时任人民文学出版社社长聂震宁（2002）在《编辑之友》上发表文章，名为《一部超级畅销书的“生命工程”——〈哈利·波特〉的整体开发与营销》。这篇文章非常全面、系统而又细致地描述了从《哈利·波特》版权的引进、媒体宣传、书籍装帧、营销策划到上市促销的全过程。他把这部畅销书从一开始引进版权到最后营销发行的过程描述成“生命工程”，从这篇文章中读者可以了解《哈利·波特》这部作品来到中国的曲折经历及诸多流程中的细节。

由于人民文学出版社积极对《哈利·波特》进行宣传，所以这一阶段出现了大量积极正面报道，但也有少部分评论者开始撰文对《哈利·波特》能否被中国消费者所接受，以及中国小读者是否能喜欢这部作品提出质疑。时任《北京文学》编辑、文学评论者肖夏林于2001年1月7日在《深圳商报》上发文，认为“《哈利·波特》与文学没有多大关系……如果文学毫无文学性、毫无精神益处，这样的文学只能是文学垃圾”。之后，他又在《博览群书》杂志上猛烈抨击《哈利·波特》。他引用美国报纸上对《哈利·波特》的负面评论，指责该作品是“基本没有什么文学特质，文学最基本的教育价值和审美价值它基本上丧失了，它唯一的功能就是娱乐逃避功能，或者欺骗麻醉功能”（肖夏林，2001：19），认为这是“现代商业社会物欲金钱时代的大胜利……是金钱造就的商业神话……却是文学特别是儿童文学的大失败，也是所谓现代人类文明的一个严重失败”（肖夏林，2001：20）。肖夏林的观点非常激进，根据文章中他自己的描述，他本人并没有深入地细读文本，而是针对《哈利·波特》在世界的风靡造成的“哈利·波特现象”进行了抨击。除此之外，2012年3月18日《参考消息》选登香港的教育学者谭孙德棻的文章，该文认为《哈利·波特》不适合儿童阅读，认为书中有“不择手段的报复、残暴的黑暗世界……身为一个成年人、一个教育工作者，我自觉要停止”。

综上所述，首先，该阶段中文世界对《哈利·波特》的评介大多为介绍性文字，较少触及小说文本内部，多以故事情节、故事创作背景及作者 J. K. 罗琳为主题，一般篇幅较短，文章以刊登在报纸和杂志上的报道和简单评论为主，片面而不系统，简单而不深入；文章作者对于该部作品的理解仅仅停留在表面，没有进行文本细读，多数都是针对“哈利·波特现象”而非《哈利·波特》作品，所以也无法触及小说的深层次内容和主题。其次，在该阶段的评介文章中，几乎所有的文献把《哈利·波特》定位成儿童文学进行报道和讨论，多数新闻媒体的报道还是肯定了《哈利·波特》在国外的成功，希望这部作品能够给中国的儿童文学注入新鲜血液，给中国儿童文学创作带来新的动力。当然，也有个别学者如肖夏林发表了对这部作品极为激进的负面评论。虽然该阶段观点褒贬不一，流于表面，不够具体、深入，但是这些早期的评介文章作者开启了《哈利·波特》这部作品在中文世界的评介先河，在一定程度上成为中文世界《哈利·波特》研究的开拓者和奠基者，对推动这部风靡海外的经典作品在中国的传播有着十分重要的意义。

（二）第二阶段（2002 年至今）：评介由浅入深、走向理性、视角多元

在这一阶段，各种评介文章相继出现在各种刊物上，中文世界里对《哈利·波特》的研究开始不断发展。从数量上看，评介文章逐渐增多，颇具规模；从质量上看，这些文章开始从争论逐渐走向理性；从内容上看，从毫无意义的争论走向有针对性的文学批评；从研究视角上看，逐渐从单一走向多元。除了作为赞助人的人民文学出版社积极推介和干预之外，国内学术界学者对《哈利·波特》的研究开始从最初的肤浅的争论，发展到具体的、有指向性和针对性的文学批评。

对《哈利·波特》的学术研究最为深入和最有影响力的当属中国社会科学院的叶舒宪教授。《哈利·波特》在国外不断创造销售神话并斩获诸多文学奖项，多数人认为该作品取得成功是因为英美两大出版商成熟有效的图书营销策略，并把目光锁定在儿童文学的范畴之中。叶舒宪教授对此提出了完全不同的看法，他认为《哈利·波特》不应该被看成一部儿童文学作品，这部作品有着丰富的文化底蕴。叶舒宪（2002c：9）曾指出：“……《哈利·波特》，能够在英美同时风靡影坛和书市……人文知识分子对此似乎无动于衷，评论界也是相当耐心和沉寂。似乎矜持的学者不愿对一部儿童文学作品加以评判。然而，以异教的凯尔特人的巫术传统为背景的《哈利·波特》……却绝不是局限在儿童文学的范畴里所能理解的。”为此，叶舒宪（2002a，2002b，2002c，2003a，2003b，2005）6 次撰文从文化寻根的宏大立场出发，将“哈利·波特现象”放在广阔的全球化大背景之下，深入分析该作品在全世界范围内风靡的深层次原因。“寻

根”从字面上可以理解为一种隐喻，表示追本溯源、叶落归根之意。它表达了人们隐藏在心底的一种情感寄托，即“在后殖民语境下，如何重新审视长久以来在西方的主流霸权话语压制下的被边缘化和卑微化的事物之真相，重新发现各种本土性、地方性知识的特有价值”（叶舒宪，2009：208）。寻根，其实就是向后看，寻找来时的路，“以向后回望来路的方式代替直接的前瞻”（叶舒宪，2009：215）。人类物质社会发展到当今时代危机重重，这些危机必定要由西方资本主义机体之外的文化元素来加以拯救。所以20世纪六七十年代在欧洲兴起的“新时代运动”就在世界范围内开始了反叛现代性的文化寻根大潮，其影响涉及学术、思想、宗教、科学、法律、文学和艺术等各个方面。换句话说，新时代的来临意味着“非基督教文化即东方宗教、原始宗教和民间传统的全面复兴”（叶舒宪，2009：52）。《哈利·波特》书中大量的“巫师”“巫术”“魔法”等词汇已经不再让人感到“邪恶”，主人公哈利·波特的母亲莉莉·波特（Lily Potter）是一名女巫师，为了保护自己的孩子哈利·波特，不惜以自己的生命为代价来抵挡伏地魔的阿瓦达索命咒语。在过去的文学作品和影视作品中作为“邪恶”代名词的女巫被赋予了“善”的意义，这让《哈利·波特》读者耳目一新。“被边缘化的异教复兴为主流文化，被妖魔化的女巫再次神圣化为女神。”（毕维，2015：27）另外，叶舒宪（2009：56）提出了《哈利·波特》系列小说的出现在文化寻根方面的另一层意义是“凯尔特文化在全世界范围内的复兴”。“关于西方文化的根源，一般流行的说法是‘二希’，即古希腊文明和希伯来文明。这种自近代以来几乎成为定论和常识的说法其实是一种笼统的‘熟知’，它掩盖了另一条重要的文化根脉——凯尔特。”（叶舒宪，2003b：110）在英国历史上，工业革命的发展需要大量的土地，英格兰人开始侵占苏格兰和爱尔兰的凯尔特人的领地，导致民族矛盾。长期以来，凯尔特文化是被当今主流的西方文化掩盖的一条重要的文化根脉，在新时代运动的催生下，被压抑很久的凯尔特文化逐渐从沉寂的边缘走向中心，开始从幕后走向台前。作家J. K. 罗琳创作的《哈利·波特》小说是新时代运动影响之下的凯尔特文学的复魅，将古老的凯尔特文化在当代进行重构和改写，将小说设定在一个充满巫术的魔法世界中或者说前基督时代，作者借此来反叛麻瓜的现代性，意图从“原始的”民间巫术传统中汲取力量。总之，叶舒宪（2002a：31）认为这部小说是“后文学时代出现的一个文学奇迹”，“哈利·波特现象”说明反叛现代性的潮流已经获得广泛的社会认同。他指出，“当今评论界局限在儿童文学领域讨论此书，不能从深远的社会背景上思考魔法文学热背后的文化蕴涵”（叶舒宪，2009：55）。通过对《哈利·波特》进行文本细读，叶舒宪对西方民间和学术界关于现代性的问题进行了思考和回应，角度独特，立论新颖，视野宏大。

我国著名儿童文学研究专家王泉根（2003，2004）分别在《中国图书评论》

和《当代文坛》上两次撰文从儿童文学的视角解读了《哈利·波特》获得成功的几个根本原因：基于“儿童本位”的写作立场；建构儿童心灵中的幻想王国；融魔幻、校园、成长于一体。他认为，J. K. 罗琳的小说为儿童争取“符号权力”，契合儿童的思维特征，是按照儿童的口味进行写作的作品。同时，他也认可叶舒宪对于分析《哈利·波特》的成功要跳出儿童文学藩篱的观点，认为不能把这部作品简单地看成儿童文学。王泉根（2004：89）在文章中指出，“文学是想象的艺术，文学要为人们创造出另一个虚拟的世界，成为世人超越现实尘世的精神家园”，而当下文学创作缺乏想象力，《哈利·波特》这部作品的魅力“释放了现实功利尘世劳心累体的成人被压抑的想象和幻想，满足了他们的童年情结与童年阅读的回忆”，所以儿童和成人都很喜欢这部作品。

2017 年，全国中小学开始使用教育部统编《语文》教科书，其中《哈利·波特与死亡圣器》成为七年级下册的推荐阅读书目。教育部中小学《语文》教科书总主编、北京大学中文系温儒敏教授为《哈利·波特》撰写了导读文章《孩子们喜欢〈哈利·波特〉的 N 个理由》，该导读后来于 2019 年 1 月 23 日在《中华读书报》上发表。他在导读中指出，当今社会的孩子们喜欢《哈利·波特》系列作品是因为“神奇的情节激发了天马行空的想象……切合少年成长的生活实际……始终未曾脱离实际生活……小读者们在哈利身上看到了自己……《哈利·波特》让读者在这个过分物质化的时代感受到道德的力量……一点不说教……可读性很强，有独创的文学性……《哈利·波特》是流行读物，但也有高超的艺术品格……”。同时，他还支持孩子们阅读《哈利·波特》，因为孩子们喜欢这部作品是“他们自己的选择，完全出于好奇……是‘无负担’的‘自由阅读’”。作为中小学《语文》教科书的总主编，温儒敏教授对《哈利·波特》积极肯定的评介对于这部作品在中文世界的传播和接受意义非凡。《哈利·波特》的读者群体都曾经是或者现在是在校的学生，都有过或者现在正在经历校园生活，阅读《哈利·波特》能够激发各个层次读者的共鸣。北京景山学校① 2016 年将《哈利·波特》小说第 1 部的第 1 章“大难不死的男孩”编入了该校的六年级语文教材。这次将多篇科幻和奇幻作品加入六年级教材，深受全国媒体和研究者关注。教材编写者之一、北京景山学校初中语文组骨干教师王海兴介绍，“增加科幻作品单元，是希望激发孩子们的读书兴趣及想象力”。北京景山学校编写的这套教材后来开始在北京市推广，并逐渐扩大到全国。

---

① 北京景山学校创办于 1960 年春，1977 年成为全国重点学校，1978 年成为北京市重点学校。该校是一所集小学、初中、高中于一体的学校，位于中国北京市东城区，是北京市高中示范校及联合国教科文组织“亚洲教育革新为发展服务计划联系中心”（APEID）之一。

除了被编入教材，《哈利·波特》在中国专业研究型读者群体中的接受度不断提高，该作品还进入文学史和大学课程教学，逐渐走向经典作品行列。由南开大学外国语学院教授常耀信[①] 2013 年编纂出版的《英国文学通史》第 3 卷收入英国女作家 J. K. 罗琳的小说《哈利·波特》，该书用近 7 页的篇幅介绍了这位英国著名作家及其小说。编者对 J. K. 罗琳创作的 7 部畅销全世界的小说的评价是“具有很强的吸引力……阅读这些故事，人们的想象力被引进一个极其陌生的境况中……得到一种前所未有的享受和愉悦……这就是人们常说的‘刺激’……人的头脑都被‘格式化’，逐渐僵化，通过阅读可以激发想象、刺激头脑的作品……把人从机器人恢复到自然人”（常耀信，2013：753）。作为畅销书的《哈利·波特》属于通俗文学类，通俗文学一般来说不会被写进文学史，会被排除在文学史的讲述之外。传统文学观念所推崇的是精英文化，也就是高雅文化，这些都是不包含通俗文学的。《哈利·波特》作为一部通俗文学作品首次进入英国文学“正史”，可以说意义重大。《中国青年报》在 2013 年 7 月 2 日发表文章《哈利·波特和 007 进入“正史”》，《英国文学通史》的编者常耀信在文章中提到，“近年来西方文坛正在重新界定经典”。王冬梅（2016：143）认为，通俗文学作品包括电影剧本正在走进大学殿堂，进入理论研究的视野。编者希望能够打破传统，“建立一种去中心的、多元的、非直线性的文学观念”，把许多通俗文学作家及其作品收入文学正史，和经典的作家并列，显示其地位的平等，可见编者对这类作家和作品的重视。《哈利·波特》作为通俗文学在世界范围内被广泛阅读和接受并能进入文学史，这本身就是这部作品经典化的标志之一。

2012 年，中山大学医学院开设公共选修课程“哈利·波特与遗传学”，一时间学生蜂拥报名，同时国内媒体竞相报道，引起热议。虽然国外也有高校把《哈利·波特》带入大学课堂进行剖析，但这在中国却是首次。《北京科技报》2012 年 1 月 30 日对此事曾有报道，很多人关心的是严肃的医学院课程不应该如此不严谨，但是也有人认为“关键是教师如何引导，而不止停留在故事上”。《哈利·波特》故事走入大学课堂说明部分高校教师对此表示关注，并从教学的角度对此进行了深入的思考，同时也扩大该作品在中文世界的传播和接受范围。

这个阶段还有不少学者从跨学科的视角来解读《哈利·波特》作品，例如周淑茹（2005）在《名作欣赏》上发表文章，通过原型批评理论进行分析，认为罗琳在创作的过程中是无意识地模仿《圣经》故事。周淑茹还把罗琳小说中的许多形象和神话故事联系起来，例如那只看守魔法石的狗路威和希腊神话里的叫作塞仆洛士的狗一样，都有着三个头，而且爱听音乐；而书中的反派伏地魔，周淑茹则认为和罗马神话中的两面神相类似。她还认为《哈利·波特》中寻找

① 常耀信，南开大学英文系教授，博士生导师，英美文学研究专家，著有《希腊罗马神话》、《漫话英美文学》、《美国文学简史》（英文版）、《美国文学史（上）》（中文版）、《英国文学通史》。

魔法石就是文学中常见的追寻原型。邹婷（2007）从姚斯的接受美学理论出发，分析了“哈利·波特现象”。在她看来，《哈利·波特》的出版发行采用了市场化、现代化的运作手法，极大地调动了读者的接受欲望，同时该作品独特的叙事模式迎合了读者的审美心理，契合甚至超越读者的期待视野。例如，书中主人公哈利·波特英雄情结、青少年叛逆心理的暗合及小说把阅读变成一种像游戏一样的体验，使读者对作品产生了阅读欲望。与此同时，《哈利·波特》又符合现代人的心理需求，与现代读者对当代文学作品的心理期待一致：一个平凡的普通人变成魔法世界里的英雄人物，吸引和鼓舞着各个年龄段的人们，并迎合了当下后工业社会中的人们试图摆脱精神空虚、现实压力的内心需要，也由此引发了他们对书中不同于现实世界的魔法世界的向往和憧憬。刘亚（2008）通过细读文本，对小说中与图书馆相关的情节进行考察，归纳总结出了这部小说中反映的图书馆对英国初等教育的作用，并结合英国初等教育的特点，说明图书馆对初等教育的保障作用。同时刘亚还分析了图书馆和素质教育之间的关系，建议我国在素质教育改革中要重视图书馆的建设。不可否认，同样是深入文本，刘亚的论文研究视角很特别，从小说中人物在学校成长过程中使用图书馆作为切入点，反思图书馆和教育的关系，让人眼前一亮。

姜淑芹（2009a）从叙事学的视角分析了《哈利·波特》小说。她认为罗琳通过描述神奇的魔法世界与现实中普通人的“麻瓜世界”的对立，为读者建构了一个托尔金小说中描绘的人们幻想出来的“第二世界”或“架空世界”。这两个世界通过$9\frac{3}{4}$站台进行连接，同时这个“第二世界”和“第一世界”（即我们日常生活中的世界）在时间上和空间上并置，这与经典奇幻小说截然不同。魔法世界和麻瓜世界相互渗透，古老神秘的魔法世界中对现代真实社会存在的一切戏仿无处不在。小说作者罗琳采用这种并置和戏仿的叙事策略将两个世界融合，从而使读者置身于虚幻和现实之间，亦真亦幻，所以取得了巨大成功。在众多读者眼里，哈利·波特是个英雄，杨绮婷（2018）就将其与各种古典英雄原型进行比较研究，但姜淑芹（2009：82）在期刊《外国语文》上撰文认为哈利·波特与传统英雄不完全相同，他没有“遵循典型的英雄历险模式”。姜淑片从反英雄的视角出发，分析了哈利·波特在魔法学校从一个普通的少年儿童到青年所经历的一切，认为其具有反英雄的种种特征，即普通、叛逆和无助。姜淑芹（2009：85）在文章中指出这部小说是“一系列在英雄叙事框架下描写反英雄故事的文本”。通过作家对这一特性的描写，读者能在阅读过程中感同身受，通过对比自己及周边人物的生活和命运，感受到小说讲述故事的真实和亲切。之后，姜淑芹（2010）又借鉴普罗普的民间故事结构和格雷马斯的符号矩阵模式，对《哈利·波特》从叙事学的深层叙事结构视角展开分析，剖析了其深层结构和表层结构的关系。该学者对《哈利·波特》的研究比较深刻具体，通过文本细读的方式，深挖小说迥异于其他同类型文学作品的优点和突出特点，找出其深受读者喜爱的文学特质和叙事艺术。自姜淑芹的文章发表之后，偶有零星文章从叙事视角分析《哈利·波特》，但很少有研究能达到这样的高度和深度。

苏文清和熊英（2012）利用老子《道德经》中的“三生万物”概念，并结合杜贵晨的文学数理批评术语“三事话语”“三极建构”“三复情节”，分析了《哈利·波特》最后一部小说第21章中“三兄弟的传说”。在中国，老子的“三生万物”可谓是数字“三”建构作用的精练概括，作者认为罗琳的作品也存在神秘数字崇拜现象，数字“三”有着深层次的含义。这篇文章是这些年来少有的从文学数理批评的视角对《哈利·波特》进行分析的文章，切入点很特别。张祥龙（2012）从哲学的视角对《哈利·波特》作品进行思考，他从亲子关系和孝道出发，分析《哈利·波特》小说中正反主角哈利·波特和伏地魔在亲子关系上存在的根本的不同，认为正是这种不同导致他们对待死亡和人生的态度迥异。该作者认为小说主人公哈利·波特从得知父母死亡的真相开始，就一直活在与父母的生命血脉相连的世界之中，他存在的意义由继承父母遗志和复仇所构成。结合《礼记》和《春秋公羊传》所表述的儒家学说，该作者认为哈利·波特是孝子，然后探讨了哈利·波特和伏地魔的死亡观的现象学——生存论的时间分析，揭示了这部小说在理解人类本性问题上的哲理含义。

从2003年开始，国内陆续出现对《哈利·波特》作品进行研究的研究生学位论文。笔者根据中国知网检索结果，对2003年到2020年12月31日研究《哈利·波特》的硕士学位论文总体发文量（共计220篇）进行计量可视化分析，得到图4-1。图4-1显示，硕士学位论文数量在2007年《哈利·波特》作品完结之后不断上升，到2012年达到历史最高值（31篇），但之后的数量开始逐渐减少。2017年该小说出版发行20周年，国内对此的研究又开始略有升温。

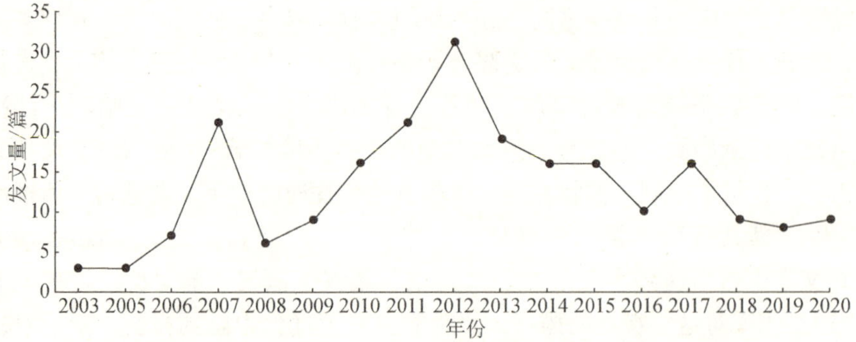

图4-1　中国有关《哈利·波特》研究的硕士学位论文发文量总体趋势

根据中国知网检索结果，我国最早对《哈利·波特》进行研究的学位论文是四川大学新闻学专业黎霜（2003）的硕士学位论文《论文学畅销书生命的延伸——及〈哈利·波特〉、〈我为歌狂〉案例分析》。该论文从中国书业已经步入“畅销书时代”出发，以文学畅销书为切入点，对畅销书的概念、表征、产生原因及生命周期性等做了大量深入研究，选取了《哈利·波特》和《我为歌狂》为代表作，进行了详细的案例分析。该论文从《哈利·波特》作为畅销书切入进行个案研究，分析如何延长文学畅销书生命，该研究仅从新闻学的视角出发，并未谈及该作品的翻译、主题等内容。但自此之后，针对《哈利·波特》系列作品进行研究的学位论文开始逐渐增多，研究视角逐渐多元化。尽管硕士学位论文数量达到了一定规模，但是博士学位论文直接将《哈利·波特》小说作为研究对象的却屈指可数，仅中山大学王鹏（2004）、南开大学姜淑芹（2007）和南京大学于敏（2020）所著3篇博士论文直接对《哈利·波特》展开了学术研究；有些博士学位论文只是在撰写过程中提到儿童文学或幻想文学的时候提及罗琳及其小说《哈利·波特》，如郭星（2010）、董国超（2013）。因此，对于《哈利·波特》作品的学术研究还有待更多的研究学者努力向前推进。

《哈利·波特》在中国取得巨大成功，成为超级畅销书。于是，国内媒体和出版界人士对这部作品进行了大量的评介，总结其引进和畅销的成功经验，进而对今后的图书出版和发行工作做预设。首先，国内的各大报纸对《哈利·波特》及其作者罗琳的跟踪数量繁多，基本都比较客观中立，从图书出版发行到图书畅销，从同名电影的上映到观众对此的评价，报纸一直都比较关注这部风靡全世界的小说。即使是国外媒体对这部小说的负面新闻，国内媒体也只是转述报道，并没有跟风对小说进行尖锐的批判。同名电影改编的巨大成功使得这部作品的知名度得到进一步提高，更多的国内读者和消费者关注到这部作品。随着2007年该系列小说的终结，国内媒体对该作品的报道重心转移到由书改编的同名电影及对国内儿童文学出版创作的影响上来。到2017年，时值原著《哈利·波特》出版发行20周年，媒体文章相继总结报道20年来该书在中国的传播历程及对该书的成功进行反思。其次，从2003年开始，国内图书出版界人士也陆续对罗琳的小说在中文世界的出版发行和媒体的成功营销进行了各种细致分析。如管士光（2004）在《中国出版》杂志第4期上撰文《〈哈利·波特〉的成功带给我们的启示》。文中指出，从2000年10月6日之后正式出版发行的简体中文版《哈利·波特》热销近700万册，该文从这个出版现象出发，详细总结了版权引进、翻译编辑、装帧设计和营销发行等各个环节的经验，并给出了几点启示：永远不要夸大文化差异的作用，永远不要低估中国孩子们的接受能力；儿童本位是儿童文学的灵魂；只有成功的营销才能让引进版权的图书顺利着陆；要利用现有资源，发挥品牌优势，开发市场潜力，实现效益多元化；等等。王羽潇（2006）也从《哈利·波特》系列图书的成功出发，分析了畅销书能够取得成功的秘密在于综合运用了整合营销策略，归功于作者、出版社、经纪人、翻译者、电影制片人等的集体努力。作者还反思了为什么我们中国也有很多优秀的著作却很少有作品像《哈利·波特》那样成为畅销书，并给出了三点启示：中国出版传媒机构缺乏有经验的专业营销经理人；在营销上不敢进行大的投入；经营品牌作家的意识和机制尚未形成。当《哈利·波特》系列小说在2007年完结之后，这类研究文章基本停滞，偶有类似文章零星出现，但多数大同小异，缺乏新意。

综上所述，2002年至今的这段时间里，众多研究者不再拘泥于对《哈利·波特》小说做报道性的评述，而是通过文本细读进行分析并逐渐走向理性、走向深入、走向专业。这一阶段的文章一部分集中关注该作品在图书营销策略等方面取得的成功及其启示，一部分从儿童文学创作的视角展开分析，还有不少学者从哲学、文化人类学、叙事学等跨学科的视角对该作品进行了诠释和解读。研究者不再仅仅关注作品表面，而是从外围进入内部，通过文本细读，对该小说进行分析，无论是从质上还是从量上来看，评介文章都远超以往的研究成果，而且研究者的研究方法和视角更加多元。需要注意的是，尽管在中国知网上检索到的所有关于《哈利·波特》的研究文献有数千篇之多，但是大多都未能进入国内主要学术核心期刊①，这也从一定程度上说明，国内主流的学院派研究者对于《哈利·波特》这种通俗类文学作品在进行相关研究时还是持谨慎、保守态度的。或者说，在某种程度上，国内对《哈利·波特》的研究依然有很大的发展空间。

（三）中译本评介小结

截止到2020年12月31日，通过以"哈利·波特""哈利波特"等作为关键词在中国知网进行检索，笔者发现共计2210条有关《哈利·波特》作品的中文研究文献（见图4-2）。通过对检索结果进行人工筛选，剔除与主题无关的文献（如通知、广告、征稿、访谈等），最后确定有效研究文献为1229条，其中大多数来源于学术期刊，其次是报纸和研究生学位论文，也有部分国内会议论文集，具体见图4-3。使用CiteSpace 5.8计量可视化软件对621条学术期刊文献的检索结果进行分析可以发现，这些文献的关键词分别是哈利·波特、儿童文学、魔法世界、伏地魔、J. K. 罗琳、原型、奇幻文学及翻译策略等，具体的国内中译本《哈利·波特》关键词分布柱状图见图4-4。

---

① 本书中提及的主要学术核心期刊是指被列入北大核心期刊目录和南大核心期刊目录的刊物。

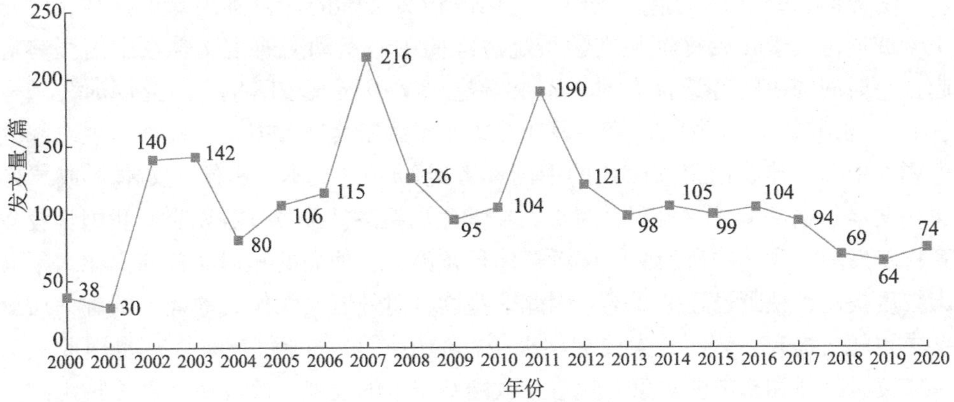

图 4-2　国内中译本《哈利·波特》研究文献发表数量总体趋势

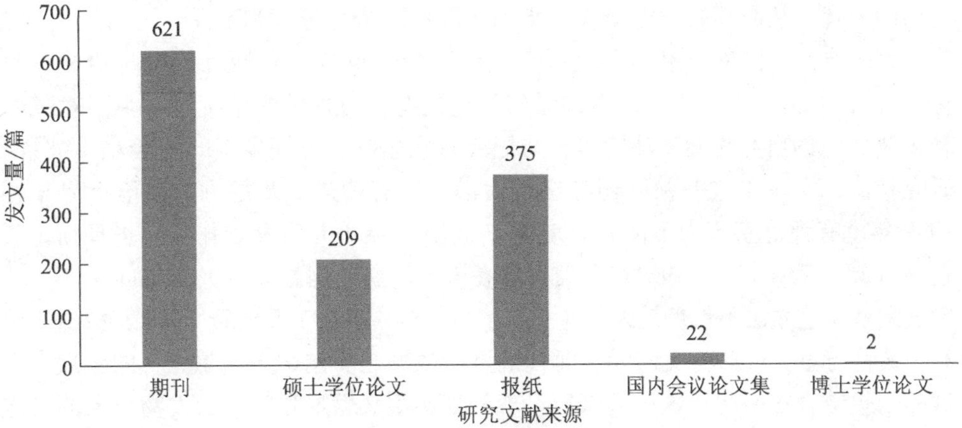

图 4-3　国内中译本《哈利·波特》研究文献来源及发表数量统计

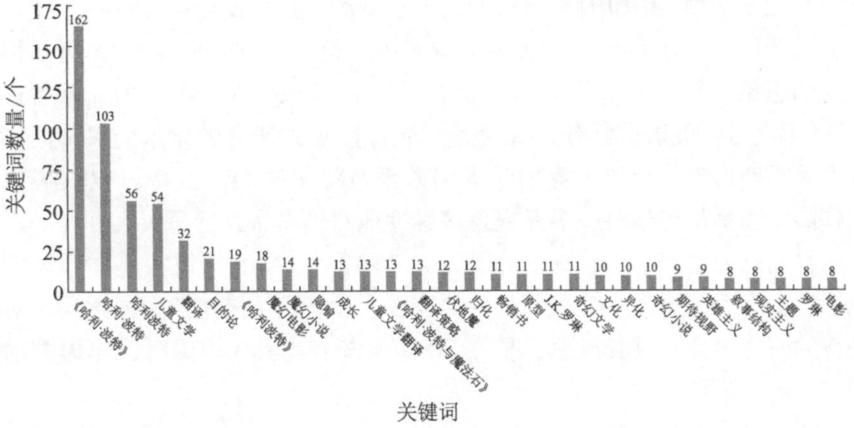

图 4-4　国内中译本《哈利·波特》关键词

一方面，21世纪之前，我国纯文学或精英文学的地位不断受到挑战，大众文学或通俗文学开始逐渐从文学系统边缘向中心运动。通俗文学在中国强势崛起，一时间国内的普通读者对奇幻文学这个文类还比较陌生。与此同时，随着《哈利·波特》和《魔戒》等外国奇幻文学作品陆续进入中国，根据小说改编的电影在中国的热映使得新时代的中国读者经历了“文本—影像—文本”或“影像—文本”的文学接受过程，对奇幻文学逐渐熟悉。改革开放以来，我国学校教育稳步发展，我国的奇幻文学读者群体日益庞大，他们的知识储备和文化水平有大幅度提高，视野也逐渐开阔，因此这些读者对外国文学作品的译本的翻译质量要求也随之提高。然而，人民文学出版社的中译本《哈利·波特》也因此成为一些读者批评和抨击的对象。随着互联网新技术的发展，读者在新媒体技术的支持下可以自主在网络空间发布内容，针对网络译本和人民文学出版社译本的讨论也开始出现。这种网络文学翻译批评的出现使得人民文学出版社不得不正视读者发出的声音，从而开始对中译本《哈利·波特》进行修订和重译。

另一方面，国外严肃的学院派专业研究者们也从一开始就关注《哈利·波特》。从最初的儿童文学范围内的激烈争论到有针对性的文学批评，中国对《哈利·波特》的研究相对冷清得多，与国外百家争鸣、方兴未艾的“哈利·波特”研究相比，中国在这一领域还存在很大潜力，有待进一步挖掘。英语世界早在1999年就有评论家认为不能将《哈利·波特》视为儿童文学作品。查理斯·泰勒（Charles Taylor）于1999年4月1日在著名的新闻网站“沙龙（Salon）”① 上发表文章《这魔法不仅仅是为了儿童》（*This Sorcery Isn't Just for Kids*），指出《哈利·波特与魔法石》将英国学生时代的冒险故事与罗尔德·达尔完美的幽默、奇妙的幻想结合在一起，这个故事所呈现的现实主义思想和复杂的人物形象的设定已经超越儿童文学的范畴，成人也可以对其进行阅读，并且读者很快就会发现他们其实是在阅读一部文学经典。辛西娅·玛格丽尔·韦茨勒（Cynthia Magriel Wetzler）也于2000年10月15日在《纽约时报》上发表文章《哈利·波特不仅仅适合儿童》（*Harry Potter Is Not Just for Kids*）指出“《哈利·波特》开始悄悄进入成人的想象空间，填补了成人小说尚未涉足的领域”。如本书第二章所述，到了2000年之后，英语世界有关《哈利·波特》小说研究的学术会议、论文集和学术专著不断出现，英语世界的学者们并没有将《哈利·波特》仅仅视为儿童文学作品，而是从跨学科、多元视角多维度地对该作品进行深入探讨。

从目前国内主流学术刊物上的研究文献来看，《哈利·波特》在中国的学术研究依然没有引起更多学院派研究者的重视，尤其是从描述性翻译学视角对该作品进行的研究很少。究其缘由，早在2000年该书被引入中国时，作为赞助人的

① 沙龙（Salon）是美国著名的新闻和舆论网站，由戴维·塔尔伯特（David Talbot）于1995年4月18日创建。该网站主要发表有关美国政治、文化和时事的文章。网址为https://www.salon.com/。

人民文学出版社从一开始就将该书定位为儿童文学读物，并组织众多儿童文学作家、幻想文学作家、文学评论家和教育专家等将《哈利·波特》作为儿童文学作品展开全方位的深入讨论和评介。除此之外，人民文学出版社还在央视等各大电视台对《哈利·波特》做跟踪报道，大力宣传该作品，不断刺激国内儿童读者的阅读兴趣。作为在国内影响深远且有一定话语权的资深出版机构，人民文学出版社对《哈利·波特》这部作品的定位使得国内不少学者从一开始就陷入固有认知——《哈利·波特》是儿童文学作品，或者说是儿童奇幻文学作品。教育部中小学《语文》教科书总主编、北京大学的温儒敏教授为《哈利·波特》撰写的导读书评也基本认定该书是儿童文学作品。作为国内最具权威性的学者之一，温儒敏教授的评介基本也为该作品的儿童文学归属确立了基调。而在国内学术界，主流核心刊物不屑于或者很少主动刊发对《哈利·波特》这样的在中国被归类为儿童奇幻文学作品的作品进行研究的学术文章，这主要和中国当时的学术风气有关。《哈利·波特》系列小说被人民文学出版社和众多专家学者界定为儿童奇幻文学作品，这类作品属于通俗文学，或者说是类型文学，而通俗文学或儿童文学从来都不是学术研究的主流。著名科幻小说作家刘慈欣就曾对此发表过意见，“主流文学作品，背后有着庞大的学院派评论体系，如果作品没有销量，也能靠着这种评论体系生活和生存，而类型文学则只能靠市场和读者，如果市场和读者不买账，作者群就难以培养”（于丽丽，2013：B07）。而能够跳出儿童文学的藩篱，从其他视角或者学科对《哈利·波特》展开研究的国内学者只有叶舒宪等少数学者。叶舒宪把《哈利·波特》作品及“哈利·波特现象”放在全球性的文化背景中进行分析，对资本主义现代化和现代性进行反思，视野开阔，揭示了“哈利·波特现象”背后的实质，启人深思。在这之后，国内普通学术期刊上也开始陆续出现一些研究《哈利·波特》的文章，但是总体上看文章缺乏深度，研究视角相对单一。

三、《哈利·波特》在中国的翻译研究情况

相对于拥有一定规模和数量的国内《哈利·波特》评介研究，单一从翻译学视角针对《哈利·波特》的研究要冷清得多。

最初，报纸上零星的报道提及《哈利·波特》的译者及该作品在翻译过程中遇到的问题。例如，2003 年 9 月 12 日，《中国图书商报》记者采访了《哈利·波特》的 3 位译者，其中就有马爱农。记者询问了《哈利·波特与凤凰社》的翻译情况及译者在翻译过程中遇到了哪些困惑等。马爱农对记者的问题逐一做了回答并回顾了几年来翻译这部小说的一些细节。2003 年 10 月 6 日的《电脑报》在报道中提到《哈利·波特与凤凰社》遭遇网络盗版，众多哈迷在购买到

*HP*5 后通过扫描仪和相应软件在互联网上免费分享全文。这些英文电子版全文进入国内后，中国哈迷网友开始在互联网上自行翻译，并发表在网络论坛和网络社区中，其速度远超人民文学出版社的翻译速度，受到网友热烈追捧。该文提到国内有业余翻译网站对《哈利·波特与凤凰社》的译文进行探讨，这可以看作对《哈利·波特》的翻译进行研究的学术性活动，虽然没有文字记录下来，却说明国内当时对《哈利·波特》系列小说的翻译研究已经开始，只是肇始于哈迷网友，而非来自象牙塔内的专业研究者。在《哈》6 正式出版之前，人民文学出版社便公开征集这部小说的译名。对此，康慨在 2005 年 8 月 17 日的《中华读书报》上撰文指出，人民文学出版社做出了一种亲和的姿态，与其说是一种无奈，不如说是出于对未来市场利益的考虑而主动做出的妥协。在《哈利·波特》中文版翻译的问题上，人民文学出版社和网友之间还是存在频繁互动的。据《中国新闻出版报》2007 年 11 月 2 日报道，《哈》7 中的时尚中译引发网友争议，对此人民文学出版社副社长潘凯雄就表示，“读者指出的问题，只要确实是出版社的错误，都将一一更正”。

后来，在国内有不少学者对《哈利·波特》展开研究，但是在国内主流核心刊物上发表的有关《哈利·波特》翻译的研究文献寥若晨星，屈指可数；而在中国知网的研究生学位论文全文数据库中有相当一部分硕士论文对《哈利·波特》展开了翻译研究。截止到 2019 年 7 月，在中国境内主要学术核心期刊中涉及《哈利·波特》翻译研究的文章很少，只有 2 篇：原明明（2008）从儿童文学翻译的视角出发，分析并点评了《哈利·波特与死亡圣器》第一章的翻译，认为人民文学出版社的译文存在误译，并给出了修改意见。沈国荣（2013）在《电影文学》期刊上发文对《哈利·波特》的电影字幕翻译的归化和异化策略进行了简单的研究并举例加以说明。这两篇从翻译视角分析《哈利·波特》的文章都比较短，分析不够深入，依然停留在译文层面。通过中国知网检索发现，只有一篇从翻译视角对《哈利·波特》展开研究的博士学位论文，即中山大学的王鹏（2004）的博士论文《〈哈利·波特〉与其汉语翻译——以系统功能语言学理论分析情态系统》。该研究以系统功能语言学的情态系统为理论框架，对《哈利·波特》英文原文中说话者的性别、年龄，can、could 的情态系统（情态类型、情态指向、情态归一性）之间的关系，以及这种关系是否能在其汉语译文中得到体现进行了试验统计研究。王鹏的博士论文用《哈利·波特》前 3 部的中英文作为语料，以英国国家语料库作为参考语料，运用 WordSmith Tools 和 SPSS 数据处理软件进行分析，将语篇中语言的表现统计出来。这种以语料库为基础的翻译研究在当时还是极为罕见的，可以说是国内博士研究生学位论文中从翻译的视角研究《哈利·波特》的肇始。根据中国知网检索结果，截止到 2020 年 4 月 23 日，共计 102 篇硕士学位论文对《哈利·波特》的翻译展开研究，见图 4-5；这些硕士学位论文的关键词共现矩阵分析见图 4-6。

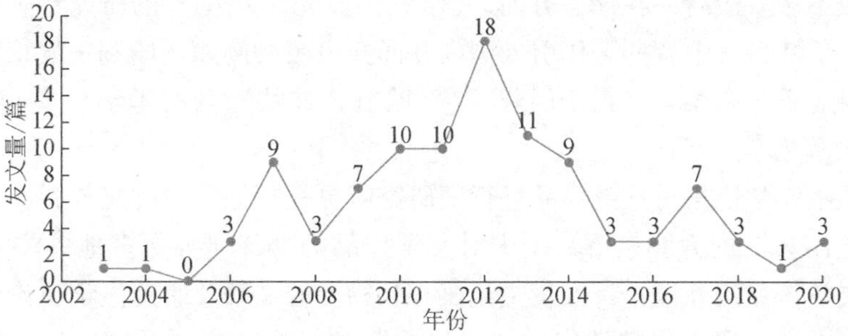

图 4-5 中国有关《哈利·波特》翻译研究的硕士学位论文发文量总体趋势

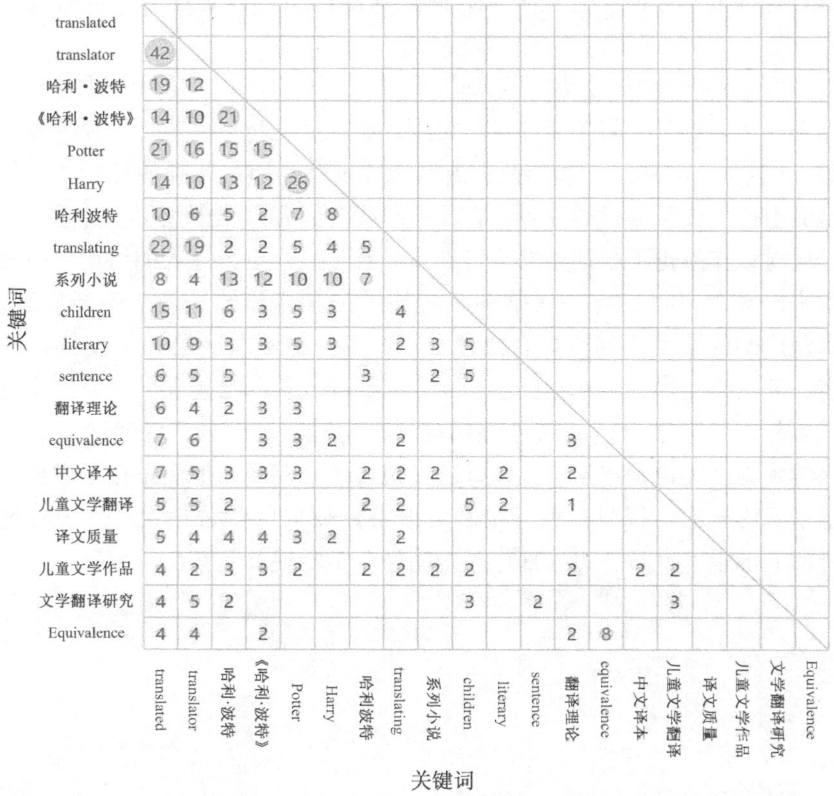

图 4-6 国内中译本《哈利·波特》翻译研究关键词共现矩阵

从图 4-5 可以看出，2007 年该系列小说完结后，国内展开对《哈利·波特》的翻译研究的硕士学位论文数量略有下降，然后持续上升到 2012 年达到最高值，之后又开始下降，到了 2017 年《哈利·波特》小说出版 20 周年时研究论文数量略有回升。一方面，国内针对《哈利·波特》的翻译研究还存在相当大的研究空间；另一方面，现在的硕士学位论文中从翻译学视角展开对中译本《哈利·波特》的研究多数为传统的规范性翻译学研究，而从描述性翻译学视角展开的翻译研究为数不多。最后，在译著方面，《哈利·波特》在国外的研究专著众多，国内部分出版社将其中有些著作引入国内并译介出版，例如《哈利·波特的哲学世界：如果亚里士多德掌管霍格沃茨》《〈哈利·波特〉与心理学》《〈哈利·波特〉中的政治学》等。

而从翻译学视角对这部作品进行的研究就更是罕见。除此之外，在当前中国文学“走出去”的大背景下，国内对文学作品的翻译研究更多地关注“译出”，即中国文学作品的外译，有大量主流核心刊物上的文章及研究生学位论文探讨中国的古典文学、现当代文学作品“走出去”的译介和翻译研究。毋庸置疑，中国文学“走出去”是当下学术研究的主流，是时代的主旋律，因此，《哈利·波特》这种外国文学作品“走进来”的译介和翻译研究很难成为学术研究者聚焦的重点。

综上所述，《哈利·波特》这部作品只用了20年时间就在中国取得了其他文学作品需要花上更长时间才能取得的关注，这本身就是一件值得研究者深思的文学现象。《哈利·波特》在世界范围内的持续风靡和历久弥新的精彩故事仍然在不断地吸引着一代又一代的读者，它在中国普通读者群体中地位十分重要，不可替代，同时该作品也不断地激发着普通读者对其进行更为深入的讨论。而对于专业的学术研究者来说，有关《哈利·波特》的学术研究还处于不断发展之中，仍然有很广阔的学术研究空间有待进一步开发。中译本《哈利·波特》的第一批读者，即千禧一代，现在都已经长大成人，部分资深哈迷在网络空间中持续地对《哈利·波特》展开网络文学翻译批评，同时还有部分资深哈迷读者现在已经进入学术界，无论是出于个人爱好还是因为学术召唤，他们正在学术界发挥着自己的学术影响力，撰写有关《哈利·波特》研究的学位论文，发表对这部作品展开研究的学术文章，为这部作品走向经典不断地贡献自己的力量。

第五章 赞助人对译本的影响和目标读者接受错位

——新型读者群体涌现

《哈利·波特》进入中国的这20多年，正是中国奇幻文学读者群体从无到有不断发展壮大的20多年。与此同时，自改革开放以来，我国的教育系统不断革新，在经过义务教育和高校扩招等各项改革之后，我国开始出现大批高素质、高层次的读者群体，其知识储备和人文素养不断提升，同时也对外国文学译本提出更为苛刻的要求。人民文学出版社在获取《哈利·波特》中文版版权之后做出了一系列的努力，试图复制这部风靡海外的作品销售的传奇：通过遴选优秀的译者、进行积极正面的官方推介、从主流作家和评论家处寻求支持及利用电影和多媒体文本对中国读者进行宣传，试图从各个层面推动该作品在中国的传播和接受。虽然英语世界里对《哈利·波特》小说的定位最初也是儿童文学，但是作者J. K. 罗琳和英美两国的出版社很快做出了调整：《哈利·波特》小说的读者定位同时覆盖青少年和成人。然而，赞助人（人民文学出版社）对中译本《哈利·波特》的目标读者定位一直是儿童，这就造成了赞助人的意图和目标读者的接受产生了一定的错位，进而使得该作品在中国的传播和接受受到一定程度的局限，同时也引起了部分读者的批评并激发了专业研究者一系列学术纷争。

随着中国互联网的高速发展，中国的奇幻文学读者群逐渐出现新的趋势，网络空间成了这些国外奇幻文学翻译作品的读者群体进行交流或发表意见的新平台。21世纪以来，传统的读者群体随着互联网及移动阅读的兴起逐渐分化，过去的“是书就读”的局面已经不复存在，他们从被动接受出版社已经出版的翻译文学作品转变成阅读翻译文学作品的主体，在行动方面变得更为主动并注重读者之间的互动，这不仅体现在对翻译文学作品的选择和解读上，还体现在阅读过程中加入自己的主观认知和倾向性思考，新时期的读者在文学文本选择和文本意义建构上由“失语者”变成了“建构者”，《哈利·波特》系列翻译文学作品就这样在新时期的中国读者群中不断被“解读”和“建构”。

赞助人意图和目标读者的错位也进一步清晰地说明了接受者和接受环境对原作的创造性叛逆。一部被赞助人定位为儿童文学的奇幻文学作品因语言、文化语境及翻译的作用，引发接受者对该作品进行深入讨论，产生三种新型读者群体，他们因为不满足引进版权的人民文学出版社的译文，在网络空间中发表批评性意见，形成新时期网络时代的文学翻译批评；有良好的英语基础的读者更是自行翻译《哈利·波特》系列作品并将译文放在网络空间中进行分享。随着时代的发展，电脑和手机等即时通信设备的不断更新换代，《哈利·波特》系列中文版的电子书也开始在网络上销售，纸质文本和电子文本开始同步融合，吸引了更多的读者。

新时期的读者不再局限于纸质书籍，电子文本、超文本或者图画文本、影视作品、有声读物等新媒体阅读逐渐使更多的读者进入相互阅读的场域，即读者在属于自己的、开放的网络空间中发表对翻译文学作品的看法的同时，其他网络用户（或读者）也在阅读，读者之间通过网络即时通信软件或网络平台进行沟通，相互参与。网络新媒体的新型社交阅读方式不仅给读者带来了全新的阅读体验，而且他们可以在网络空间中交流阅读心得。这些新型读者群体活跃在各大主要社区网站或主流论坛，他们已经在网络空间中形成了重要的文学翻译批评社群，他们不再被动接受已经出版的翻译文学中译本，而是按照自己的想法对译本提出批评性意见，甚至对原著中的部分篇章重新建构译文，并留下自己的翻译体会和评论。有些网络社区的批评性意见或发布的文章具有一定的学术性和专业性，这些翻译文学作品的精英型读者群体已经成为新时期读者群的代表人物，他们也吸引了不少严肃学院派学者的注意。

中译本《哈利·波特》若想在中国更易被接受，必然要将这些新时期的读者考虑进去，而且要将其放在一个重要的位置进行研究。这些读者群体通过网络文学翻译批评对人民文学出版社的译文进行点评甚至重译，而作为赞助人的人民文学出版社并没有忽视他们的存在，相反，人民文学出版社很重视这些读者的批评意见，甚至和这些读者展开互动。自 2015 年开始，人民文学出版社多次举办与哈迷读者的读书互动活动，持续维护“哈利·波特”品牌和推动其发展。人民文学出版社还在《哈利·波特》英汉对照版新版本修订过程中招聘热爱并熟悉《哈利·波特》的学生前往人民文学出版社做“哈利·波特”项目实习生，让这些实习生协助《哈利·波特》新版本的修订、营销推广和文案策划工作。通过与新时期新型读者群体的线上和线下互动，人民文学出版社译者和读者之间产生了思想的碰撞，译者、读者与文本之间形成了动态的新型关系。后期，人民文学出版社数次对中译本《哈利·波特》进行修订，针对人民文学出版社的译文的批评意见在重译出版的中译本《哈利·波特》中基本都得到了妥善解决和处理。

本章分为三部分：第一部分从赞助人的视角分析人民文学出版社自始至终把控着中译本《哈利·波特》生产和流通的全过程；第二部分主要分析比较《哈利·波特》原著及其中译本各自在作者 J. K. 罗琳、英语世界和中国的读者群方面的定位情况；第三部分就赞助人意图和目标读者群接受错位产生的三种新型读者群体进行了详细探讨。

一、赞助人对中译本《哈利·波特》生产和流通过程的影响

译者的翻译活动不是在静止状态中进行，应该要放在一个动态的语境中进行考察。以安德烈·勒菲弗尔为代表的翻译研究文化学派决定打破传统的、从语言学层面对翻译行为进行研究的方式，不再执着于从原文本到目标文本的字、词、句的转换研究，而是从跨文化视角去关注文学作品在两种文化之中的翻译和接受。勒菲弗尔（1992）撰写的《翻译、改写及对文学名声的制控》一书堪称典范之作，其要义被浓缩为影响翻译的三个重要因素：意识形态、诗学和赞助人。其中，赞助人被视为三个要素中最主要的一个。勒菲弗尔（1992：15）指出，"赞助可以理解成类似权利的东西，如人和机构，能够促进或窒碍文学阅读、写作和改写……赞助人时刻都在影响着翻译活动的整个过程"。出版社或出版商在勒菲弗尔（1992）的"赞助人对文学系统的操纵"理论中是一个很重要的组成部分，人民文学出版社作为"在某一历史时期具有影响力的机构"，是《哈利·波特》系列作品进入中国的最大赞助人。谢天振（2003：63）曾多次提到，"权威的出版社、有良好品牌的丛书等，是图书能赢得市场的一个重要因素（而能赢得市场，也就意味着译介有可能取得成功）"。

优秀的作品经国外重要且知名的出版社出版发行之后，该作品就相对容易进入目的语国家主流的流通渠道。人民文学出版社获得《哈利·波特》简体中文版译本的版权并将其翻译、出版、发行，该译作才能真正进入中国大陆读者的视野。作为资深的国家级专业文学出版机构，人民文学出版社对中国大陆的读者和市场十分了解，所以《哈利·波特》系列才能在中国复制其在海外的销售传奇。《哈利·波特》在中国大陆的译介离不开赞助人（人民文学出版社）对其进行的积极把控。如果研究者想要对翻译文学作品进行描述性研究，就不能仅仅将注意力停留在译者身上，而应通过译者辐射到翻译的全过程。

赞助人通过意识形态、经济利益和社会地位这三个方面因素在显性层面上影响和决定着中译本《哈利·波特》的生产和流通全过程，在隐性层面上影响译者的地位、译作在文学系统中的地位及翻译研究的发展。人民文学出版社首先从英国引进《哈利·波特》获取版权，组织译者进行翻译、出版印刷、发动各种营销刺激销售，是整个过程中起重要作用的赞助人，时刻对译文的生产和流通进

行把控。当然，在《哈利·波特》的译介过程中，简体中文版译本的生产和流通必定不是由译者和出版社两者就可以完成的，而是取决于赞助人主导下由原作者、译者、出版社和读者一起形成的合力。接下来，笔者将从意识形态、经济利益和社会地位三个方面论述赞助人（人民文学出版社）对中译本《哈利·波特》翻译过程的全程影响。

（一）赞助人的意识形态对翻译过程的影响

意识形态在社会与文化中产生。翻译作为一种跨语言的交际活动，必然与意识形态紧密关联。意识形态影响着翻译文本和译者的选择，也影响着翻译策略。正如杰里米·芒迪（2001：153）所说："文本的选择和翻译的发起，往往是由出版者决定的。"随着世界经济全球一体化进程不断加快，中国文化也在不断融入全球文化共同体，人们更关注个性的发展和需求的多元化，而不是文化传统的政治教化和批判现实功能。20世纪80年代以来，大众文化下的读者开始理性消费，阅读同样开始分化，中国的读者结构也在不断变化。1999年之前，大众图书消费的主流群体在13~45岁，而2000年后，随着儿童畅销书的出色表现，畅销书读者年龄范围最低限有所下降，大批儿童消费者开始进入大众阅读消费的主流人群中。从1999年开始进行改革的人民文学出版社，在1999年10月的法兰克福书展上了解到原著《哈利·波特》，之后，人民文学出版社就开始下大力气引进这部风靡海外、深受儿童欢迎的奇幻文学作品。

一部优秀的外国文学作品在进入一个陌生的国度时必然要受到某些因素的制约，如意识形态、诗学系统、民族审美情趣等，而优秀的译者却能够跨越两种文化的障碍将原作品用目标语重写出来，同时还必须要使译文满足目标语国家读者的心理期待和阅读期待。因此，作为赞助人的人民文学出版社在译者的选择上十分用心。2000年8月底，在版权之争结束之后，作为赞助人的人民文学出版社开始着手挑选译者进行翻译。优秀译者的选择是出版社作为文学"赞助人"很重要的任务，因为优秀译者的译文可以促进文学作品的阅读，可以使外国优秀文学作品在中国得到更好的阅读和传播。胡安江（2010：13）指出，"译者对于文本、目标读者及市场的理性选择与准确判断在很大程度上成就了译作的成功与传世"。时任人民文学出版社少儿编辑室主任的王瑞琴经过考虑，认为"罗琳是女作者，由女性翻译更细腻"（翁佳妍，2016：78）。她找到了4位女性译者：曹苏玲、马爱农、马爱新、郑须弥。这4位女性译者中，曹苏玲年龄最大，接受翻译《哈利·波特》任务的时候，她已经是70岁高龄。"退休后，想翻译一点给孩子的故事"（翁佳妍，2016：78）。除了曹苏玲女士之外，人民文学出版社还找到了对儿童文学的翻译都比较擅长的马氏姐妹：马爱农和马爱新。根据马爱农的回忆，"社里知道我们俩都喜欢儿童文学作品的翻译，且曾翻译出版过一些作品，就把一部分任务交给我们，从此，我们就和《哈利·波特》结下了缘分，直到今天”（舒晋瑜，2007：18）。最后一位女性译者郑须弥是当时的新华社记者。《哈利·波特》能够在中国大陆的译介方面取得不错的成就，与这些优秀译者的努力是分不开的。正是因为有这样优秀译者的不懈努力，J. K. 罗琳在《哈利·波特》这部长篇奇幻作品中构建的神奇魔法世界才能呈现在中国读者面前；也正是因为这些译者，中国读者从中文译本中感受到了文字的魅力，更感受到了魔法的神奇。

赞助人的意识形态影响着译者的选择，译者有时候也不得不认同或者接受赞助人的意识形态。译者在很多时候不仅不能决定“翻译什么”，还必须放弃个人的情感喜好，使自己的翻译目的和赞助人的翻译要求达成一致，如果译者对赞助人的意识形态存异且不愿意做出妥协，赞助人可以选择更换译者。

值得注意的是，2000 年前后正值我国打击某非法邪教组织时期。当人民文学出版社引进《哈利·波特》这部带有很多魔法、巫术元素的文学作品之时，部分媒体对该作品进入中国表示一定的担忧。“筹备《哈利·波特》期间，‘迷信’是敏感词，出版社社长接到不少提醒，关于魔法小说适不适合在中国出版”（翁佳妍，2016：78）。早在中译本《哈利·波特》正式出版发行之前的 2000 年 9 月 24 日，卡路姆·麦克劳德（Calum Macleod）就在《日本时报》（*The Japan Times*）上写道，“一旦版权得到保护，聂①和他的同事们仍然要克服中国国内保守派对霍格沃茨魔法世界充满‘迷信’的麻瓜们的担忧”。就在《哈利·波特》简体中文版前 3 部正式出版发行之后，Henry Chu 于 2000 年 10 月 7 日在《洛杉矶时报》（*Los Angeles Times*）上发表文章指出，“……在中国政府打击邪教之际，引进“哈利·波特”丛书是一种奇怪又可能有风险的选择”。时任人民文学出版社社长聂震宁（2019：158）在《在朝内 166 号的日子里》一书中曾回忆 2000 年 10 月 6 日的人民文学出版社《哈利·波特》中文版首发仪式现场上遇到几位外国媒体记者的提问，“……一位美联社记者问王瑞琴，说你们社长是不是高干子弟？她回答说不是，记者问，不是高干子弟怎么敢出《哈利·波特》？王瑞琴很诧异，问为什么不敢出？记者说，你们正在揭批邪教，《哈利·波特》正是教小孩子学魔法的。王瑞琴说这个和批邪教有什么关系？我们中国读者知道童话小说常常有魔法，还是能把童话的魔法和邪教分清的”。由此可见，当时国内外的媒体对赞助人（人民文学出版社）是否能出版《哈利·波特》表示担忧。这些担忧也在一定程度上给译者的翻译带来影响，4 位译者之一的曹苏玲在翻译了《哈》1 的前 8 个章节之后提出了一些顾虑，并决定停止翻译。她把作家罗琳虚构出来的魔法世界的地基给打好了，却不愿意继续翻译下去了，因为作为老一辈的译者，她对“魔法”“巫师”等内容比较焦虑，担心这是在“宣传迷信”（翁佳妍，2016：

① 此处指时任人民文学出版社社长聂震宁。

78）。于是翻译家曹苏玲给人民文学出版社时任少儿编辑室主任的王瑞琴打电话说："老党员晚年可不能犯错误啊！"（翁佳妍，2016：78）。作为赞助人的人民文学出版社经过考虑，既然作为老党员的曹苏玲对该书存在担忧，加上留给译者的时间很紧迫，于是人民文学出版社挑选了在社里工作、较为年轻且比较喜欢儿童文学的马爱农来接替曹苏玲继续《哈》1 的翻译工作。《文艺报》于 2016 年 12 月 2 日对译者马爱农进行了专访报道，详细描述了这位译者翻译《哈利·波特》全程的心得体会。在文章中，马爱农回忆道"我第一次接触'哈利·波特'系列故事时，我惊叹儿童文学还能这么写——是魔幻的、奇幻的……孩子们一定会很喜欢这部作品"。由此可见，译者马爱农非常认同和接受赞助人的意识形态。

在译本生产和流通的过程之中，赞助人的意识形态也影响着译本的宣传。在当时，如何让中国政府、国内媒体、中国消费者能够接受这部作品，赞助人在意识形态层面做了很多的创意疏导和宣传。

一方面，针对一度甚嚣尘上的《哈利·波特》有迷信和宣扬巫术倾向的言论，人民文学出版社在对外宣传中指出，《哈利·波特》书中所描绘的巫术、魔法元素恰恰是其魅力之所在，该书中还有全世界儿童都能从中学到的优秀道德规范和价值观。王瑞琴在 2000 年 10 月 9 日接受《纽约时报》记者采访时一直强调，"相比中国许多儿童读物的单调情节而言，《哈利·波特》以一种非常幽默和感性的方式来教授普世的道德规范"。时任《哈利·波特》责任编辑之一的叶显林回应《洛杉矶时报》记者时说："《哈利·波特》的书会教你关于正义、忠诚和勇敢的知识，但是故事本身就已经包含这些品质，这些书没有告诉你该做什么……在中国的许多古典作品中也有神灵和恶魔，但这并不意味着人们会成为迷信的追随者。"聂震宁（2019：158）在《在朝内 166 号的日子里》一书中曾回忆，在中译本《哈利·波特》首发仪式上，一位路透社记者向自己提问："《哈利·波特》传播的是西方价值观，这是不是说中国的读者是接受西方价值观的？"聂震宁意识到这位美国记者是故意设计引诱他进行回答，所以他回复的是："……小说写了正义与邪恶的斗争，这与我们东方的理解也是一样的……可是如果说勇敢、智慧、正直、善良、团结、友爱等这些价值观是你们西方独有的，这就不符合事实了。"

另一方面，人民文学出版社为《哈利·波特》系列前 3 部作品的出版宣传定制了 3 条具有中国特色的主题口号：一是"神奇善良的哈利·波特：世界儿童的好朋友"，这个口号透露出这样的信息——全世界的儿童读者都在看《哈利·波特》这个故事，你是不是也该看一看呢？二是"哈利·波特：我们身边的小骑士"，这个口号告诉读者和家长们这个故事是关于勇敢和探险的故事，对儿童的成长有益。三是"哈利·波特：跳出书包的小魔术师"，这个口号就是要告诉少年儿童和家长们，即将"跳出书包"的故事是魔法童话，很值得一看。为了保险起见，在赞助人人民文学出版社意识形态的影响下，译者将书中的“wizard”和“witch”都翻译成“魔法师”而不是“巫师”，以此来引导中国读者不去做多余的想象，用“世界儿童的好朋友”“小骑士”和“小魔术师”这样平易、质朴、亲切的口号来进行宣传，不仅使原著中大量存在的所谓“巫术”“迷信”等元素得到淡化，并且受到儿童读者及其家长的认可和接受，这也在一定程度上消除了政府和部分媒体对该作品的某些担忧。

赞助人的意识形态还可以影响译者的翻译策略。译者接受了翻译任务就表示译者必须顺应市场需求，相应地调整翻译策略，从而使译本能达到赞助人的预期要求。作为人民文学出版社中译本《哈利·波特》的目标读者群——儿童，他们虽然没有参与直接影响译者的翻译活动，但是人民文学出版社和译者的最终目的是赢得儿童读者的接受和喜爱，因此，除了人民文学出版社这个“显性”的赞助人之外，儿童读者群体也就成了中译本《哈利·波特》翻译的“隐性”赞助人。

相对于成人读者而言，儿童读者的语言接受能力和阅读理解能力较弱，这就使得译者不得不站在儿童的视角对翻译文本进行综合考虑，选择合适的翻译策略来满足儿童读者群体。人民文学出版社找来的马氏姐妹都比较喜爱和擅长儿童文学的翻译，所以不少中国哈迷评价马氏姐妹的中文译本“让人觉得轻松、亲切且准确”，小说也有她们的再创作，有她们的审美情趣、语言习惯和行文风格，没有童心的人是译不好的。人民文学出版社的中译本《哈利·波特》无论是在词汇、句法还是在修辞和风格方面，都是尽可能采用符合儿童文学作品的翻译策略，从而满足儿童读者群体的审美和接受。

罗琳在原著中塑造了众多栩栩如生的人物形象，小说中的人名其实都是伏笔深埋，各有深意。罗琳为了给这些人物起名字可谓是费心费力，但是当《哈利·波特》进入一个全新的语境，将罗琳巧妙构思的英文人名恰当地翻译成目标语对译者而言是巨大的挑战。例如，人民文学出版社中译本中“Professor McGo-nagall”被翻译成“麦格教授”而不是“麦戈纳格尔教授”；“铁三角”之一的“Hermione”被翻译成“赫敏”而不是“赫尔迈厄尼”。从上面两个人名的翻译就能感受到人民文学出版社译者放弃了原著中人名独有的内涵和外延，采取了倾向于简洁、易读、方便记忆的音译翻译方法，这主要是为了方便目标读者群体——儿童。相比“麦戈纳格尔”，“麦格”更容易让儿童读者记住和理解。“赫敏”这个主角人物名字的翻译也比较成功，首先“赫”是中国的姓氏之一，正好和英文单词“Hermione”的第一个音节发音相似，“敏”在中国多指勤勉、勤奋、思维敏捷、反应快。而原著中“Hermione”这个女主角本来就是一个热爱学习、上课爱提问和回答老师问题的“学霸”学生，而且她也是小说主人公“铁三角”中最具智慧的角色。所以人民文学出版社译者根据这个人物的特点结合发音将其翻译成“赫敏”，不仅使内容和形式完成了统一，也在一定程度上给儿童读者传达了中国的传统文化。原著中反派头目“Voldemort”来源于法语“vole de mort”，意思是“飞离死亡”或“死亡的飞翔”，这也正好和这个反派人物总想着长生不老相契合。人民文学出版社译者为了给儿童读者呈现出原著中这个邪恶、可怕的反派人物，同时又要体现出这个反派人物从一开始就潜伏起来意图东山再起，“伏地魔”的译文就这样出现了。首先，“伏”就是指潜伏、潜藏，伺机而动；“地”是英文单词“Voldemort”中第二个音节的音译，也可比喻该邪恶人物潜伏在某地；“魔”本义为梵语魔罗的简称，是中华传统文化中对怪物、邪恶势力或人物的比喻称谓；“伏地魔”的译文可以引起儿童读者的好奇心，激发他们天马行空的想象。台湾地区的繁体译文将“Voldemort”翻译成“佛地魔”，译者马爱农曾就这个人名的翻译的差异回应记者，“……后来我们就参考了台湾版本的翻译，他们把 Voldemort 翻成‘佛地魔’，我们觉得在汉语中‘佛’更倾向于褒义，经过一番推敲决定改成‘伏地魔’，这样既与原著读音相差不大，又符合其在书中反面角色的特点”（曾鹏宇，2003）。人民文学出版社几位译者也是尽可能按照儿童文学风格对原著进行翻译改写。2016 年 12 月 2 日，译者马爱农接受《文艺报》专访时发表评论，“要进入该作品的情境……译者的内心必须有一个小小孩儿，必须像儿童一样去感受书中的童趣、童心和童真……在翻译过程中暂时卸下作为成年人的烦忧和沉重，陶醉在儿童文学的世界，用儿童的语言说话”。由此可见，“隐性”赞助人——儿童读者和“显性”赞助人时刻影响着译者的翻译策略。

《哈利·波特》系列作品在中国的译介和传播过程告诉我们：赞助人的意识形态影响着翻译的全过程，无论是翻译文本的选择、译者的遴选还是翻译策略的调整，赞助人无时无刻不对其产生无形的影响力。人民文学出版社顺应当时读者对外国儿童文学作品的强烈需求，与中国当时的主流意识形态相呼应，审慎遴选优秀译者，最终使中译本《哈利·波特》得以顺利出版和发行。

（二）赞助人的经济利益对翻译过程的影响

除了意识形态之外，经济利益的驱动是赞助人对翻译活动进行积极干预的一个至关重要的因素。经济因素是联系译者和赞助人两者的纽带，这里的经济因素有两部分：一部分是译作产生的经济基础，也就是人民文学出版社的经济实力；另一部分则是译作产生的推动力，即人民文学出版社支付给译者的薪酬。在原著《哈利·波特》进入中国大陆的过程中，前者更为重要。

首先，赞助人的经济实力是译作产生的经济基础。20 世纪 90 年代以后，随着改革开放步伐的加快和市场经济的高速发展，我国图书出版行业的体制转型使得图书的翻译过程也逐渐体系化，作为赞助人的出版社更是在图书的翻译过程中地位尊崇。20 世纪 90 年代后期的图书版权贸易模式也随之改变，国内出版社要想获得国外作品只有三种方式：一是由作者直接授权；二是与国外出版商联合出版；三是从版权代理公司获得授权。人民文学出版社就是通过第三种方式与 J. K. 罗琳的文学作品代理人克里斯托弗·利特尔文学作品代理公司取得联系，通过与其他 6 家出版社竞争数月，获得《哈利·波特》的简体中文销售版权。相比其他出版社，人民文学出版社的优势就在于出版文学经典的成就。罗琳的代理人要求了解人民文学出版社，王瑞琴就给对方发送了长达几十页的传真，向对方详细介绍了人民文学出版社成立以来的出版成就和悠久历史，证明了人民文学出版社在出版界的实力和地位。克里斯托弗·利特尔文学作品代理公司要求人民文学出版社答应单册销售 50 万册，王瑞琴也同意了。2011 年 8 月 5 日，《贵阳日报》刊登了对王瑞琴的专访报道，王瑞琴曾提到，“人民文学出版社之所以能拿到《哈利·波特》的版权，其中关键一条是要能满足罗琳的代理人要求的 50 万册销量”。最终，《哈利·波特》在中国的版权归属也就一锤定音了。人民文学出版社此举证明其在国内出版界有着举足轻重的地位和其他出版机构难以企及的经济实力。对于出版社具体利润额，人民文学出版社以涉及出版社商业秘密为由并未对媒体细谈。总之，人民文学出版社在《哈利·波特》上的高额投入获得了高额回报。

其次，赞助人支付给译者的薪酬是译作产生的推动力。在《哈利·波特》进入中文世界之前，这部作品已经在国外风靡了 3 年多，所以当人民文学出版社着手版权引进谈判之时就开始找译者进行翻译，人民文学出版社向她们承诺，“无论出版与否，稿费不会少了他们的……提早着手翻译，未雨绸缪；万一落选，权当是投资”（聂震宁，2002：9）。在 4 位译者之中，只有一位是人民文学出版社在职的外国文学编辑，即马爱农，其他 3 位译者并非人民文学出版社在职的工作人员，而是接受了人民文学出版社的翻译任务。人民文学出版社在 2000 年 8 月底宣布拿到版权时，就希望中译本《哈利·波特》前 3 部能同时在国庆假期出版发售，这给译者在翻译时间上提出了非常苛刻的要求。而且在 20 多年前，国内计算机网络和通信并不是很发达，所以还不存在“众包（crowd-sourcing）”模式来应对翻译的时间紧张问题。人民文学出版社精心遴选的 4 位女性译者都签署了保密协议，所以译者具体的翻译费用数额无从得知，只有在时任社长聂震宁的《在朝内 166 号的日子里》一书中略有提及，“提早着手准备翻译……万一我们落选，支付几万元的翻译费用也就认了，权当是风险投资”（聂震宁，2019：151）。由此可见，人民文学出版社还是支付了不错的薪酬给 4 位译者，因为脱离经济因素的影响，中译本《哈利·波特》的翻译过程也是很难实现的。

最后，经济利益的驱使在某种程度上对中译本的产生和流通带来一定的负面影响。由于我国台湾地区先行一步拿到了《哈利·波特》的繁体中文版版权，并于 2000 年 6 月 23 日出版了该系列的第一部《哈利波特：神秘的魔法石》，而这个时候人民文学出版社还在与国内其他出版社就《哈利·波特》的简体中文版版权进行鏖战。2000 年 10 月 9 日，克雷格·S. 史密斯（Craig S. Smith）在《纽约时报》上撰文《〈哈利·波特〉在中国遭遇挑战》（*Harry Potter Faces Challenge in China*）指出，“《哈利·波特》征服中国并非没有挑战。著作权盗版者以非法的台湾地区繁体中文版本击败国有出版社登上了书店的书架”。Henry Chu 于 2000 年 10 月 7 日也在《洛杉矶时报》上对此表示担忧，“《哈利·波特》最大的竞争实际上可能来自罗琳的盗版书籍……这些书已经出现在书店的书架上，不幸的是，就连哈利·波特的魔杖也无法让它们消失”。国内的盗版猖獗迫使人民文学出版社必须尽快出版简体中文版以挽回损失，人民文学出版社考虑在引入《哈利·波特》版权之后把该系列的前 3 部同时出版（我国台湾地区的前 4 部繁体中文版中，前 3 部是每隔半年出版一本），所以人民文学出版社遴选了多位译者，每位译者各自负责翻译一部作品。如前所述，苏农（曹苏玲和马爱农）负责第 1 部，马爱新负责第 2 部，郑须弥负责第 3 部的翻译任务。而对于第 2 部和第 3 部的译者来说，相同的翻译时间，她们面临更大的挑战。因为这 3 本书是同一个系列的，译者首先应该全面深刻地阅读原著，熟悉原著的情节发展、人物关系和相关背景材料，甚至了解作者的写作风格，只有如此才可以更准确地进行翻译工作。但是在时间很紧张的前提下，后两部小说的译者，尤其是译者郑须弥面临的翻译压力要大很多。且不说译文中的专有名词是否能够统一，就从几位译者各自不同的翻译风格来说，如果不了解其他译者的翻译策略或者翻译习惯，译文之间很难做到衔接自然。人民文学出版社为了能最大限度地保护其经济利益不受到进一步损害，只能压缩译者的翻译时间，再加上校对、印刷也需要不少时间，人民文学出版社希望能赶在 2000 年国庆假期出版发行简体中文版《哈利·波特》前 3 部，这样的做法带来的后果就是造成了中译本翻译质量的下降。《哈利·波特》前 3 部虽然如期出版发行，销售也取得佳绩，但是中译本《哈利·波特》初版译文也受到网友批评，后期人民文学出版社多次对中译本进行修订甚至重译就是为了能够将初期的误译和漏译进行纠正完善。由此可以看出，出版社如果刻意追求经济利益必然会损害读者利益，可能会在获取经济利益的同时输了口碑，得不偿失。

（三）赞助人的社会地位对翻译过程的影响

赞助人的社会地位是指其在所属社会系统中的位置，这包含社会规范、法律和习俗限定。赞助人的社会地位也从始至终对翻译文本的选取、翻译过程、译者及译本产生进行把控。

人民文学出版社于 1951 年 3 月在北京创立，是新中国成立最早、历史最长、规模最大的国家级专业文学出版机构，以出版高档次、高质量、高品位的文化图书为主，兼顾通俗性读物，获奖无数，在海内外亿万读者中享有良好口碑。在人民文学出版社获取《哈利·波特》版权的过程中，赞助人的社会地位对版权的成功获取有着隐性的影响。2000 年 6 月，人民文学出版社在和作者 J. K. 罗琳的文学代理人克里斯托弗·利特尔进行版权引进谈判时，后者表示想要了解出版社的情况，时任社长聂震宁让王瑞琴对克里斯托弗·利特尔重点介绍人民文学出版社在中国的文学出版地位，“强调我们的文学性，强调我们是中国出版《莎士比亚全集》的出版社，还出版过狄更斯、哈代、勃朗特姐妹等英国著名大作家的作品，这样或许对作家 J. K. 罗琳有些感召力”（聂震宁，2019：146）。因为当时聂震宁在《参考消息》上读到一篇转载的文章，文章上说有欧美文学批评家批评《哈利·波特》文学性不足，只是一个通俗故事。由此，聂震宁认为作家 J. K. 罗琳对这样的文学批评肯定较为不满，如果《哈利·波特》能进入中国，作家本人肯定希望找在中国有着重要社会地位或者较强影响力的文学出版机构合作，所以聂震宁嘱咐王瑞琴一定要向克里斯托弗·利特尔突出介绍人民文学出版社在中国的文学出版地位，并一再强调人民文学出版社的规模“有 400 多人”（聂震宁，2019：146），其中包含离退休的 200 多人。经过对人民文学出版社的重点介绍，作家 J. K. 罗琳及其文学代理人克里斯托弗·利特尔对人民文学出版社非常感兴趣，因为“作家罗琳本人非常愿意和文学品牌社合作”（聂震宁，2019：147）。最终，人民文学出版社凭借其在国内的社会地位优势赢得《哈利·波特》的简体中文版版权。

人民文学出版社在 2000 年通过版权引进的《哈利·波特》给读者留下十分深刻的印象，也是国内出版界在国际版权贸易中的经典案例。自此之后，人民文学出版社不断推陈出新，在中外文学交流中持续彰显其历久弥新的传统和活力。对于参加人民文学出版社《哈利·波特》系列作品翻译的译者而言，曹苏玲、马爱农、马爱新和郑须弥等在此之前并不为读者熟知，但是伴随着《哈利·波特》的畅销，人民文学出版社也将这几位译者从幕后推到台前，尤其是马氏姐妹（马爱农和马爱新），知名度不断提升。

《哈利·波特》简体中文版的出版过程也充满了积极营销策略，这也充分体现了作为赞助人的人民文学出版社有着巨大的社会影响力。随着出版和印刷技术的不断革新及多媒体技术的高度发展，国内不仅关注对图书出版的硬件进行改进，更注重从市场营销方面进行创意设计。人民文学出版社的创意营销涉及如下几个方面：

第一，作者、文学经纪人、出版社、电影制片人等对这部作品采取了全程营销的方案，对该作品在中国的传播进行了一系列的有效运作，不仅哈利·波特的形象家喻户晓，而且形成了一整套完整、立体的销售产业链。从决定出版《哈利·波特》的那一刻开始，人民文学出版社从社长、策划部人员、少儿编辑部人员到译者、装帧设计人员、校对人员及出版发行的所有人都密切合作，目的只有一个，希望将这部超级畅销书的神话在中国进行复制。第二，人民文学出版社为了保证在第一时间抓住消费者的注意力，特别邀请专业团队对该作品的封面进行装帧设计，从第1部到第7部统一设计风格；而且采用国际上流行但是国内尚未流行的小16异型开本，还在正文中设计了页眉和页脚；印刷用纸使用的是特种彩色纸，既能防止盗版又符合儿童喜欢五颜六色的天性；文章中采用了不少精美的插图；封面采用铜版压纹纸，充满立体感，从而让消费者瞬间被吸引。第三，人民文学出版社经过调研，决定采取低价策略：首册价格低，之后几部采取中低水平定价。结果证明，这个定价策略是成功的，《哈利·波特》在中国的销售数字不断攀升。第四，人民文学出版社采用别出心裁的首发仪式和名人效应来吸引中国大陆读者。人民文学出版社提前一个月左右告知读者《哈利·波特》前三部的首发时间，然后在全国各大中城市同步进行销售，并邀请众多知名媒体机构对其进行宣传报道。第五，人民文学出版社和各大书商聘请专业演员扮演书中人物哈利·波特，与消费者互动。例如，人民文学出版社在北京图书大厦举行第4部《哈利·波特与火焰杯》首发仪式，把时间定在2001年6月1日下午5点，因为故事里的火焰杯喷发的时间也是下午5点。该首发仪式吸引了上千人参加，反响热烈，让很多消费者印象深刻。第六，人民文学出版社将英语世界中《哈利·波特》的出版机制进行了中国式的复制，前期进行宣传，成立“哈利·波特”读者俱乐部、与书商网站合作、和哈迷进行互动，形成了立体的中译本《哈利·波特》交流网络，进而推动了该书在中国的译介与接受。

人民文学出版社还利用其强大的社会影响力和号召力，邀请众多专业人士（professionals）召开研讨会、发表评论文章，从而在文本价值上对中译本《哈利·波特》的出版和发行进行积极的舆论宣传。2000年8月底，人民文学出版社在版权鏖战中获胜。而这段时间也正是英语世界评论者对《哈利·波特》展开激烈争论之时，当时西方的评论从一开始对《哈利·波特》的肯定和支持转向质疑和批判。有些抨击相当激烈，尤其是当*HP*3没有获得英国惠特布莱德图书奖①之时，众多知名评论者借此机会抨击《哈利·波特》，这些人主要是文化精英派学者和部分儿童教育界人士，如菲利普·亨舍尔、威廉·萨菲尔、哈罗德·布鲁姆等。人民文学出版社当时也注意到了英语世界中针对原著《哈利·波特》的负面批评言论，担心这些负面评论会影响中译本的销售。毕竟，在这个图书市场趋向饱和、信息大爆炸的时代，中国的很多小孩子买书都是要靠父母去选择，而中国的父母肯定不愿意选那些社会舆论不好的书。当今的消费者在购物时比较注重

① 惠特布莱德图书奖（Whitbread Book Awards），现在改名为科斯塔图书奖（Costa Book Awards），是英国一项重要的文学奖，于1971年由惠特布莱德公司赞助创办，2005年改由其子公司Costa coffee赞助，因此改名为科斯塔图书奖。科斯塔图书奖总共颁发5个奖项，分别是最佳长篇小说奖、最佳诗歌奖、儿童文学奖、传记奖及最佳处女作奖。具体见维基百科https：//en. wikipedia. org/wiki/Costa_ Book_ Awards。

选择并且趋于理性，负面的社会舆论必然会影响消费者的注意，以致进一步影响销售。如果人民文学出版社不加以干预，必然会对简体中文版的出版发行产生负面消极的评论进而影响销量。管士光（2004：45）指出，“图书促销最重要的手段还是向广大读者提供相关权威性的肯定性意见”。2000 年 11 月，作为赞助人（出版机构）的人民文学出版社在北京和上海两次举办“《哈利·波特》出版研讨会”，邀请众多专业人士，如儿童文学作家、幻想文学作家、文学评论家、教育专家、出版专家、中学特级教师等就《哈利·波特》展开全方位的深入研讨，向广大读者提供相对权威性的、肯定的、积极的意见，打消了一部分读者的疑虑。2000 年 11 月 23 日，《文学报》刊发专家的评论文章《幻想的翅膀在哪里?〈哈利·波特〉给中国儿童文学的启示》。在文章中，研讨会的专家代表一致认为《哈利·波特》的故事“充满幻想，悬念丛生，跌宕起伏……幽默风趣……故事情节暗合现代孩子的心理”。另外，人民文学出版社还组织专家、评论家对《哈利·波特》进行深度书评，强调该作品有助于培养少年儿童的想象力，并要求书评不要渲染西方的巫术文化，而是着力强调书中人物正面形象的正义、善良、勇敢等好的元素。“在北京邀请了雷达、高晓松、杨鹏、何镇邦等，在上海邀请了陈丹燕、秦文君、梅子涵、彭懿等作家及评论家参加讨论”（杨静，2000：121）。“评论家在文学作品出版后发表评论，以使读者知晓并阅读，进而接受并喜欢，使作品历久弥新。由于评论家的专业优势，他们的观点对读者起到了引导作用，而他们的推荐是读者所期待的和乐于接受的”（王燕华，2016：79）。中国专家学者对《哈利·波特》故事的积极的中国式阐述，淡化了其巫术文化色彩，在小读者心目中塑造了一个勇敢、正义的小英雄哈利·波特的形象，渲染故事情节，刺激小读者的阅读欲望。在《哈利·波特》前 3 部首发后的 10 天里，人民文学出版社还跟中央电视台、中国教育电视台、北京电视台合作，对该作品做跟踪报道，时任社长聂震宁（2002：11）就曾谈道：“中央电视台‘东方时空’改版后的‘世界’栏目第 1 期就用大量时间介绍《哈利·波特》。”通过这些专家代表的积极发言、深度书评及正确的舆论引导，《哈利·波特》系列作品在中国得到了很好的宣传，评介文章逐渐增多，绝大多数以积极、褒扬为主。与此同时，该作品的销售量也保持上升态势。

除此之外，人民文学出版社在《哈利·波特》系列作品于 2007 年完结之后并没有停止对该作品的营销宣传，而是开展了对“哈利·波特”品牌的深度维护和长线规划。一是人民文学出版社借助同名电影的上映，设计相关促销活动激发哈迷的热情；二是不断组织哈迷与出版社进行互动，如 2015 年 7 月 31 日人民文学出版社举办了“哈迷集结号——哈利·波特 15 周年暨 J. K. 罗琳 50 岁生日纪念”活动，2016 年 3 月 12 日举办了“哈利·波特 2016 都市寻宝活动——人民文学出版社的旅程”活动，等等；三是人民文学出版社不断对《哈利·波特》

系列作品进行重译、修订、再版或出版全彩绘本、双语版本来吸引新老读者。为了庆祝“哈利·波特”来到中国20周年，人民文学出版社在2020年3月31日开通了人民文学出版社“哈利·波特中文图书网”①，与众多哈迷互动。

总之，《哈利·波特》系列简体中文版在中国的出版发行离不开赞助人在整个译介过程中的把控，无论是意识形态、经济利益还是社会地位方面，赞助人的作用都是无可替代和不容忽视的。

二、原著《哈利·波特》和中译本《哈利·波特》的读者群定位

艾·里斯（Al Ries）和杰克·特劳特（Jack Trout）（2001）在《定位：争夺用户心智的战争》一书中就提出了著名的“定位”概念，即“定位是你对预期客户要做的事，也就是你要在预期客户的头脑里给产品进行定位”。营销定位其实就是在全面地了解、分析目标消费者、供应商的需求信息及竞争者在目标市场上的位置后，确定自己的产品在市场上的位置及如何接近顾客的营销活动。这个道理同样适用于图书市场。出版社实施图书营销战略的当务之急就是进行精准的图书市场定位。图书定位一般就是要确定一种图书在读者心中形成什么样的印象，只有定位准确清晰才能确保图书产生有效的销售。成功的图书定位有利于图书的传播和接受顺利进行。当今社会信息量极为庞大，人的注意力和记忆力有限，所以只有个性鲜明、定位明确的产品信息才可能被消费者所注意到并接受。图书的精准定位能锁定潜在消费人群，吸引他们关注某类图书，从而使图书被消费者接受。而一旦图书定位失败，则意味着失去部分消费群体，进而会使得图书销量萎缩。如前文所述，根据对作家罗琳的官方网站统计，该系列小说已经被翻译成80种语言，所有版本的总销量超过5亿册。而《哈利·波特》自2000年10月来到中国大陆后也受到中国读者的喜爱，据报道，其在中国17年的销量有2000万册。时至今日，中译本在《哈利·波特》经过人民文学出版社仔细校对重新出版后仍是销量攀高，长久不衰，但是这是否意味着这部作品在中国大陆的接受度是非常高的呢？又是否意味着中译本《哈利·波特》在中国的接受度和《哈利·波特》在英语世界的接受度是一样的呢？接下来将从《哈利·波特》系列小说的作者J. K. 罗琳本人、英美两国、中国大陆及台湾地区三个维度对比分析这部小说的读者群定位，找出各自的异同，然后总结出中译本《哈利·波特》在中国的读者定位群境况。

① 具体网址为：http：//www. plph-hp. com/。

（一）作者眼中的《哈利·波特》：不是儿童文学，读者群体年龄在 8 岁以上

2001 年 11 月 4 日，由 J. K. 罗琳的小说《哈利·波特与魔法石》改编的同名电影在英美两国上映，在美国上映当天票房高达 3230 万美元，同时也在英美两国多次创下票房纪录。紧接着，英国广播公司（BBC）在 2001 年 12 月 28 日对风靡英美两国的英国作家 J. K. 罗琳进行了专访，做成了一档圣诞特别电视节目，名为《哈利·波特和我》（*Harry Potter and Me*）。该节目给大家详细地披露了作家 J. K. 罗琳的创作经过，通过作家本人的口述，将该书出版的经过做了解释，同时该节目展示了罗琳创作该书时的大量手稿笔记。例如，罗琳在完成 *HP*1 之后，将书稿的前 3 章寄给克里斯托弗·利特尔，并在书稿上附上便签，便签的内容是（便签格式参考罗琳的手写格式）：

Dear Mr. Little,

I enclose a synopsis and sample chapters of a book intended for children aged 9–12. I would be very grateful if you would tell me if you would be interested in seeing the full manuscript.

Yours sincerely,

Joanne Rowling

笔者试译如下：

尊敬的利特尔先生：

我附上了一本专为 9~12 岁儿童设计的书的故事梗概和示例章节。如果您能告诉我您是否有兴趣看完整的手稿，我将非常感激。

乔安妮·罗琳谨上

罗琳在 1995 年 6 月 30 日手写便签①的图片见图 5-1②。

---

① 资料来源具体参见 http://www.accio-quote.org/articles/2001/1201-bbc-hpandme.htm。图片来源于纪录片 *Harry Potter and Me* 视频的截图，视频地址：https://www.reddit.com/r/harrypotter/comments/9bd97q/the_2001_bbc_documentary_jk_rowling_harry_potter/。

② 根据视频截图和网页资料，这份手写便签的年代无法辨识清楚。但是根据有关作者写的罗琳的传记和菲利普·W. 埃林顿（2015：3）出版的专著《J. K. 罗琳：参考书目 1997—2013》（*J. K. Rowling: A Bibliography* 1997-2013），罗琳是在 1996 年年初完成 *Harry Potter* 系列第一部的手稿。但在此之前，她试着将此书稿的前几章节进行了多次投稿，由此可以推断出，该便签写于 1995 年 6 月 30 日的可能性最大。另一个佐证出现在 2012 年 10 月 1 日的《纽约客》（*The New Yorker*）杂志上，作者伊恩·帕克（Ian Parker）在文章 *Mugglemarch* 中明确提到罗琳在 1995 年写了这个便签给克里斯托弗·利特尔。综合考虑，笔者认为罗琳撰写该便签的时间为 1995 年 6 月 30 日。

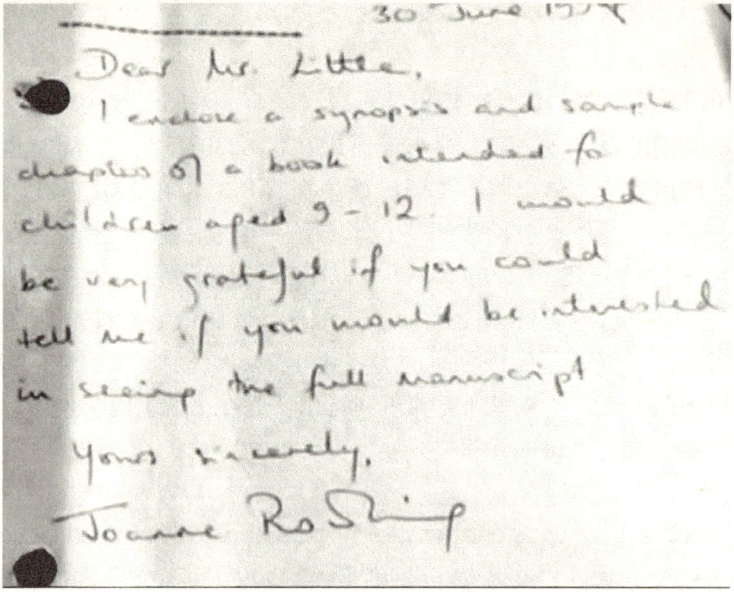

30 June 1995

Dear Mr. Little,

I enclose a synopsis and sample chapters of a book intended for children aged 9 - 12. I would be very grateful if you could tell me if you would be interested in seeing the full manuscript.

Yours sincerely,

Joanne Rowling

图 5-1　J. K. 罗琳 1995 年 6 月 30 日写给克里斯托弗·利特尔的便签截图

根据罗琳的手写便签原件可以看出，在当初为 *HP*1 寻找出版社出版的时候，她认为的读者群定位应该是 9~12 岁的儿童。而罗琳的代理人克里斯托弗·利特尔认为该作品作为儿童文学来说篇幅有点过长，以至于当时很多出版社都将该书拒之门外。直到当时英国布鲁姆斯伯里出版社的儿童书市场总监巴里·坎宁安（Barry Cunningham）发现并坚持要出版该书，他认为这本书的主要读者应该是小男孩，所以建议罗琳将故事中魁地奇比赛的规则进一步细化，并建议罗琳用首字母缩写的笔名，就这样作者最后用了“J. K. 罗琳”这样的笔名。在《哈利·波特》小说出版之后，罗琳接受了几次记者专访，例如 2000 年罗琳接受美国《新闻周刊》的专访，该专访文章被翻译发表在 2000 年 7 月 21 日的《光明日报》C02 版，罗琳曾提到她一开始并没有确定这部小说的读者群，她认为“我的读者就是我，我从没有认真想过，孩子们会喜欢什么。我只是被自己的构思推动着”。而在 2000 年 7 月 *HP*4 即将发行之际，罗琳接受德国《明镜》周刊记者的采访时说“成人文学和儿童文学的界限是人为的”，并认为成人读者也可以阅读《哈利·波特》，而不应该感到羞愧（张红，2000：37）。在所有已经公开出版的几本有关罗琳的传记中，她曾多次提及《哈利·波特》系列作品的读者定位问题。林赛·弗雷泽专访罗琳时，罗琳首次提到，“一开始在写这个故事的时候，我并没有想把儿童当成主要读者，出于这个缘故，我才没有努力把故事写得更简单”（罗琳，2003：86）。同样，在另一本由帕姆·波拉克（Pam Pollack）和梅格·贝尔维索（Meg Belviso）撰写的罗琳传记中，罗琳认为《哈利·波特》系列小说是给“8 岁以上的读者看的”（Pollack & Belviso，2012：63）。后来，在马克·夏皮罗

（Marc Shapiro）著的《J. K. 罗琳传》一书中，罗琳若干次提到了在创作这部作品时的纠结。“令罗琳最关心的是这本书的口吻。从一开始，罗琳就在两种选择之间摇摆不定：是写一本儿童书——一般这样的题材会比较迁就读者的口味，还是写一本大人也会想读的书？罗琳最终选择了后者”（Shapiro，2017：37）。还有在某一次专访中，罗琳在回忆关于她在写 *HP*1 时的心情，“我并没怎么觉得这是本儿童书，我其实是写给自己的。这是我所感兴趣的，也是我喜欢的”（Shapiro，2017：45）。林赛·弗雷泽（2008：38）则认为，罗琳一开始也没有把读者的目标群锁定为儿童，她写的第一部有 9 万单词，而她在《作家与艺术家年鉴》上看到的儿童小说的最佳长度是 4 万单词，她为了掩盖这一点，打字的时候用的是单倍行距。

当然，很多有关 J. K. 罗琳的传记并没有得到她本人的授权，其中有关她本人的描述大多是传记作者收集和整理资料得出的结论，这些资料的真实性是否能够保障，或许只有传记作者本人及 J. K. 罗琳自己知道了。J. K. 罗琳本人在创作该小说的时候是说要给 9~12 岁的读者看的，但不限定读者一定是儿童。不过出于早期出版考虑，她仍将其定义为儿童文学。这部小说从 11 岁的小男孩哈利·波特进入霍格沃茨魔法学校展开叙述，从一开始就吸引了很多儿童读者，所以说《哈利·波特》前 3 部作品主要面向儿童读者，倒也有一定道理。但是随着故事的展开，主人公哈利·波特和其他人物都已经渐渐进入青春期，所以整个 7 部作品应该看成是儿童成长类的奇幻文学作品。尤其到了后期，*HP*4 的故事情节迂回曲折、伏笔不断。除了对哈利·波特的初恋感情描写之外，还加入了一些政治元素，如赫敏组织成立的“家养小精灵解放阵线”等。到了 *HP*5，我们可以把这部作品看成一个完全意义上的面向成人读者的作品，因为这部作品对乌姆里奇这个人物性格的塑造充满了严肃的政治嘲讽。

综上所述，笔者的看法是：罗琳一开始的打算是把《哈利·波特》系列的第一部顺利出版，而第一部中的人物正处在 11 岁，因此她在写给代理人的便签中表明该书针对的读者群对象是 9~12 岁的儿童。出版社在看到该系列小说第一部时的第一感受就是这是儿童读物，而且偏长，不过因为故事错综复杂、惊险刺激，对小读者吸引力巨大，所以决定出版。随着该书在英美两国的热销，后续故事发展陷入尴尬的境地——因为该系列小说一共 7 部，要从主人公哈利·波特 11 岁写到 17 岁，这也就意味着小说写到后面，读者群就不再是当初的 9~12 岁儿童，而应该是跟随小说主人公成长的一代人。如果英美两国拿到授权的出版社继续以儿童读物或者儿童文学作品对其进行宣传定位，将会失去相当多的读者。正如前文所述，只有图书的精准定位才能使其传播和接受顺利进行，也能刺激销售，而读者群定位的失败则意味着失去部分消费群体，进而影响图书销售。笔者猜测，英美两国获得授权的出版社出于利益的考虑，告诉罗琳无论她今后怎么写

《哈利·波特》系列后面几部，无论她今后在何种场合接受采访和提问，她都应该统一口径，即该书不是儿童文学，而是面向8岁以上所有读者的作品，即使是成年人也可以阅读。一方面，作家J. K. 罗琳本来的打算是将小说一直写到第7部结束，这意味着主人公必然要从11岁的少年成长为17岁的青年，而且故事的情节必然要更加复杂、迂回曲折、引人深思，因此目标读者群体完全没有限定儿童范围。另一方面，在*HP*1出版之前，罗琳只是一个不出名的女作家而已，该书能够最终付梓已经让她开心不已。作为一名新晋作家，她在当时并没有太多的话语权及对小说出版的专业意见，所以出于商业营销策略和双方共同利益的考虑，J. K. 罗琳应该和英美两国获得授权的两大出版社就该书读者群的定位达成了某种默契。

（二）原著《哈利·波特》在英美两国的定位：跨界小说，不限定读者群体

英语世界中的儿童文学通常根据文学体裁和读者的预期年龄来划分。儿童文学的读者年龄的划分标准不是很严格，有时候是比较模糊的。根据维基百科（Wikipedia），儿童文学按照读者年龄大致可以分为4个类别：图画书（picture books），适合0~5岁的儿童；早期读者书籍（early reader books），适合5~7岁的儿童；中年级读物或章节故事书（chapter books），适合7~12岁的儿童；亚成人小说（young adult fiction），适合12~18岁的青少年①。这里的中年级读物在有些地方也被称为中年级阶段读物（middle grade books），定位主要是小学生，和中国的儿童文学读者对象年龄大致相同，都是在7~12岁。而英语世界中的亚成人小说的读者群定位一般是指中学生和大学生，虽然说是针对青少年的，但是不少读者其实都是成年人。

作为世界上最大的网络电子商务公司之一，亚马逊（Amazon）在不同国家的官网对《哈利·波特》系列有着不同的读者群定位。在美国亚马逊网站上，《哈利·波特》系列作品属于儿童图书（children's books）类别中的成长与常识类（growing up & facts of life）或儿童图书中科幻与幻想（science fiction & fantasy）的幻想与魔法（fantasy & magic）类，适合读者的年龄为9~12岁。在英国亚马逊网站上，《哈利·波特》系列作品属于亚成人读物（young adult books）类别中分支科学小说和幻想类（science fiction & fantasy）的幻想类（fantasy），网站并没有标出适合阅读的读者年龄。而维基百科上把《哈利·波特》系列小说归为适合亚成人阅读的奇幻小说（fantasy novels）。

J. K. 罗琳的文学代理人克里斯托弗·利特尔在法兰克福图书展上把该书交给英国布鲁姆斯伯里出版社当时的儿童书市场营销总监巴里·坎宁安。巴里的儿童书团队对此十分感兴趣，然后汇报给高层，出版社最终一致同意拿下该书。“罗

---

① 具体参见 https：//en. wikipedia. org/wiki/Children%27s_ literature。

琳接受了出版社对于这部小说①‘内容过长’的批评，然后布鲁姆斯伯里出版社编辑对其进行了删减”（Errington，2015：4）。无论是从故事内容还是从语言方面考虑，英国布鲁姆斯伯里出版社和美国学乐教育集团对《哈利·波特》系列小说第一部作品都是将其作为儿童文学进行定位的，例如《哈利·波特》第一部的英国版初版（1997 年 6 月 26 日首次发行）和美国初版（1999 年 10 月 1 日首次发行）的封套和封面装帧设计就是卡通儿童漫画，见图 5-2。事实也证明，《哈利·波特》率先征服的是全世界各地的儿童读者。

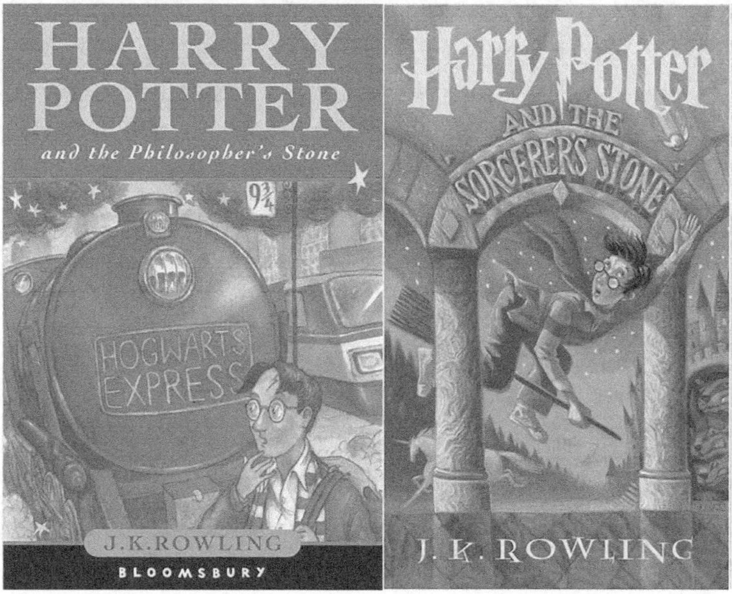

图 5-2　《哈利·波特》第一部英国版、美国版初版封面

《哈利·波特》在英国获得不少儿童文学类奖项。1997 年年底，*HP*1 已经赢得了斯马蒂图书金奖，还赢得了英国儿童图书团体联盟奖，被评选为英国图书奖的年度儿童图书。《哈利·波特》在美国同样销售火爆，前 3 部长期占据美国《出版家周刊》和《纽约时报书评》畅销书榜前 3 位。*HP*2 和 *HP*3 被《出版家周刊》列入年度最佳儿童图书，*HP*3 同时成为《时代》周刊年度最佳小说。由于长期位列畅销书排行榜，*HP*4 出版后更是如此，于是《纽约时报书评》编辑部单独设了一个儿童畅销书排行榜，将《哈利·波特》系列归为儿童畅销书。罗琳对此事其实还是很有意见的，她在接受德国《明镜》周刊记者克里斯托夫·达拉克的采访时说到，“……多么愚蠢。那些出版社认为，文学只可以写给成人看。……成人文学和儿童文学之间的界限是人为的”（张红，2000：37）。根据

① 此处指《哈利·波特》系列小说的第一部 *Harry Potter and the Philosopher's Stone*，简体版中文名为《哈利·波特与魔法石》。

文献检索结果，当*HP*1于1997年6月26日首次在英国出版发行之后，林赛·弗雷泽在《苏格兰报》撰写了据称是第一篇对该作品进行评论的文章，认为罗琳是“一流的儿童作家（a first-rate writer for children）”。之后，诸多评论对其赞赏有加。如本书第一章所述，在当时英美两国的许多报纸、书评编辑部和出版界看来，《哈利·波特》虽然有不少成人读者，但是他们还是愿意将其定位为儿童文学。当然，出版商布鲁姆斯伯里出版社和学乐教育集团对这样的做法是不会开心的，因为随着故事的推进，书中的主人公渐渐长大，加上罗琳的笔调也开始逐渐老练成熟，无论从内容还是小说风格方面考虑，整部小说一直在不断发展，如果坚持儿童文学的定位将会使出版社丧失一部分成年读者。

英国布鲁姆斯伯里出版社早在1998年9月11日就出版了面向成年读者的*HP*1，见图5-3，售价是6.99英镑。这个想法是源于“布鲁姆斯伯里出版社的一位职员看到一位上班族在火车上阅读*HP*1，却将一本《经济学人》杂志包在外面”（Errington，2015：13）。之后，布鲁姆斯伯里出版社付诸行动，将封面换成了一张真实的蒸汽火车照片而不是卡通画，面向成年读者的*HP*1就诞生了，而且销量不错。澳大利亚报纸上曾有一篇对读者进行调查的文章表明：美国阅读《哈利·波特》的读者40%是成年人；而在英国，这个比例是33%。

美国学乐教育集团也考虑到成年人市场的需求，在2001年11月1日出版了面向大众读者（主要是成人）的*HP*1，封面庄重，只有英文书名，没有卡通人物，以供那些成年消费者购买阅读，见图5-4，售价是6.99美元。这些面向成年读者的书本和儿童版在内容上完全一致，唯一不同的是书本的封面和封底上的英文简介，因为出版社考虑到，不少儿童读者的父母为了弄明白为什么孩子们喜欢这部小说，往往也会阅读它。

为什么越来越多的亚成人读物有着很多成人读者？这种在2000年前后出现的文学现象引起了不少人的思考。正如本书第一章所述，英美学术界早期都是把《哈利·波特》定位为儿童文学作品进行研究，而到了后期才开始有学者认为它不是儿童文学作品并从各种跨学科角度对其进行解读。在部分学者看来，罗琳的小说属于跨界作品，它模糊了在两个传统读者群（儿童和成人）之间的分界线，而向成人读者推广亚成人读物变成了当下流行文化的一种趋势。也有英语世界的博士学位论文及学术专著把《哈利·波特》作为跨界小说进行研究，这些都说明英语世界学术界对于《哈利·波特》的读者群定位不再局限于儿童，成年人也是其读者群的一部分。

图 5-3　《哈利·波特》第一部英国（成人版）初版封面

图 5-4　《哈利·波特》第一部美国（成人版）初版封面

综上所述，《哈利·波特》这部作品在英语世界的读者群定位范围比较宽泛，基本上是面向儿童，但又不局限于儿童，青少年或成人亦可阅读。根据2002年的一次调查，60%的 6~17 岁的美国读者读过《哈利·波特》系列的至少一本。同时，18%的美国成年人也至少读过一本。一些平时只看维修手册的成年男性也变得更加“感性”，加入了阅读行列。一方面，出版社和主流图书销售机构对《哈利·波特》的定位是儿童文学作品，理论上读者的年龄应该是 9~12 岁；另一方面，两家出版社为了挽回更多的读者和提高销量，相继出版了封面更为庄重的版本以吸引年龄更大的读者，定位为亚成人读物，读者包括青少年及成年读者。这从某种程度上说明了这部作品在他们看来是跨越两个文学类别的。因为随着作者罗琳将剧情逐渐推进及小说中人物不断成长，小说内容情节等早已涉及青少年成长，这已经和儿童文学差距很大。美国哈佛大学教授马丁·普可纳（Martin Puchner）2017 年出版了《文字的力量》（*The Written World*）一书，他从 4000 多年的世界文学中选出 16 部尤为重要的经典作品，如《伊利亚特》《圣经》《源氏物语》《一千零一夜》和《哈利·波特》等。他对于《哈利·波特》的读者群定位是：和哈利·波特一起成长，在与他同年龄或比他小一两岁开始读这些书，然后随着他和他的世界变得复杂，与他一起长大、成熟的人。所以在英美两国，这部跨界作品的读者定位群是 9 岁以上的所有读者，之所以并不刻意限定在某一类固定的读者群，是因为它吸引读者的年龄层次已经跨越几代人，各个年龄段的读者都能被这个故事深深吸引。而正是出版社的这种跨越年龄的不限定读者群的定位，使得《哈利·波特》系列小说在英语世界深受青少年读者及成年读者的欢迎，也因此销量和口碑获得双丰收。

（三）《哈利·波特》在中国的定位：大众读物还是儿童读物

《哈利·波特》繁体中文版发行至2018年销量超过650万册，相对于我国台湾地区2358万左右的总人数（2018年统计），650万这个销售数字很惊人。其成功在很大程度上可以归功于该系列小说在我国台湾地区的准确定位。皇冠文化出版有限公司在我国台湾地区赫赫有名，但是对于出版儿童文学作品它并非十分擅长，或者说没有过多的出版经验，它在出版《哈利·波特》之前比较拿手的是出版各种大众读物。在进入我国台湾地区之前，《哈利·波特》在国外已经是畅销书籍，所以罗琳的代理人对版权费要求颇高。皇冠文化对这类奇幻文学的儿童作品在我国台湾地区能复制其在英语国家的成功存在疑虑，于是和罗琳的代理人就版权费用协商了半年之久，最终还是决定出版《哈利·波特》，并将该书纳入其主推的CHOICE系列，该系列主要是成人小说。这就意味着《哈利·波特》被他们定位为一般大众读物，而不是儿童读物。这样做是因为皇冠文化发现，现在越来越多的人不喜欢长大，虽然已经是成年人但是还沉浸在童年的美好回忆中，这从漫画小说在成年人中的流行就可见端倪。皇冠文化把目标读者群的定位不局限于儿童，而定位于大众，扩大了目标读者的年龄范围。皇冠文化对《哈利·波特》的宣传海报上写着：读者从9岁到99岁。事实证明，这套书在台湾地区的读者群定位十分精准，所以《哈利·波特》也当之无愧地成了台湾地区人们的大众读物。

在中国大陆，《哈利·波特》简体中文版发行至2017年销量已经达到2000万册，成为中国出版界版权引进最为成功的经典案例之一。但是从整体上来看，该作品在中国大陆的接受还是出现了一些和英语世界及我国台湾地区不同的特征。由于引进简体中文版版权的人民文学出版社在前期对该作品的读者群定位是儿童读者群体，因此限制了其在中国的进一步传播和接受。我们可以从人民文学出版社、国内主流（电商）图书销售平台、国内学术界三个方面来深入探究这部作品在中国大陆的读者群定位情况。

首先，人民文学出版社在很长一段时间内都是将《哈利·波特》定位为儿童读物，目标读者群是小学生。2000年8月底，人民文学出版社将《哈利·波特》简体中文版版权拿下，时任人民文学出版社少儿编辑室主任的王瑞琴回忆到，她就是将该作品作为儿童文学引入中国的。她认为，“从某种意义上讲，《哈利·波特》开创了中国出版史的新纪元，中国出版界跨出了一大步…… 同时也带动了中国儿童文学的复兴”（舒晋瑜，2007：18）。人民文学出版社在2000年10月6日首次出版发行《哈利·波特》系列前3部作品的时候，从副文本视角来看，书籍的开本、封面设计、版式设计、插图等都是按照儿童作品来设计的。人民文学出版社采用的是当时国内罕见的国际流行少儿读物开本（小16开）；封面是在美国版封面的基础上进行调整以符合中国小读者的审美趣味，书中采用了不少让人眼前一亮的活泼的插图（插图也是通过付版权费使用美国版的）；人民文学出版社在每本书中都放了一个异形剪裁的精美书签，正面是书中人物的卡通版。而随着该小说中主人公的成长，《哈利·波特》系列小说在中国大陆同样受到青年读者甚至成人读者的喜爱，所以人民文学出版社没有公开回应过这部作品的具体读者定位，但这部作品的简体中文版书籍的装帧、设计等都是按照服务儿童读者群的目的进行的。中国大陆当时没有出版过类似于英美两国面向成人读者发行的 *Harry Potter*（Adult edition）系列小说。2005 年 10 月 23 日，朝华出版社在北京为出版《诛仙 5》召开研讨会，提出宣传口号："13 岁以下读《哈利·波特》，13 岁以上读《诛仙》。"2005 年 10 月 24 日，时任人民文学出版社策划部主任孙顺林在《京华时报》上表态称："《哈利·波特》是一部老中少的文学读物，'13 岁以下读《哈利·波特》'的说法显然是不负责任的。"虽然不排除对方借《哈利·波特》炒作其新书的嫌疑，但是这个新闻也从一个侧面说明，人民文学出版社当时对《哈利·波特》的读者群定位给人的印象就是 13 岁以下的儿童。人民文学出版社似乎也意识到这部作品除了能吸引少儿读者之外，青年人和成年人也是主要阅读群体。于是，人民文学出版社为了挽回更多的读者，只能说这部作品其实也是适应老中少读者的，换句话说，这部作品的读者群范围其实可以很广。2007 年，时任人民文学出版社少儿编辑室主任王瑞琴在接受学生采访时称，"我们认为一部好的文学作品就应该是属于 9～99 岁所有读者的。不过我认为《哈利·波特》系列更适合于 12 岁以上的读者，也许他们可以比 12 岁以下的读者更好地理解书中的情节，特别是那些关于善与恶、邪与正的阐释"（吕侃，2008：41）。在之后的媒体报道中，王瑞琴（2015：A06）也曾亲自撰写书评，指出《哈利·波特》是"一部大人和孩子都喜欢的书"。《哈利·波特》不仅深受小读者的欢迎，而且其影响不断地向成人世界扩散。由此可见，人民文学出版社一开始对这部作品的定位是儿童文学，读者群定位是儿童，是年龄大致在 7～12 岁的小学生，与英美两国一开始的读者定位相似。但后来随着故事剧情的推进及主人公在魔法学校不断成长，以前的读者群定位已经不妥，但人民文学出版社既不愿意进行改变，也不愿意更换庄重封面以迎合成人读者的需求。直到后来，为了吸引更多的读者及刺激中译本《哈利·波特》的销售，人民文学出版社也开始逐渐学习英语世界出版社的营销策略，宣传《哈利·波特》适合老中少读者人群。

其次，在亚马逊中国①及其他主流电商网站（如京东、当当网等）的定位

① 亚马逊公司在 2019 年 4 月 18 日宣布将在 2019 年 7 月 18 日之前关闭其中国的网上商店，零售方面不再运营，随之，2019 年 7 月 19 日亚马逊中国正式停止其旗下所有纸质书的销售。笔者在亚马逊中国网站查询和检索《哈利·波特》简体中文版读者群定位资料的时间是 2018 年 2 月。

上，《哈利·波特》系列作品属于少儿读物中的儿童文学类别或者属于童书中外国儿童文学大类中的幻想类小说，定位的读者年龄为7~10岁或11~14岁。当当网对该书的描述依旧是“儿童文学经典‘哈利·波特’重装上市，深受英国小读者喜爱”。因为这部作品是从主人公哈利·波特11岁进入霍格沃茨魔法学校一直到17岁的成长类故事，早期的《哈利·波特》第1—3部的确适合中年级阶段的学生人群（7~12岁），但是随着故事的推进，以及主人公年龄的增长，这部作品似乎处在一个中年级阶段（7~12岁）读物和青少年（12~19岁）读物之间的交叉地带。罗琳在后面几部的写作中将语言难度不断加深，到了最后3部的时候，其语言的难度和情节的复杂程度已非中年级阶段读者能够理解的了。所以将《哈利·波特》系列片面地归为儿童文学或者是青春文学都有所不妥，但众多主流电商网站对该作品的读者群定位分类也从一定程度上认定了这部作品基本上就是属于儿童文学。

最后，根据中国知网（CNKI）的检索结果，发表在主要学术核心期刊上针对《哈利·波特》进行研究的学术性文章相对较少，而大部分文献是针对《哈利·波特》这部小说及其改编的同名电影所进行的报道，这些文献基本都是刊登在各大报纸和与电影、出版有关的杂志上。由此可见，中国大陆严肃的学院派研究者们并没有很重视这部作品，只是把《哈利·波特》看成儿童文学进行分析，从儿童文学相关角度切入。例如，中国著名的儿童文学专家王泉根就认为，《哈利·波特》的成功在于坚持儿童文学的本位立场，坚持把儿童世界还给儿童。但是学院派学者的研究并不能解释为什么这样一部儿童文学作品能够同时让儿童和成人积极阅读。叶舒宪（2002b：11）反对学术界把《哈利·波特》局限在儿童文学领域，认为应该“从深远的社会背景上思考魔法文学热背后的文化蕴涵”。叶舒宪从文学人类学对巫术思维与异教想象的研究出发，剖析了《哈利·波特》另类美学观的文化蕴涵，但是之后国内对于《哈利·波特》的研究相对窄化，很少再有学者对这部作品做鞭辟入里的分析。林品（2019：23）在文章中详细解释了中国主流评论者对《哈利·波特》的“儿童文学”定位是“出于既存学科建制所导致的思维惯性，也是基于《哈利·波特》在中国的特定接受状况”所决定的。《哈利·波特》最早的那一批读者就是“80后”群体，随着小说在2007年的完结，“90后”群体逐渐成为新的读者群。拥有话语权威的严肃学院派学者们则按照中国传统的思维对《哈利·波特》做出“儿童文学本位”或“童话”等各种解读，这只能说是“中国社会不同代际之间审美代沟与文化断裂”（林品，2019：23）。由此可见，学院派的文化精英从一开始就将《哈利·波特》视为儿童文学。

总之，《哈利·波特》这部风靡世界的作品在中国大陆的读者群定位在很长一段时间里是儿童，这导致了该作品在中国的传播有一定的局限性。首先，精准的读者群定位才能有效地确保图书被成功接受，锁定潜在读者，造成口碑效应，不断刺激销售；而读者群定位不明确容易把《哈利·波特》推送给一群不太容易看懂的小学生，导致无效阅读，并有可能失去很大一部分潜在读者。人民文学出版社的读者群定位是7~12岁的中年级学生，即小学生。这样的定位只会让初中生和高中生不愿阅读该作品，而小学生又一时难以完全理解该作品。当然，有些成年人也喜欢看此类作品，但是由于人民文学出版社早期的读者群定位欠妥，成年人基本上不愿去看此类作品。其次，读者群定位不明确，也就造成了该书简体中文版在大陆的销量相对来说不如我国台湾地区。而台湾皇冠文化对读者群的定位是9~99岁，从而使得大量潜在读者都能阅读此书，并有效地刺激了销售。除去盗版的因素，台湾皇冠文化出版的繁体中文版《哈利·波特》在人口总数约为2358万的台湾地区2018年的销量是650万册，即每3.6人拥有一册《哈利·波特》；而在13多亿人口（截至2017年）的中国大陆，人民文学出版社的简体中文版《哈利·波特》17年的销量只有2000万册，也就是中国大陆每65人才拥有一本《哈利·波特》。可见，读者群定位不明确造成了读者的缺失，从而进一步导致销量的下降。最后，大陆对《哈利·波特》儿童文学的定位也导致许多不必要的学术上的纷争：不少学者就儿童文学的定位产生争执，导致潜在的目标读者群混乱。而《哈利·波特》在英语世界读者群的定位随市场及时调整，将《哈利·波特》更换成庄重的成人版封面，这样既照顾了儿童读者，又兼顾了青少年和成人。

由此可见，一部翻译文学作品的读者定位准确与否会极大地影响该作品在译入语国家的传播。正如前文所述，“显性”赞助人（人民文学出版社）对中译本《哈利·波特》的生产和流通过程进行了全程把控，人民文学出版社对中译本《哈利·波特》的目标读者群定位是儿童，这就使得儿童读者群体成为中译本《哈利·波特》翻译的“隐性”赞助人。因此，人民文学出版社译者的翻译策略基本上倾向于靠近儿童文学翻译风格，这也引发了众多哈迷网友的不满，以至于不少网友在网络平台对人民文学出版社的译文发表批评性意见；有些精通英汉双语的哈迷读者开始自行翻译并将译文上传至网络与其他网友分享；《哈迷·波特》系列小说完结后，极少数精通双语且有着学术素养和专业知识的哈迷读者开始在网络上发表鞭辟入里的网络文学翻译批评。接下来，笔者将对《哈利·波特》的中译本在中国出现的三种新型读者群体展开讨论。

三、新型读者群体涌现

《哈利·波特》在21世纪之初进入我国，至今已有20多年，这段时间正是我国通俗文学迅猛发展的时期。20世纪90年代以来，知识分子精英文化支持的纯文学、高雅文学从文化空间中退出，而通俗文学因为通俗易懂、可读性强，受到不少读者的热心追捧，开始逐渐占领文化空间。随着中国进一步加快改革开放的步伐，国外通俗小说不断被译介引入国内，以满足日益增长的读者需求。与此同时，我国在 1986 年 7 月 1 日施行《中华人民共和国义务教育法》，这是中华人民共和国成立以来极其重要的一次教育立法，标志着中国已确立了义务教育制度。到 21 世纪，十几年的义务教育发展取得了巨大成就，同时随着高等院校的扩招和扩建，我国已经培养出了大批优秀的读者，相比改革开放之前，读者的知识结构、文化素质有很大的提升，而且我国的读者群体也开始不断细化。中国读者在面对浩如烟海的翻译文学作品时不再是一味地来者不拒、照单全收，而是开始有选择地、批判地接受。

20 世纪 90 年代以来，我国对英美通俗文学作品大规模引进、译介，这导致不少作品翻译质量参差不齐，引发读者热议。一方面，随着中小学教育的蓬勃发展及高等院校英语教学的改革，国内读者英语水平进一步提高；中国互联网飞速发展，部分读者借助网络对国内出版社译介的英美文学作品的翻译提出不少批评性意见和修改建议。另一方面，不少精通外语的专业级读者则借助互联网平台获取原著，之后自行翻译并将译文放在网络上与众多网友分享，甚至网友之间相互点评和鉴赏译文。这些读者有的是批评型读者，而有的既是批评型读者又是译者。在网络、自媒体盛行的今天，出版社和译者早已不再主导一切，之前只能被动接受的读者群体开始逐渐从“隐身”走向“现身”。正如陈德鸿（2018：3）所言，“信息科技的发展给了普通读者尽情泄愤的平台……新的电子媒体使得读者可以影响出版界，权力的天平也从出版社偏向了读者”。可以说，这种新型读者群体在网络上对文学作品的翻译进行批评，既为自己赢得了一定的文学翻译批评话语权，又拓展了新的翻译批评空间。王一多（2018：82）认为，“这个新的空间与传统的纸质翻译批评空间及媒体翻译批评空间一起构成了多层的翻译批评空间”。

中译本《哈利·波特》出版初期培养了大批具有批判精神的中国读者，这些读者对经过译者翻译过来的外国文学作品不再是全盘接受，而是对译本进行批判性解读，在网络空间中发表自己的意见和看法。2003—2007 年，作家罗琳宣布小说全球同步发行后，《哈利·波特》系列后 3 部正式译本和网络译本并存，这个阶段部分精通双语的中国哈迷读者开始在网络上发布译文和网友分享，并在正式译本出版后进行比对分析。而到了 2007 年《哈利·波特》系列完结之后，更多精通双语且文学功底深厚的精英型读者群体出现，这些读者在网络平台对出版社的译本进行文学翻译批评。通过借助互联网平台，例如活力吧、豆瓣、知乎、百度贴吧等知名网站和部分微信公众号（如戈德里克山谷、哈利波特瞭望站等），这批读者向外界发出自己的声音来增强自己的影响力。尤其是最近几年，网络上又开始出现一批资深、专业的读者群体，这些读者群体不再是在网络上展开对译作进行简单点评式或译文对比式的文学翻译批评，而是从各个学科视角、细微主题对《哈利·波特》的中译文、作品人物性格、小说叙事结构等展开近乎学术般的讨论，这些新时代的精英型读者群体对中译本《哈利·波特》进行了解剖式的分析，使这部英国奇幻文学作品在中国得到了进一步的传播和接受。新型读者群体不断出现，批评型读者在网络空间中对《哈利·波特》进行探讨和分析，从最初无序的指责争论到有序的文学翻译批评再到近乎专业的学术探讨；从简单的批评型读者发展到作为译者的读者，另外还有精英型读者群体，这3种类型的新型读者群积极介入《哈利·波特》简体中文译本在中国大陆的接受过程，对出版社的译介活动进行了一定程度的干预。正是因为互联网的推波助澜，当今社会读者地位的提高要求出版社必须经常与之交流、商榷，新型读者群体的意见、质疑和批评更是得到了出版社的极大关注。穆雷（2002：24）认为，“由于读者获取翻译作品的方式方法不同于传统方法，其感受和理解也会发生变化。这些变化自然为译介学的研究提供了研究对象和资料”。译介学关注的焦点不是传统翻译研究的原文和译文对比，而是关注译文在目标语文化中的接受和传播，因此，批评型读者、作为译者的读者、精英型读者3种新型读者群体的出现可以让我们更好地了解《哈利·波特》系列作品在中国的传播与接受。接下来，笔者将分别描述在《哈利·波特》译介活动中出现的3类新型读者群体。

（一）批评型读者

自20世纪90年代中后期开始，中国大陆对外国通俗文学掀起了一轮译介高潮，在娱乐大众的同时也为众多国内读者打开了了解国外社会的窗户。而翻译文学作品在纸质媒体下的繁荣在互联网进入中国后受到了一定的冲击，因为新时代的读者可以借助互联网平台对自己感兴趣的翻译文学作品的翻译质量进行批评，指出错误或者不足。在互联网上，这些读者主要是在主题社区、BBS论坛、博客、讨论组等网络社区平台发帖、跟帖，围绕翻译文学作品出现的各种翻译现象展开讨论和批评。这类新型的批评型读者群体多数是出生于20世纪80年代及之后的年轻人，国外学者 Oblinger（2005）和 Prensky（2011）称这些人为“数字土著（Digital Natives）”“千禧年学习者（New Millennium Learners）”或“网络一代（Net Generation）”，因为这些年轻读者在数字技术和互联网成为日常生活组成部分的世界中成长起来，拥有前所未有的信息技术水平，能使用各种现代通信设备在各种网络平台上进行交流。他们随着计算机通信网络的发展而逐渐熟稔这个新媒体时代下的文学场域，能够自由地阅读各种纸质或电子形式的翻译文学作品并在网络上发表评论和批评。

在风靡英语世界3年之久的《哈利·波特》终于被人民文学出版社拿下简体中文版版权之后，网友对这本书十分期待，人民文学出版社为了确保销量更是在出版之前进行了大量的营销宣传。2000 年 10 月 6 日，简体中文版《哈利·波特》前 3 部在全国上市，并在北京王府井新华书店举行全国首发仪式，两个小时销售 1500 册，王府井新华书店创下销售纪录。人民文学出版社在拿到《哈利·波特》前 3 部简体中文版版权之后，为了尽早出版，找了 4 位女性译者协同翻译（翻译第一部的曹苏玲中途退出）。每位译者翻译一部，导致最终翻译风格未能统一。因此，不少读者在阅读完《哈利·波特》前 3 部中译本后开始针对人民文学出版社的翻译质量展开猛烈的抨击。至今我们仍能在豆瓣、知乎、百度贴吧、新浪博客等众多平台搜索到大量网友转载的由一个生活在英国的海外华人网友“米赫普”细心整理的人民文学出版社中译本前 3 部的严重错译的网页，如第 1 部 55 处错误，第 2 部 53 处错误，第 3 部 154 处错误，而且网友“米赫普”还针对人民文学出版社的错译进行整理，分为 9 大类。2005 年 11 月 23 日，“米赫普”就《哈利·波特》前几部中存在的翻译错误写了一封致人民文学出版社的公开信，提出了针对第 6 部《哈利·波特与混血王子》前 13 章翻译的 1339 个修改意见。在该公开信中，网友对人民文学出版社的译文的各种错误进行了有理有据的文学翻译批评，指出“人民文学出版社有责任和义务为读者提供优秀的译文……而不应该对错误不闻不问……陶醉于他们所创造的一个又一个‘出版史上的奇迹’”。众多网友纷纷跟帖表示认可，但是也有网友对帖子中部分内容持不同意见；有部分网友指出了由于 3 本书均由不同的译者翻译而成，风格不够统一，部分内容有错误和删减。这些早期刚出现的批评型读者对人民文学出版社的译文的批评性意见大多杂乱无序、没有明确的针对性。只有极少数批评型读者能够从自己的知识沉淀或人生经历出发进行个人的点评式批评，但更多的网友则只是跟风从众、人云亦云，缺乏独立判断。

对于我国的普通读者而言，翻译的定义、翻译的本质、翻译的分类以及译者在翻译过程中所起的作用等与翻译有关的专业性问题，都不在他们的考虑范围内，对某翻译文学作品或翻译现象展开批评向来是很难或者几乎是不可能实现的，因为批评的话语权在互联网普及之前都是被传统的科研院校的学院派精英人士或传统的报纸、广播和电视媒体掌控。各种主流学术刊物代表的学术空间上刊发了大量学术精英人士的批评文章，普通读者只能围观，很少有参与的机会。进入 21 世纪，互联网传播技术的进步开始逐渐改变新时代读者们的思维方式和阅读方式，而众多网络平台的出现给读者提供了属于他们自己的网络空间，部分网友开始在自己专属的网络空间（如博客、微博和个人网站）里就某一主题对中译本《哈利·波特》畅所欲言，发表自己阅读后的感想或者批评性意见，这些是新时代产生的网络超文本①正在不断颠覆着读者的阅读方式的现象，拓宽了读者的阅读途径。读者只能依靠纸质书籍阅读文学作品的时代已成为过去，借助互联网这一强大而又迅捷的传播媒介，读者可以第一时间获取国外优秀文学作品的英文原著，其不必坐等很久就能看到网络中译本。例如，在《哈利·波特》第6部的人民文学出版社正式译本出版之前，不少网友通过扫描仪将该书英文原版进行扫描、翻译，然后在网络上与众多读者分享。在过去，外国文学作品的译者享有对原文话语绝对的解释权，而不懂外国语言的普通读者“只能面对译者，透过译者的口吻去想象原作者的意境”，被动地接受译者的“话语霸权”（余光中，2002：55）。但随着中国高等教育的飞速发展，中国读者外语素养在逐渐提高，他们开始对原作和译文有了一定的阅读鉴赏能力；同时，这些读者借助互联网获取了原著文本，这就极大地提高了读者对译文质量的鉴赏能力和批判意识。

21世纪所产生的批评型读者逐渐模糊了专业型学术精英人士和普通读者之间的界限，扩大了对文学翻译进行批评的研究者范围。不可否认，有部分网友对人民文学出版社中译本《哈利·波特》提出的批评并没有固定的主题，缺乏深入且理性的探讨，甚至个别网友的语气过于偏激，许钧、高方（2006：217）把这种批评称为“流散型批评”，这种批评并没有太多积极的意义，因此本书不纳入研究范畴。而那些能熟练掌握双语甚至多语种的新型批评型读者，借助网络平台迅速、及时地对译本中出现的各种翻译问题展开积极评论或对某些翻译文学作品公开表示支持或批评，和众多网友进行讨论。这种批评型读者的出现给人民文学出版社带来了巨大压力和挑战，人民文学出版社不可能对这些批评型读者的批评意见置之不理。一方面，批评型读者对人民文学出版社中译本《哈利·波特》的网络批评有助于出版社和译者发现译本存在的问题，这对于该系列小说在将来重版修订具有重大意义；另一方面，批评型读者的网络批评在一定程度上形成了某种“网络监督”的氛围，促进了人民文学出版社对《哈利·波特》系列后续几部作品的翻译质量的关注。由于批评型读者和网友对人民文学出版社中译本《哈利·波特》的不满，人民文学出版社最后不得不虚心接受网友指出的翻译错误，并从2009年开始对全套书进行了数次修订、重译。

当然，除了这些在互联网上对人民文学出版社的译文发表文学翻译批评的批评型读者之外，不少大众传媒的记者、评论员等从读者的角度对《哈利·波特》的翻译质量、翻译过程、人民文学出版社的营销、译者简介所作的点评、专栏文章等也是不可忽视的重要力量，因为这些新闻界人士的点评文章能够吸引普通读者去关心中译本《哈利·波特》，同时他们也推动并营造了活跃的文学翻译批评

---

① 超文本（hypertext）也叫超级文本，是1965年美国人内尔逊提出的概念，对其解释为：“非相续性著述，即分叉的、允许读者做出选择、最好在交互屏幕上阅读的文本。”具体参见 https://en.wikipedia.org/wiki/Hypertext。

氛围。

（二）作为译者的读者

互联网时代，除了对各种翻译文学的纸质出版文本进行网络批评的读者之外，还存在一批非常专业的读者，他们被称为“数字土著”或“千禧年学习者”。随着时间的推移，该读者群体早已不满足于对翻译文本进行点评、讨论、对比分析，而是直接获取作品原著后自己开始翻译，然后将译文放到网络平台上和众多网友读者分享。这种读者既是读者又是译者，是新时期互联网时代下催生的新时代读者。他们的网络翻译译文更新很快，而且可以在网络空间中实时和其他读者就网络译文进行直接交流、互动、修订。他们因发布某国外文学作品的网络译文而出现在人们的视野之中。通过互联网进行翻译并在网络平台发布译文而诞生的新的文学形式，张旭（2002：17）称之为“即时性的翻译文学，既包括那种以网络为主体，通过计算机软件直接生成的翻译文本，也包括那种以网络为手段和工具，用人工翻译或人工结合机译而生成的文本形式”。

当《哈利·波特》系列小说的前4部出版并风靡全球之后，作家J. K. 罗琳决定要认真对待后续的第5部小说。由于她在这段时间遇上了她的现任丈夫尼尔·莫里（Neil Murray），恋爱、结婚、生子也一定程度上延缓了*HP*5作品的创作。2001年6月21日，让全世界哈迷读者期待了3年之久的*HP*5终于全球同步发行。同时，J. K. 罗琳更是决定最后两部《哈利·波特》系列作品也要每隔2年才出版。对于英语世界的哈迷读者来说，阅读英文原著毫无压力，可以在第一时间看到期待已久的新作，但是非英语世界的网友难以接受要等待数月才能看到各国授权出版社发行的《哈利·波特》的翻译文本。于是，在这个科技发达、通信便捷的网络时代，第一时间拿到英文原版的网友通过扫描仪将原件扫描复制，然后单独或者以团队协作的方式翻译《哈利·波特》并将译文放在网络平台空间，与众多网友共同分享。例如，在委内瑞拉，当*HP*6的官方西班牙语译本尚未出版发行时，就已经有了网络译本，但是译文翻译质量一般。在德国、法国等国家，这样提前拿到英文原著的网友将其翻译成本国文字后在网络上与网友分享小说的行为屡见不鲜。

如果说*HP*5的网络译本在2003年出现时还只是个人的、试验性质的零散行为，到了《哈利·波特》系列的最后两部发布时，对于*HP*6和*HP*7的网络翻译已经开始走向稳定和成熟，不少读者同时也是译者，或者说是比较专业的译者，他们以团队协作的方式，每人翻译其中一个章节，然后有专门的资深哈迷网友审校、修正、润色，最后在各大互联网平台发布。以中国大陆为例，人民文学出版社因为加入《哈利·波特》全球同步发行，其简体中文版译本一般都是在英文版发行3个月后出版，这在所有的《哈利·波特》翻译版本中算是比较快的。但前期的3个译者翻译风格不一致导致不少网友对翻译质量不满，加上网友等不及要第一时间了解故事剧情的发展，于是各种网络译本相继出现在中国当时主要的论坛或网络空间平台上。如本书第三章所述，从 2003 年 *HP*5 开始，中国大陆就出现了《哈利·波特》正版译本和网络译本并存的局面，而且网络译本比人民文学出版社译本提前了两个月左右。例如，2003 年 7 月，*HP*5 全球发行才 2 周左右，中国大陆某论坛上就已经出现了名为《哈利·波特与凤凰令》的网络译本。在 2003 年 7 月 3 日《上海青年报》刊发的文章中，网络译者就网络译本发表声明，称此举"只是纯粹出于爱好及对出版社翻译的部分不满"，还强调其网络译文"无任何商业行为，仅为学习交流之用"。这些网络译本翻译速度很快，而且每天几乎以一万字的速度更新。人民文学出版社策划部主任孙顺林表示，出版社已发现了盗译本，并且报告新闻出版署扫黄办，通过他们向该论坛发出通告，勒令其停止侵权行为。《哈利·波特 5》的中文版版权属于人民文学出版社，这一版权包括网上的发布权。人民文学出版社还认为这些网络译本的质量很差，担心不法书商会将网络译本拿过去制作盗版，进而威胁到正版图书的销售，建议网友耐心等待人民文学出版社正版译本。众多哈迷网友则认为网友自行翻译《哈利·波特》是不涉及商业利益的自发行为，没有什么不对。对于译文质量，众多网友比较一致的看法就是"能使一个完全不懂英文的读者知道书中的内容，满足读者先睹为快的心理"（曾鹏宇，2003）。

中国青年报的记者曾鹏宇（2003）通过多方努力终于联系上了当时《哈利·波特与凤凰令》网络译本的几位译者，并对他们进行了采访。他们年龄都在 26 岁以下，有硕士研究生，多数为大学本科生，少数为高中生。他们通过该记者对人民文学出版社提出了不少尖锐性的问题，人民文学出版社的编辑和译者马爱农对网络译本译者提出的问题一一进行了回应。这说明了在网络时代，读者对出版社的翻译作品不再是被动接受，而是通过发布网络译本的方式相互分享、学习交流。这些既是读者又是译者的新型读者群体，从《哈利·波特》第 5 部开始逐渐成长成为网络新时代对《哈利·波特》进行网络文学批评的主流。而到了《哈利·波特》系列最后两部作品全球发行的时候，由中国大陆的资深哈迷组成的各种哈利·波特翻译小组、团队更是第一时间发布最新版本的《哈利·波特》部分章节甚至是整本书的网络译文。随着《哈利·波特》系列在 2007 年的完结，互联网时代催生的这种新型读者群体变得更加主动，他们利用互联网上获得的多种网络译本和人民文学出版社译本进行比对、点评并找出各自的优劣，然后提供自己的译文。笔者至今仍能在网络上搜索到《哈利·波特》第 6 部和第 7 部的完整版网络译本，例如由"霍格沃茨翻译学院"集体翻译的《哈利·波特》第 7 部。这些由众多网友自发组织形成的翻译小组或翻译团队相比以前更为专业：他们有自己的网址，以及独立的翻译组、修订组和终审组等，而且能够在论坛里与网友就网络译本中的翻译问题进行讨论和交流。大批的批评型读者群体对网络译本提出各种意见使得网络译者不断对网络译本进行修改，网络译本日趋完善。当《哈利·波特》系列作品彻底完结之后，这些作为译者的读者群体也开始慢慢地从人们的视线中淡去，但他们永远是中译本《哈利·波特》在中国的接受史中不可或缺的重要组成部分。

（三）精英型读者

随着网络自媒体的快速发展，网友通过手机等移动通信设备终端就可以方便快速地对某译本进行评论或设置话题进行讨论。技术的进步搅乱了传统的翻译文学文本赖以生存的纸质媒体文学空间的生态秩序，对翻译文本进行评论的话语权早已不仅仅掌握在少数严肃学院派精英人士的手中，随之出现的是众多读者的集体参与。随着《哈利·波特》纸质书籍的完结及同名改编电影下映，忠诚、专业的新时代的哈迷网友在各大主流网络平台上就《哈利·波特》的各种话题发帖，之后不断被网络读者跟帖，或支持，或反对，或批评，或反批评，真可谓是众声喧哗、百家争鸣。在众多参与网络社区话题讨论的网友中，部分精英型读者群体开始出现，他们写出的网络批评文章非常专业、细致。除了关注译本比较和翻译质量之外，不少读者还从翻译学视角关注了很多其他细节性内容，如《哈利·波特》的具体译者、中译本《哈利·波特》各种版本的鉴别、人民文学出版社获取版权的来龙去脉、人民文学出版社译者的翻译风格等，而这些内容都是翻译文本中所没有的。这些网络批评文章让更多的中国读者对《哈利·波特》系列作品有了全方位、立体、多维度的了解，同时也引起了人民文学出版社的高度重视。例如，某网友制作的有关《哈利·波特》译文对比的网站①，叫作“哈利·波特的中、日、越文版比较”，里面内容十分丰富，既包含人民文学出版社《哈利·波特》严重错译，又包括《哈利·波特》的4种版本（简体中文版、繁体中文版、日文版、越南语版）的比较，还有对《哈利·波特》小说中的双关语、诗歌、人名、地名的翻译研究。这样专业的资深哈迷读者对《哈利·波特》做出版本对比研究和网络批评，在互联网时代受到众多网友的支持和赞赏。该网站的制作者作为一名《哈利·波特》小说的读者，能够通过互联网获取4种语言的译本并将4种译本中的翻译问题进行对比，可以看出该读者不凡的跨文化语言能力和专业的文学翻译批评水平。

人民文学出版社在2007年之后4次（2008、2013、2017和2019年）对《哈利·波特》系列小说进行了修订、重译，很多网友过去在网络平台点评和指出的翻译问题大多都得到了回应和解决。人民文学出版社2019年新出版的《哈利·波特》英汉对照版对很多初版中出现的常识性错误、漏译、双关语、译名不统一等问题进行了详细修订。例如，早期的哈迷网友“米赫普”曾经发布了人

---

① 该网站地址：http：//www. cjvlang. com/GB/Hpotter/index. html。

民文学出版社《哈利·波特》"严重错译选集"的帖子，上面列举的 9 大类共上百条错误，人民文学出版社对其中大部分都做了修订。新时代的精英型读者群体中就有人开始对重印后的译本和初版译本进行详细对比，例如哈迷网友"月影君"认为"米赫普"当年指出人民文学出版社的译文漏译和误译的帖子虽然很优秀，但是"米赫普"的帖子中比对的英文其实是美国版的初版，而人民文学出版社当时拿到手进行翻译的是英国布鲁姆斯伯里出版社出版的英国版原版。因为英美两国的英语版《哈利·波特》还是存在不少差异的，所以"米赫普"帖子中所谓的漏译和错译不是人民文学出版社的漏译或误译，而是美国的学乐教育集团对罗琳的英国版原稿进行的删减和修改。"月影君"将人民文学出版社 2000—2007 年出版的首版、2017 年出版的典藏版、2019 年出版的双语对照版进行了非常详细的翻译修订对比，其细心和耐心程度让笔者深深折服。该网友在网页中对《哈利·波特》作品中出现的部分魔法专业术语溯源、译文对比赏析、背景知识等，采用图文并茂的方式进行诠释，让读者阅读之后印象深刻。同时，该网友熟悉英文原著内容，拥有非常渊博的文化背景知识和一定的文学翻译批评意识，其文章鞭辟入里、解析独到。此外，该网友对《哈利·波特》的文学翻译批评十分条理化，有理有据，有一定的学理性和系统性，这些透露出其敏锐的批评意识和深厚的学术素养。除了网友"月影君"之外，笔者还在众多哈迷经常访问的网络论坛或网络社区中看到不少非常专业和近乎学术讨论型的文章。由此可见，新时代这些出现在互联网各个平台上的精英型读者的网络批评对于促进更多的中国读者了解和关注《哈利·波特》有很大的帮助。虽然这些精英型读者群体人数总体不算多，但他们的存在也推动着《哈利·波特》系列作品在中国的传播与接受。

综上所述，《哈利·波特》在中国传播和接受的 20 多年，其实是接受土壤逐渐形成和发展的 20 多年，是人民文学出版社、译者和读者共同建构与推动其译介、传播和接受的 20 多年。20 多年来，互联网和网络自媒体的飞速发展使得读者的角色开始转变，读者不再是单一的译文接受者，他们有些是网络文学翻译批评者，有些是新译文的输出者。新时代的读者有着多重身份，其内涵也不断丰富。20 年来，中国读者群体在阅读国外翻译文学作品尤其是英国奇幻文学《哈利·波特》时产生了网络时代下的三种新型读者群体——批评型读者、作为译者的读者和精英型读者。他们自发地借助互联网平台对中译本《哈利·波特》进行文学翻译批评，应该引起学术界的重视。许钧（2003：403）指出："就翻译批评的目的而言，它不仅仅在于对具体译作或译法作裁判性的是非判别，更在于对翻译活动何以进行、如何进行加以反思与检讨，进而开拓翻译的可行性，促进翻译活动健康而积极地发展，体现翻译活动具备的各种价值，真正起到翻译活动应有的作用。"由此，这三类新型读者群体的出现及其做出的网络文学翻译批评都是中译本《哈利·波特》接受史的重要组成部分，意义重大。首先，这些网络文学翻译批评促进了《哈利·波特》在中国的传播和接受，同时也使更多的读者开始关心、认识、理解和思考翻译；其次，出现的三种新型读者群体的文学翻译批评丰富了翻译批评的形式，拓展了翻译批评的视野，是对学术性翻译批评有益的补充；最后，新型读者群体的批评和出版社之间形成了良性互动，既让出版社和译者端正了态度，对翻译文学译本的生成形成了“质量监督”，又拓展了翻译的可能性，提升了翻译文学文本的翻译质量。出版社和译者也可以通过新时期网络时代下出现的新型读者群体了解读者的需求和期盼，发现工作中存在的缺陷和不足，改进翻译和出版工作。研究《哈利·波特》系列作品在中国的传播和接受必然要将这三类新型读者群体考虑进去，正是因为他们的存在和在网络译本上持续耕耘，这部风靡海外的英国奇幻文学作品才能被中国的读者持续地、更好地接受。

第六章　副文本视域下的中译本《哈利·波特》形象建构

进入21世纪以来，中国社会飞速发展，中外文化交流频繁，新时代的中国读者对翻译文学作品提出了越来越高的要求。由于图书市场饱和，同质竞争加剧，作为赞助人的出版机构不得不开始重视书籍封面和版型设计等副文本元素，书籍在同类产品中独具特色，以便吸引目标读者群购买。而当《哈利·波特》系列小说跨国旅行进入中文世界之后，如何从副文本视角出发对中译本进行设计来吸引目标读者，给人民文学出版社和译者带来了巨大的挑战。

副文本作为文本不可分割的重要组成部分，为文本研究提供了一个全新的视角。凯瑟琳·巴切勒（Kathryn Batchelor）（2018：13）认为，“副文本最重要的属性……是其功能性。无论其美学意图如何发挥作用，副文本的主要任务不是在正文本周围‘看上去很不错’，而是要确保正文本能与‘作者的意图’完全一致”。邓军（2007：7）也指出，“副文本的主要任务是指要引导读者沿着作者及编辑者、出版者提示的路径，最大限度地还原‘作者的意图’”。人民文学出版社在《哈利·波特》的版权鏖战中艰辛胜出，因此要使中译本《哈利·波特》在中国市场上取得最佳的销售成绩就必然要考虑在碎片化的信息大爆炸的时代如何吸引目标读者群，而中译本《哈利·波特》的副文本如何设计就成为其首要考虑的因素。根据热奈特的副文本分类，和文本处于同一卷内的书籍的封面设计、扉页、版权页、序言、致谢、目录、附赠书签、插图、注释等构成了中译本《哈利·波特》的书内副文本（peritext）。这些边缘或书内副文本元素的设计在很大程度上影响着读者的选择、购买、阅读、评价和接受，因为读者在购买书籍之前最先看到的不是正文本，而是书籍的副文本元素，如封面设计图案、文本标题、作者和译者名称等。学者肖丽（2011：20）曾指出，“在所有副文本因素当中，引起国内翻译研究者关注较多的是序跋和注释，其他副文本因素如译本封面设计、插图、扉页、题记、标题等还未能引起国内翻译研究者的重视”。而笔者通过梳理资料发现，人民文学出版社中译本《哈利·波特》基本上没有序跋，只有在2009年9月对中译本《哈利·波特》第3部进行重译时，人民文学出版社编辑部在书的扉页上写了“新版说明”。虽然没有序跋，但通过详细对比分析，笔者发现中译本《哈利·波特》的副文本呈现给所有读者一种儿童文学读物的直观感受，与原著作者的读者定位和英语世界的读者群定位存在一定程度的偏差，而正是这种偏差使得该中译本在中国的传播受到一定的局限性，引起了学术界关于该书学术定位的激烈纷争。关于中译本《哈利·波特》的外副文本（epitext）主要是涉及该书的评论、访谈等内容，这在本书的第四章已有详细介绍，此处不再赘述。接下来，将从热奈特的边缘或书内副文本视角详细分析中译本《哈利·波特》在中国的传播和接受。

一、儿童文学风格的封面装帧：采用美版漫画封面，童趣浓厚且神秘

任何书籍留给读者的第一印象就是其封面，而封面的设计风格可以反映出该书的读者群体定位。读者购买什么样的书会受到很多因素的影响，不同地域、不同年龄、不同文化程度的读者在面对书的装帧设计时所产生的审美需求迥然不同。在读者看到一本书的第一眼时抓住读者的心并刺激其购买欲望是负责书籍装帧和设计者的首要任务。2000年8月底，人民文学出版社拿到简体中文版《哈利·波特》版权之后，开始着手设计封面的草图，但是人民文学出版社拿到的是英国版样书，而作者罗琳希望简体中文版能用上美国版的封面和插图。因为美国时代华纳公司和J. K. 罗琳曾签订合同，除文学原创权及文字作品著作权外，时代华纳公司享有其他一切有关哈利·波特产品的开发销售等的权利，如电影、海报、玩具、印刷品、游戏等周边产品。因此，人民文学出版社如果要获得美版《哈利·波特》的封面，就必须要获得该公司的授权。十分幸运的是，在2000年8月31日开幕的北京国际图书博览会上，人民文学出版社少儿编辑室主任王瑞琴和美国华纳公司分管出版的副总裁进行协商，对方同意免费授权给人民文学出版社使用美版的封面和插图。人民文学出版社时任社长聂震宁（2002：10）也认为，“美国版的封面有神秘感和形式感……我们觉得原稿调子太灰暗，与中国读者的审美趣味有距离，于是美术编辑对色调、字体设计、内封设计做了比较精心的调整，这个中国化的调整也是成功的”。而在2001年9月，王瑞琴亲自赶赴美国，同时代华纳公司签订了合同。该合同约定，自2000年10月1日起，美国时代华纳授予人民文学出版社哈利·波特各类形象印刷产品在中国地区的独家开发权，也就是说，人民文学出版社可以自己开发、推出各种有关哈利·波特故事的任何印刷产品，包括书签、海报、画册、贺卡、立体书等。为此，人民文学出版社还专门成立了“哈利·波特工作室”，负责产品的设计开发及市场运作。

2000 年 10 月 6 日，一个戴着眼镜的小男孩，骑着他的飞天扫帚，在风靡欧洲和北美之后，又把他的魔法旋风带到了中国。从 2000 年 10 月 6 日到 2007 年 10 月 28 日，最初的中译本《哈利·波特》系列（共 7 部）都是采用美国学乐教育集团设计的美版《哈利·波特》封面，见图 6-1，这是在一代哈迷读者心中最为经典、不可取代的一版。卢冬丽、李红（2016：171）认为，“译著的封面和腰封体现出版社的营销和宣传策略，给读者塑造译著的直观外部形象，是衡量译著海外受容的重要因素”。人民文学出版社采用的初版封面（图 6-2）让读者觉得十分神秘，一个戴着眼镜的少年骑着一把飞天扫帚试图去抓一只长着翅膀的金色球状物体，远处城堡一样的建筑物巍峨高耸，城堡中有一只长着三个头、张牙咧嘴的巨犬，封底上是一只飞翔的猫头鹰、一把金光闪闪的钥匙和一个穿着紫色袍子的神秘老者。20 世纪 80 年代之后出生的哈迷读者看到中译本《哈利·波特》的这版封面一定会有各种回忆浮现在脑海中，《哈利·波特》系列小说美国版封面已是很多中国哈迷读者心中的经典之作。因为这个版本封面上戴着眼镜的小男孩巫师更符合中国年轻读者的审美，他就是这样骑着飞天扫帚，进入中国读者的视野，进入了一代中国读者的内心世界。人民文学出版社初版的这个封面造就了哈利·波特在读者心目中最初的深刻印象，凸显了该小说浓厚的奇幻主义风格。

图 6-1　《哈利·波特》第一部美国版初版全景封面

毋庸置疑，图 6-2 这种卡通儿童漫画的封面设计让人一看就觉得此书的阅读受众是儿童读者。因为美国学乐教育集团当初的封面设计也主要是针对儿童读者，而且事实也证明了，《哈利·波特》率先征服的是全世界各地的儿童读者。首先，人民文学出版社中译本封面上书名的字体参考美版进行了本地化设计，将“哈利·波特”中的“利”字的最后一笔设计成类似闪电的标志，以突出主人公哈利·波特额头上的那个特殊的闪电标记。其次，人民文学出版社首发的中译本《哈利·波特》第 1—3 部的封面进行了烫色处理（第一本烫金、第二本烫银、第三本烫绿），同时人民文学出版社还在封面上使用了当时的新印刷防伪技术。

最后，人民文学出版社在封二处对正文本主要内容做了介绍，突出该书主人公是一位失去父母的小男孩，故事都发生在一个叫霍格沃茨魔法学校的地方；在封三处，人民文学出版社对于该书作者 J. K. 罗琳和该书创作的由来进行了简介，并表示“哈利·波特成为风靡全球的童话人物”，指出该书在国外“备受瞩目，好评如潮，大奖频至”，而且告诉读者该小说获得了“英国国家图书奖儿童小说奖”。这几处的副文本元素透露出的信息带有强烈的儿童文学作品的特征，也刺激了儿童读者进行购买的欲望。

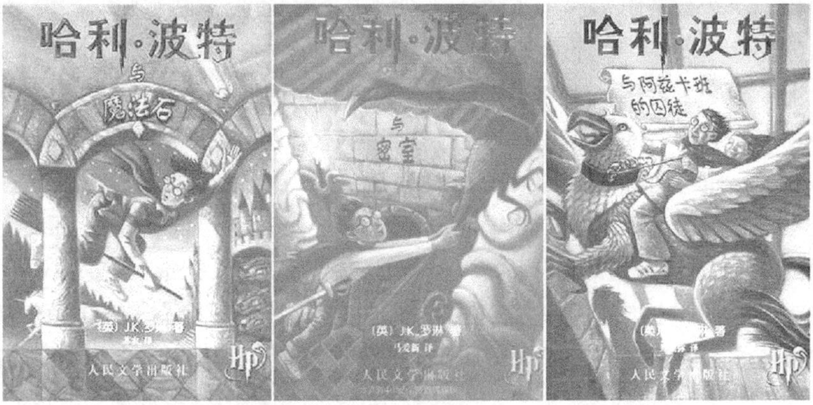

图 6-2　人民文学出版社《哈利·波特》前 3 部初版封面

2007 年，该系列小说完结之后，人民文学出版社对 7 本书整体进行了修订，推出了《哈利·波特》（精装珍藏版），该版由中国大陆设计师原创设计封面，受到作者 J. K. 罗琳的认可，具体见图 6-3。为了这个精装版的封面，人民文学出版社面向全球征集装帧方案，并为哈利·波特重新设计了中国版形象。从图 6-3 可以看出，该书的封面设计依然是浓厚的儿童卡通漫画风格。中译本《哈利·波特》平装首版的封面一直使用到 2014 年。

2014 年 10 月，人民文学出版社推出了《哈利·波特》（纪念版），为了纪念《哈利·波特》系列引进中国 15 周年，这个版本是目前市场上最为常见的平装版，仍然采用了美国学乐教育集团的 15 周年纪念版封面设计，具体见图 6-4。该封面设计依旧是儿童漫画风格，封面上出现的都是卡通形式的主人公和小说中的场景，如图 6-4 的第一幅图片，巨人海格带着哈利·波特第一次前往对角巷去购买学校所需的物品。该书封三处有该系列书籍插画家玛丽·格兰德普勒（Mary GrandPré）和封面作者木部石（Kazu Kibuishi）的简介，前者经常为童书绘制插图，后者也是美国知名的漫画家。

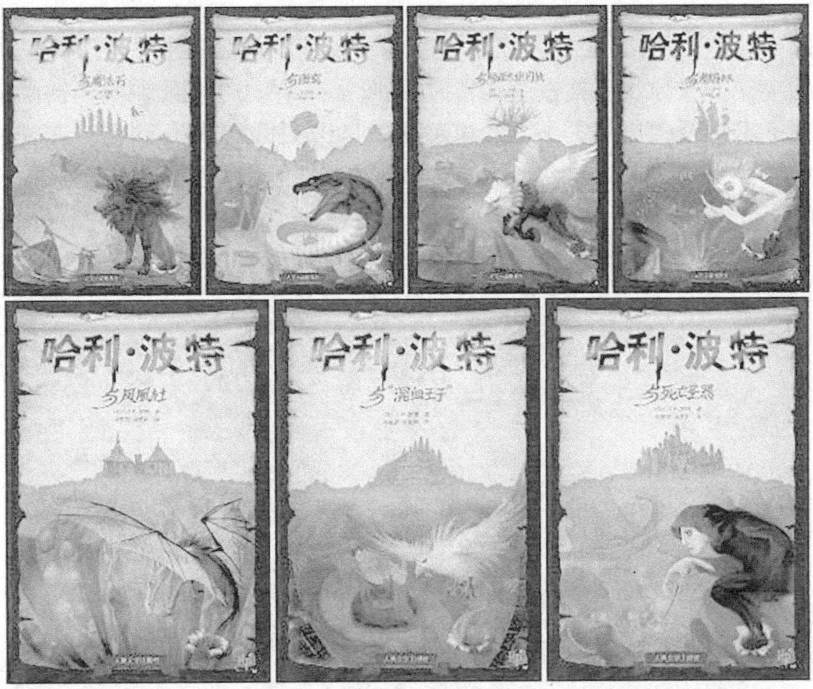

图 6-3　人民文学出版社 2008 年《哈利·波特》（精装珍藏版）封面

图 6-4　人民文学出版社 2014 年《哈利·波特》（纪念版）封面

随着“哈利·波特”走进中国 20 周年，人民文学出版社为了迎合中国哈迷的习惯，准备推出一套20卷本的中国原创封面版本《哈利·波特》，前3部的封面见图6-5，这个版本的推出代表着《哈利·波特》系列陪伴中国读者走过了20年的时光。人民文学出版社邀请著名插画师、资深哈迷李旻绘制封面插画，李旻为了封面创作，反复阅读了小说并和人民文学出版社编辑一起讨论，选择展现故事中的20个场景，制作了20个不同封面。这些插画带有浓厚的中国风格，既贴合原著内涵，又迎合当下中国读者喜好。从图6-3、图6-4和图6-5都可以直观地感受到卡通漫画式的封面就是为了儿童读者群体设计的。

图6-5　人民文学出版社《哈利·波特》（原创封面多卷本）封面

二、插图、书签和开本设计：贴近儿童读者习惯，契合当时意识形态

郑宇明（2011：112）认为，“插图是少儿读物中非常重要的一部分内容，它具有强大的吸引儿童读者注意力的作用”。中译本《哈利·波特》初版中每一个章节标题上面都配有精美的插图，插图内容和正文本各章节内容息息相关，见

图 6-6。这些插图都颇具卡通风格，既十分形象又契合章节内容、烘托主题，例如《哈利·波特与魔法石》的第 1 章题为“大难不死的男孩”，书中出现了卡通漫画为一个在襁褓之中酣睡的婴儿，其含义不言自明，即这个章节讲述的主人公肯定就是这个婴儿。配合章节标题“大难不死的男孩”，读者就会对章节内容充满想象和期待。再例如，第 4 章的标题为“钥匙保管员”，讲述书中比较重要的人物“海格”，书中出现的卡通漫画是一个身材高大、拿着一把雨伞且有一只猫头鹰在肩膀上的巨人形象，既充满童趣又十分神秘。中译本《哈利·波特》每本书的每一个章节都配备了插图，这些插图使正文本内容更加生动饱满也更具趣味性。同时，插图能够给儿童读者在阅读中带来新奇感和神秘感，激发儿童对正文本内容的想象，刺激着儿童读者进一步阅读下去的欲望。翻看中译本《哈利·波特》，如果只有正文本文字，可能会让读者感到单调乏味，失去阅读兴趣，而这些生动形象的插图使读者在阅读时不再感到枯燥，也使整本书变得活跃起来。

图 6-6　人民文学出版社《哈利·波特》中的插图

除了章节前的插图之外，人民文学出版社还精心设计了页眉和页脚格式，页码前加入了小图案，每一页的页码显示位置各有不同，奇数页页码在下方，偶数页页码在上方，方便读者在阅读时了解进度和章节信息，如图 6-7 所示。这种细心的处理方式也是为了在视觉上吸引儿童读者的注意力，增加趣味性。

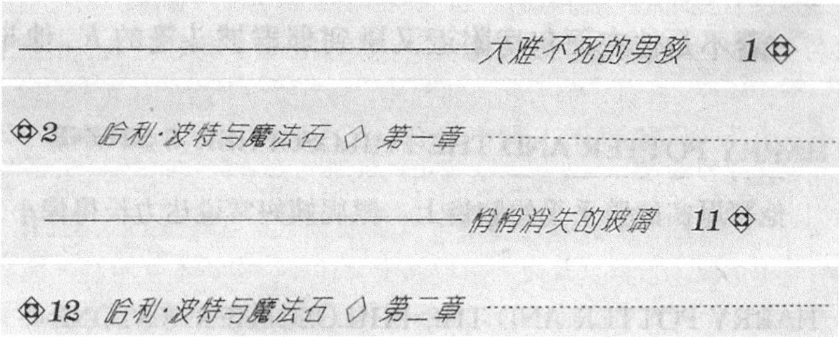

图 6-7 人民文学出版社《哈利·波特》中的页眉和页脚

人民文学出版社在 2000 年 10 月 6 日首次出版发行中译本《哈利·波特》前 3 部作品的时候，在每一本书中都配备了一张异形裁剪的精美书签，见图 6-8。

图 6-8 人民文学出版社《哈利·波特》中的异形裁剪书签

图 6-8 中 3 张书签上分别写着广告语“跳出书包的小魔术师”“我们身边的小骑士”和“神奇善良的哈利·波特：世界儿童的好朋友”。正如笔者在第五章所描述的，2000 年人民文学出版社出版发行此书时，正值我国打击某邪教组织时期，普通家长和学校也对书中的巫术和魔法等较为抵触，毕竟这些内容和我国的传统文化相背离，因此人民文学出版社做了不少创意的改动和宣传来契合当时的意识形态需要。人民文学出版社使用“世界儿童的好朋友”“我们身边的小骑

士”来宣传该书是贴近中国儿童读者的，分别将“wizard”和“witch”翻译成“魔法师”而非“巫师”来消除家长和学校的疑虑。学者肖丽（2011：19）指出：“赞助人或出版机构设计译本的副文本是为了获得理想目的语读者。例如，赞助人可通过封面设计和插图等副文本因素为译本赋予新的内容和意味，间接制造出译本的一种文化形象，影响和引导读者对译本的观看、理解和接受。”通过使用生动形象的卡通图案插图、个性鲜明的页眉和页脚、异形裁剪的精美书签及契合意识形态需求的宣传口号，人民文学出版社的《哈利·波特》呈现给大家的就是一套面向儿童读者群体的精美的儿童文学作品。此外，人民文学出版社的《哈利·波特》在开本设计等方面依然呈现出浓厚的儿童文学作品气息。例如，人民文学出版社采用的是国际流行少儿读物开本（小 16 开异型开本），这极大地吸引了当时的消费者。2000 年，这种开本在国内比较罕见，但是十分适合少儿读者携带和翻阅。

三、书籍内页版式设计：色彩运用巧妙但内页文字设计产生偏差

在纸张选择方面，人民文学出版社特意为中译本《哈利·波特》系列选用了独特的淡绿色书写纸，而非普通的白色或黄色纸张。对于儿童读者来说，色彩鲜艳、强烈对比的颜色更能吸引他们的注意力，淡绿色贴近大自然也更符合儿童读者的心理特征和审美需求，并且这种颜色的纸张可以使中译本《哈利·波特》在同质儿童读物激烈的竞争中脱颖而出。

在书籍内页版式设计方面，作家 J. K. 罗琳在原著中匠心独运，巧妙构思，为小说中不同人物的字迹设计出各种风格迥异的英文手写字体。在原著中，书信、便签、录取通知书、课本名称、签名等都有着十分特别的字体样式，见图 6-9。

在图 6-9 中，有霍格沃茨魔法学校副校长米勒娃·麦格的亲笔签名、猎场看守鲁伯·海格回复校长阿不思·邓布利多的手写信笺、零食巧克力蛙卡片和邓布利多在圣诞节送隐形衣给哈利·波特时留下的未署名字条。作者罗琳为这 4 种内页文字分别设计了独特的字体，或者说英国布鲁姆斯伯里出版社特意根据罗琳的原著手稿设计了个性化十足的字体，以便和小说中的人物、物品或场景进行搭配。通过阅读英文原著，英语世界的读者可以感受到这些装饰性较强的字体在视觉上呈现出来的张力，其可以激发读者的好奇心，增强阅读的趣味性。但是从图 6-10 中可以清楚地看到，人民文学出版社中译本没有将这种书籍内页文字的特征保留下来，笔者猜测有以下两点原因：一是中英两种文字存在很大的不同，在当时计算机和印刷技术不是很发达的时代，中文字体很难在印刷体上体现出诸多不同；二是人民文学出版社定位的目标读者群体是儿童，儿童读者在阅读正文本内容的过程中要直观、简单地看懂文字，那种装饰性很强的个性化字体或书法

字体不适合儿童读者阅读。因此，人民文学出版社舍弃了罗琳原著中个性十足的各种英文手写体而采用了规范的中文印刷字体。

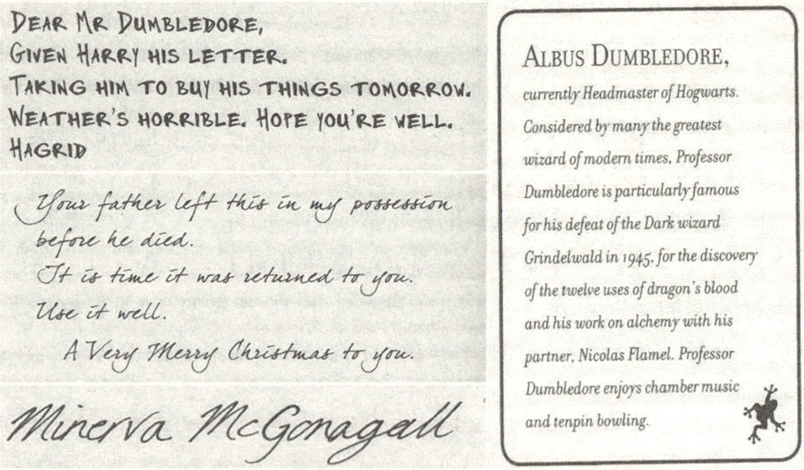

图 6-9 原著《哈利·波特》中的便签、签名和卡片等各种英文手写体

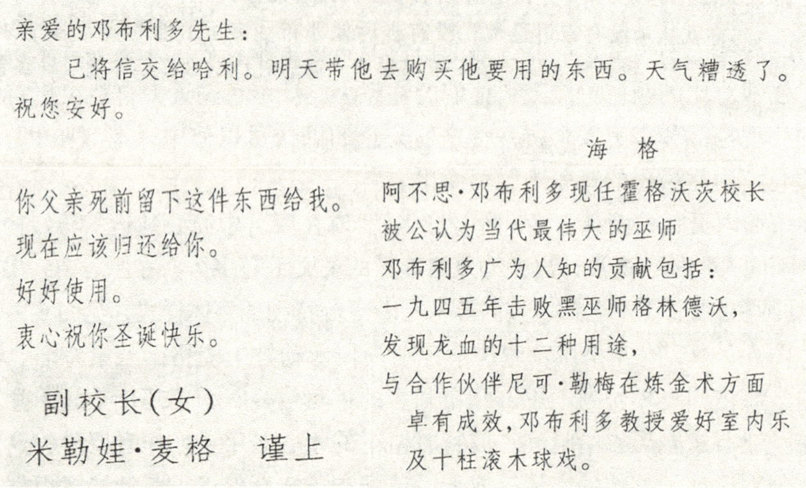

图 6-10 人民文学出版社《哈利·波特》中便签、签名和卡片中的中文字体

原著内页文字的设计其实也凸显了书中不同人物的性格和形象，就鲁伯·海格这个书中重要的人物而言，他是一个混血巨人，人物形象个性鲜明，所以罗琳给海格这个人物设计的字迹十分有个性。从图 6-9 的左上角笔迹可以看出，海格的笔迹书写力度较重、笔迹字势都是略微朝左倾斜，说明写字的人精力充沛、意志力很顽强，这和海格是力量强大的巨人形象设定十分契合。但是人民文学出版社的中译本都是采用常见的中文字体，千篇一律，所有书中人物或物品上的文字字体无法凸显差异性，虽然方便读者阅读，但是缺失了原著中的那种个性化文字所带来的趣味感和视觉张力，也失去了读者对海格这个人物形象的准确解读。换句话说，人民文学出版社中译本中这种对原著中个性鲜明的内页文字字体不做处理的方式可能会在一定程度上扭曲原著中人物的形象。图 6-9 右边部分是零食巧克力蛙卡片，该卡片上有一段文字介绍并在右下角配有一个十分可爱的青蛙插图。但是人民文学出版社的中译本中十分简单直白，只是将原卡片中的信息进行了翻译，删除了最可能吸引儿童读者的青蛙插图。其实，如果人民文学出版社中译本保留这个青蛙插图并将卡片信息的翻译文本也放在一个文本框中，这样呈现给中国儿童读者阅读的效果会更好。但是人民文学出版社没有这么做，见图 6-10 的右下角，中译本的这种处理方式使原作品中的童趣和个性荡然无存，中国读者看到的就只是这种没有个性的字体文本，所以其传播和接受效果大打折扣。此外，罗琳在原著中经常使用增大部分文字字号或者全部使用大写字母的方式以示区分和强调，人民文学出版社在初版的中译本中做了一定的尝试，将这些特殊的文字更换了字体和字号，但是效果并不是十分明显，如果不仔细看，并不能看出太多的差异。甚至更为糟糕的是，部分不熟悉罗琳写作方式的中国家长看到人民文学出版社的中译本中出现字体迥异、字号大小不一的问题，以为买到了盗版书籍或是质疑人民文学出版社中译本的出版质量。

本章借助热奈特的副文本视角针对人民文学出版社《哈利·波特》进行分析发现：副文本元素提供了大量与翻译有关的隐含信息和事实。无论是封面装帧、插图、书签和开本设计还是书籍内页版式设计，这些都呈现了一个相对全面的译本生产过程。而副文本元素表明《哈利·波特》系列小说在进入中国后发生了一定程度的偏差：这部风靡世界的英国奇幻文学作品在中国的定位是儿童文学，面向的目标读者群体仅仅是儿童。正如本书第五章所描述的，中译本《哈利·波特》的读者群定位和原作品在英语世界的定位有偏差，而正是这种偏差导致了该作品在中国失去了一大部分青年读者和成人读者。英语世界的布鲁姆斯伯里出版社和学乐教育集团后来出版了成人版封面装帧的《哈利·波特》，挽回了大量读者。然而人民文学出版社在中译本的出版和目标读者群的定位方面依然未曾改变，甚至在 2007 年之后的新版本书籍的出版信息中明确地将该书由“长篇小说—英国—当代”更改为“儿童文学—长篇小说—英国—现代”。而在 2020 年推出的中译本《哈利·波特》（原创封面多卷本）更是凸显了其儿童文学作品的典型风格，封面卡通人物的设计经过本地化处理更符合当下中国儿童读者的审美情趣，具体见图 6-5。综上所述，人民文学出版社《哈利·波特》在过去的 20 多年中建构了一个面向儿童读者群体的“哈利·波特”形象，该书目标读者群体的定位与该书在中国的接受错位是《哈利·波特》系列作品在中国译介与接受研究中值得注意的重要特征。

第七章　译者的挣扎与困惑

——中译本的意象流失与人物形象的变形

中译本《哈利·波特》在经过精心的版式设计和语言转换之后，进入了一个全新的中文世界，很快就从琳琅满目的同类产品竞争中脱颖而出，吸引了大量中国读者。同时，原著中的很多文化特色词汇、文化意象、人物、情节及句子都产生了意想不到的"变形"，被赋予了一定的中国特色。"变形"是文学翻译创造性叛逆的基本特点之一。《哈利·波特》被译介到中文语境之后，也经历了一系列的"变形"，这是因为译者"创造性叛逆"把"原作引入了一个原作者原先所没有预料到的接受环境，并且改变了原作者原先赋予作品的形式"（谢天振，2007：75）。在这个变形的过程中，"叛逆的主体是译者、接受者和接受环境"（谢天振，2007：75）。文学翻译中的接受者既包含译者，也包括读者。当然，译者一开始其实也是读者。谢天振（1999：168）指出，读者的创造性叛逆来自两个方面：主观世界（读者的世界观、文学观念、个人阅历等）和所处的客观环境（不同的时代历史环境往往会影响读者接受文学作品的方式）。对于读者而言，个人的主观世界因人而异，但是他们所处的客观环境一致，即《哈利·波特》来到中国之后的历史语境都是相同的。翻译就是一种对原文本的重写，是一种重新阐释行为。译者和目的语读者的主观世界截然不同，因为在翻译的过程中译者必然要斟酌译文：是迎合目标语读者需求进行归化翻译，使译文符合本民族的文化心态，还是要对原文本进行异化翻译，强行引入原语文本的文化模式。译者有译者的职责，一方面，要尽可能把原语文化意象传递给本民族读者；另一方面，译者又必须要考虑新时代的读者有能力接受各种异化的语言表达。因此，译者的翻译过程必然是在这两种处理方式中取得一个最佳平衡。但是译者在翻译过程中总还是会出现误译和漏译，有时可能是译者因无心之过而遗漏了，有的漏译则是译者故意为之。

作为风靡全世界的英国奇幻文学作品的《哈利·波特》，其语言生动，内容丰富，涉猎广泛，描绘的场景蔚为壮观，有关英国文化的各个方面在该作品中都有所涉及，例如人名、地名、书名、饮食、建筑、诗歌等，凭借这些足以编纂出一本奇幻魔法世界百科全书。罗琳精心构建的魔法世界里奇异的动植物、咒语、魔法物品、新词及罗琳在作品中创作的文化特色词汇、“文字游戏”等对于西方读者来说理解都略感吃力，更不用说对于中文世界的读者了。因此，要想完整准确地将《哈利·波特》系列小说翻译成中文，对中国译者来说可谓是困难重重。通过文本细读及对简体中文译本和英文原文综合比较，中文译本有误译、漏译和误读。有些是译者的“有意误译”，大多则是因为译者自身水平不足、对文化背景知识缺乏理解，又或者是因为留给译者的时间不足，其没有充分理解原文造成误读，即“无意识型创造性叛逆”，也就是“无意误译”。人民文学出版社在引入《哈利·波特》版权之后，迫于压力，着急要把译本初版发行抢占市场，留给译者翻译的时间太少，译者不能对译文进行仔细斟酌，所以导致不少地方有遗漏、错误，加上中译本《哈利·波特》初版时译者较多，译文风格和不少专业词汇未能统一，进而在一定程度上扭曲了作品中的某些人物形象或者导致某些意象变形，使中国读者在阅读时产生理解障碍。

笔者将从误译和漏译、“文字游戏”、习语翻译及诗歌翻译四个方面入手，分析人民文学出版社中译本《哈利·波特》的翻译策略及其得失，并探讨译者在文本翻译过程中的挣扎与困惑。

一、误译、漏译导致《哈利·波特》中人物形象的扭曲和变形

J. K. 罗琳在《哈利·波特》系列小说中描写了上百个栩栩如生的人物，其中至少有十几个角色性格迥异、特点鲜明，而且有些人物的说话方式、心理波动、神情变化、行为举止乃至服装外表等都给中外读者留下了非常深刻的印象。《哈利·波特》系列小说通过跨语际旅行离开英国进入中国，必然会产生一定的变形。译者要想把罗琳巧妙构思的世界和原作品中的这些个性鲜明的人物形象准确、传神和原汁原味地呈现给与原著读者文化迥异的中国读者，可谓是十分艰难。因为“一部作品被引入一个新的语言和文化环境，文本生命赖以生成的条件和环境发生了变化，原作不可避免会发生变形”（许钧，2003：8）。这种“变形”被曹顺庆（2005：184）称为“变异”，即“一种文学事实在经过跨语际旅行之后，往往面目全非，表现出不同的风貌，变异现象如影随形地渗透在文学译介实践之中”。法国文学社会学家埃斯卡皮（1987：137）则称这种“变形”为“创造性叛逆”。由于接受者（译者）和原著作者之间的文化背景和文化传统存在巨大差距，接受者（译者）必然会在翻译过程中对原作进行一定的重写或操纵。如本书第五章所述，赞助人（人民文学出版社）对该系列小说的儿童文学定位自始至终都把控着中译本《哈利·波特》的生产和流通。而在文本转换的

过程中，译者受到“显性”赞助人（人民文学出版社）和“隐性”赞助人（儿童文学读者群体）的影响，其翻译策略必然要满足赞助人的要求，然而达到这一目的总是充满艰辛。

《哈利·波特》系列小说共7部，历时11年（1997—2007年）才最终完结，译者在原著发行之后才能开始翻译，很多线索、细节在前期看来不是很显著和重要，但是随着剧情的推进，在后期作品中十分重要，这些都是译者无法在翻译时考虑进去的。因为有很多的伏笔、“文字游戏”等只有到了故事完结之后才能完整地呈现。然而，赞助人的意识形态、经济利益和社会地位自始至终都对译者的翻译工作产生着影响，所以译者的翻译策略也必然要迎合赞助人的需求。因此，中译本《哈利·波特》中存在不少误译和漏译，尽管人民文学出版社在该小说完结之后对其进行了数次修订、重译，但是部分误译和漏译仍然存在。虽然误译和漏译在较长篇幅的文学作品中不可避免，译者也总是会尽量避免误译和漏译，但是这些在赞助人影响下进行的翻译，在文本转换过程中所产生的误译和漏译有时候会严重影响人物形象，造成人物形象的扭曲和变形，进而给读者带来困惑甚至误导读者，使读者产生理解上的偏差。

研究中译本《哈利·波特》系列小说（尤其是初版）中存在的误译和漏译有着非比寻常的意义和重要的价值。正如谢天振（1999：151）指出的，“误译有时候有着非同一般的研究价值，因为误译反映了译者对另一种文化的误解与误释，是文化或文学交流中的阻滞点。误译特点鲜明，突出地反映了不同文化之间的碰撞、扭曲和变形”。原著中的单词、短语或者句子经过人民文学出版社译者的翻译产生误译、漏译，进而导致译文所呈现出来的人物形象和原著有很大偏差，甚至与原著相背离，这种译文会给读者带来极大的困惑甚至误导读者，无法达到翻译最终的目的。

接下来，笔者就《哈利·波特》作品中主要人物进行详细举例探讨译者的误译和漏译所导致的小说中人物形象、性格在读者心目中的偏差、误解、扭曲和变形。

（一）鲁伯·海格（Rubeus Hagrid）

在《哈利·波特》系列小说中，除了“铁三角”（哈利、罗恩和赫敏）之外，鲁伯·海格（Rubeus Hagrid）可以说是最有趣、最引人注目的人物之一，他是霍格沃茨魔法学校的钥匙保管员和猎场看守，也是凤凰社创立之初的成员。作为哈利、罗恩和赫敏的好朋友，海格这个人物形象鲜明，因为拥有巨人血统，他肌肉发达，身形巨大，彪悍无比。其实他虽然外表粗犷，但是内心善良，有点粗线条，与朋友肝胆相照，和禁林中的大多数生物保持着友好关系。除了外形特点，海格还有一个非常鲜明的特点就是他的说话方式与众不同。罗琳给海格这个人物的设定从一开始就是没有接受过太多教育，讲话带有浓重口音的混血巨人。

她在1999年10月12日接受美国连线广播电台（The Connection）Christopher Lydon的采访时首次解释了海格的口音问题。

Lydon：Now I want to hear J. K. Rowling herself do...

JKR：Do Dumble—，er—not Dumbledore—Hagrid！

Lydon：Either one...

JKR：Well，Hagrid's sort of West—country yokel—which is where I grew up—the part of Britain where I grew up，I didn't grow up in Scotland，I grew up on the border with Wales. So，Hagrid's kind of... ' Yes，Harry Potter，sir'—like that—very slurred words—it's the accent English people always put on to sound stupid... [laughs] Hagrid isn't stupid，but he's got that kind of very country—you know，way of speaking... ①

在2001年3月12日英国广播公司儿童频道（CBBC）*Blue Peter*②栏目的采访中，罗琳又一次回答了主持人关于海格口音的问题。

BPP_2：Good question，good question. I've got another good question here... what accent is Hagrid supposed to speak in？

JKR：West country... where I come from，I come from the West country. ③

她在采访中回答说海格的口音其实就是来自她的家乡——英格兰西南部（West country of England），也就是说海格讲的就是英国西部的方言英语（West country English）。在1999年的那次采访中，罗琳说海格是小说中她最喜爱的人物之一。海格说的语言其实就是作家罗琳家乡的方言，可见罗琳对这个人物的偏爱和重视。海格的英语发音和表达不标准，“发音时总是丢失最后的辅音，语法也不正确”，并带有“一种含混不清的工人阶级方言，这种方言在20世纪中叶的英国儿童小说中经常出现”（Lathey，2005：148）。而在英国，让儿童们熟悉语言和不同方言的表达是受到鼓励的，英国政府的国家扫盲战略（National Literacy Strategy）④ 建议孩子们积极探索方言是如何在书面表达中呈现出来的。这就是为什么尽管罗琳的《哈利·波特》作品中人物海格的英语不正确、不标准，但是J. K. 罗琳的书在英国依然因为她的语法好而备受赞扬。通常来说，在英国，一个人的社会等级越低，就越能发现其言语中有鲜明的区域特征。正因为海格不标准的语言特征，才使得这个人物的形象在小说中十分鲜明，让读者印象深刻。

但是当《哈利·波特》进行跨国旅行到其他国家的时候，如何恰当、准确、贴切地翻译海格的言语对每位目的语国家的译者来说困难重重。因为英国似乎比

---

① 具体参见 http：//www. accio-quote. org/articles/1999/1099-connectiontransc. html。

② *Blue Peter* 是由 John Hunter Blair 创立的英国儿童电视节目，每周四在英国广播公司儿童频道播出。首次播出时间是1958年10月16日，是世界上运行时间最长的电视节目之一。

③ 具体参见 http：//www. accio-quote. org/articles/2001/0301-bluepeter. htm。

④ 国家扫盲战略是英国政府1996年首次宣布的一项战略，用于教授学生有关阅读和写作技能的英语国民教育课程。

世界上任何国家都更具有浓烈的阶级意识，并不是说在英国阶级差异比其他国家都要大，而是说有一种根深蒂固的深层次意识让英国人更多地谈论它。海格带有地方口音的方言英语对于英国读者来说不构成障碍，但是对于各个国家的译者（译者首先也是读者）来说，很难找到合适的翻译策略来进行处理。由于海格的言语显然是一个受教育程度较低、没有太多文化的人才会说的，译者担心在目的语中使用一种特殊的方言来表达海格的性格会对这种方言的使用者构成侮辱。所以早期的各国译者都是选用正常的词汇和句法来对海格的言语进行翻译。吉莉安·莱西（2005：148）提到了法国和德国译者在翻译《哈利·波特》作品的时候，都倾向于忽略海格不标准的方言英语问题，而采用标准的语言对其言语进行翻译。同样，费拉尔（2006：463）在文章中也指出，由于意识形态、价值观念的不同，《哈利·波特》的法语译本基本上是采取将海格的言语标准化，与其他人物统一的翻译策略。

同样，当《哈利·波特》进入中文世界，中国的译者对海格的言语处理方式也是直接忽略其言语特点，将该人物的言语进行标准化翻译。如前所述，人民文学出版社引入《哈利·波特》时对该作品的定位是儿童文学，也就是说，儿童读者群体是中译本《哈利·波特》翻译的“隐性”赞助人。因为儿童还处在母语学习成长的重要时期，语言中如果出现“不通顺”或者严重“欧化”倾向，就会对儿童的母语学习产生影响。所以“显性”赞助人（人民文学出版社）和“隐性”赞助人（儿童读者）必然要求译者按照儿童文学作品的翻译标准对原著进行翻译，中译本的语言特点需要符合儿童文学作品的语域特征。由此可见，人民文学出版社的译者正是出于这种考虑，为了适应国内儿童读者才没有将原作中海格的英国西部方言进行异化翻译处理。一方面，受到大众传媒的影响，绝大多数中国读者都经历了中译本《哈利·波特》的两种文学接受过程：“文本—影像—文本”和“影像—文本”。但人民文学出版社中译本没有将海格这个人物的言语特点、身份地位和受教育程度等因素考虑进去，由此导致该人物留给中国读者的印象和在英语世界有所不同，造成了海格人物形象的扭曲和变形。另一方面，由于赞助人（人民文学出版社）出于经济利益的考虑，在拿到版权之后，为了尽快出版发行，留给译者翻译的时间并不是很充足，加上《哈利·波特》前3部分别是3位（后变为4位）译者各自翻译1本，导致不同译者各自翻译时缺乏系统、完整的阅读，以至于对同一系列作品中的人物理解有所偏差，造成2000年版的人民文学出版社《哈利·波特》系列（前3部）中译本给读者呈现了不一样的海格形象，具体看下面的例子①。

---

① 本章所有英文例子均选自英国布鲁姆斯伯里出版社2004—2007年出版的《哈利·波特》系列，中文例子均选自人民文学出版社《哈利·波特》系列7部中译本初版，2009版、2017典藏版和2019年英汉对照版（该版本截止到2019年7月31日只出版了前4部）。

罗琳在小说中对海格的童年有简单的描写，他是由矮个子巫师父亲和巨人母亲弗里德瓦法（Fridwulfa）生下的混血巨人，拥有一半巨人血统，因此身材有异于常人。他喜欢接触和饲养各种神奇动物，尤其是那种巨大的、在许多人看来极度危险的动物，例如小火龙诺伯、鹰头马身有翼兽巴克比克和八眼巨蛛阿拉戈克等。在海格眼里，这些巨大的、极具危险性的动物都“十分可爱”，他很喜欢这些大型的神奇动物，所以他从来不用“it”来称呼这些神奇动物，而是用“he/she”，这也是海格这个人物的性格的真实写照：外表凶恶但给读者留下的其实是一个可爱、敦厚、善良的形象。例如，在第一部第 14 章中，海格得到的龙蛋得以孵化，他当时非常开心，以至于用“he”直接称呼这条小火龙，而且还给这条小火龙起名为诺伯“I've decided to call **him**① Norbert.”和“**He** really knows me now”（Rowling，2004a：172）。在第 3 部第 6 章中，海格初次被任命为代课教授，在第一堂课上，海格就给大家介绍了一种大型的神奇动物——鹰头马身有翼兽（Hippogriff）。这种神奇动物生性高傲，所以不能侮辱它们。“Yeh walk towards **him**, and yeh bow, an' yeh wait. If **he** bows back, yeh're allowed ter touch **him**”（Rowling，2004c：88）。海格一直都是用“he”来称呼鹰头马身有翼兽这种动物，语言中永远是透着一种平等，从来没有将其看成异类。在第 6 部的第 22 章中，由于海格之前饲养的八眼巨蛛阿拉戈克（Aragog）死了，海格要给它一个正式的葬礼。当这只巨蜘蛛还是卵的时候，被一位旅行者送给了海格。海格偷偷将其养在霍格沃茨魔法学校，后来被年轻时代的伏地魔所察觉。伏地魔揭发海格饲养怪物之后，海格被魔法学校开除。由此可见，海格与这只叫作阿拉戈克的巨蜘蛛之间的关系十分密切。八眼巨蛛阿拉戈克一直都被海格视为好友，海格一直偷偷把阿拉戈克养在霍格沃茨魔法学校里的一个碗柜里，而且对其很信任。阿拉戈克也出于对海格的尊敬，从来没有伤害过人类，所以当它死去的时候，海格十分伤心，所以他要为阿拉戈克举行一个葬礼，而当时海格说的是“Where are we burying **him**”（Rowling，2005：451）。上面提到的 3 种魔法世界中的神奇动物在海格看来都是他的好朋友，但是人民文学出版社译者在早期翻译时，虽然可能注意到海格的说话方式和其他小说人物迥然不同，但还没有完全熟悉和了解海格的人物性格及特点。如前所述，前 3 部的译者各自翻译一部作品，即使译者们粗略通读了 3 部小说，一时间也无法在很短的时间内对作家罗琳笔下诸多的人物性格做到熟悉，加上赞助人（人民文学出版社）留给译者的时间极为紧张，所以中译本《哈利·波特》的译文无一例外地使用了第三人称指物的代词“它”来进行翻译。不管译者是无意地还是有意地误译，这些译文都在一定程度上造成了小说中海格这个人物形象的扭曲。在网络空间中也有部分哈迷网友就此提出了不少

① 例子中的英文原文和译文的部分单词黑体加粗是笔者刻意突出，以便进行分析，下同。

困惑和质疑，因为从《哈利·波特》的第1部开始，海格就一直有这个习惯——称呼自己喜欢的神奇动物从来不用第三人称 it。但是直到2005年翻译《哈利·波特与“混血王子”》时，译者马氏姐妹才意识到这个问题，于是她们在译文下添加了一个注释向读者解释为什么海格称这只蜘蛛及其同类为“he”。但即使译者在译文下方添加了注释，在之后遇到类似的情形及对旧版本进行数次修订、重译的时候，人民文学出版社依然没有就海格对这些神奇动物的称呼进行更正，仍然翻译成“它”。如第1部第14章中的小火龙诺伯和第3部第6章的鹰头马身有翼兽，在2017年的中译本中仍然被称为“它”。这样的译文处理方式一定程度上削弱了海格在中国读者心中的形象，也无法凸显出海格对于魔法世界里各种神奇动物的热爱程度，更没有让中国读者感受到海格这个人物与其他人物之间的差异。

例1：

原著：... **roared** Hagrid. “Right then—let’s see **how yeh get on with Buckbeak.**”

（Rowling，2004c：88）

译文1：……海格叫道，“好，让我们看看你和那头叫巴克比克的怪兽相处得怎么样。”

（郑须弥译，2000：69）

译文2：……海格粗声大气地说，“好吧——让我们看看你怎么对付巴克比克。”

（马爱农、马爱新译，2017：87）

——（《哈利·波特与阿兹卡班囚徒》第6章）

在第3部第6章中，海格在保护神奇动物课上鼓励哈利去试骑鹰头马身有翼兽，而例1中的译文却会让中国读者产生误会。如前所述，海格把魔法世界中的很多动物都当成朋友，都不用“it”而用“he”去称呼它们，他又怎么可能会说出“那头叫巴克比克的怪兽”这样的话，译文1完全歪曲了海格的人物形象及其性格，使中国读者感觉突兀和困惑：一个热爱神奇动物的人物怎么会说鹰头马身有翼兽是头“怪兽”。此处译文的误译，究其缘由，有很大可能是因为在2000年赞助人（人民文学出版社）拿到前3部《哈利·波特》版权时找了多名译者分别翻译每部作品。例1的译文1来自2000年郑须弥的译本，而译文2是2009年人民文学出版社重新让马氏姐妹对《哈利·波特》第3部做了全面修订后的重译，马氏姐妹将海格说话的方式重译，用“粗声大气地说”来替换译文1中的“叫道”，更加贴切地向儿童读者再现这个巨人说话时的情形，海格的形象也显得更加生动，让人阅读时感觉海格的声音在耳边回荡一般。

例 2：

原著："**COWARDS!**" bellowed Hagrid... "**RUDDY COWARDS! HAVE SOME O' THAT—AN' THAT—**"

（Rowling，2003：636）

译文 1："懦夫!"海格怒吼道，……"卑鄙的懦夫！用这样——这样——"

（马爱农、马爱新、蔡文译，2003：474）

译文 2："胆小鬼！"海格吼道，……"该死的胆小鬼！尝尝这个——再尝尝这个——"

（马爱农、马爱新译，2009：470）（马爱农、马爱新译，2017：558）

——（《哈利·波特与凤凰社》第 31 章）

例 2 的这段文字描述的事情发生在霍格沃茨魔法学校进行普通巫师等级考试（O. W. L.）的时候，海格在没有得到任何警告的情况下被乌姆里奇召来的傲罗们围攻，他利用自己巨人血统中不易中咒的优势突围。这段文字描写了海格在被傲罗围攻时气愤恼怒所说的话。海格没有受到太多的教育，而且当时在进行搏斗，所以他在那个时候说的话，不应该是"懦夫"这种文绉绉的言语，因为"懦夫"是书面语，比较文雅，对于海格来说十分不恰当，更不用说"卑鄙的懦夫"这样的言语了。2003 年人民文学出版社加入《哈利·波特》全球新书同步首发。正如本书第二章所述，*HP*5 的内容是整个系列中字数最多的一部，总单词量达到了 257045。赞助人（人民文学出版社）出于经济利益的考虑，为了应对日益猖獗的盗版和早日出版发行抢占市场，留给译者的翻译时间十分紧张，所以采取了合作翻译的方式，*HP*5 的译者一共是 3 位（马爱新、马爱农和蔡文），蔡文负责 *HP*5 的最后 10 个章节（第 29~38 章），而例 2 就来自 *HP*5 的第 31 章。由于译者蔡文是第一次接手翻译《哈利·波特》系列作品，所以他的译文和已经翻译过多部该系列作品的马氏姐妹译文风格存在不少差异，例 2 中的译文 1 虽然在字面上没有错误，但该译文根本不符合海格的身份设定和人物形象，让一路从《哈》1 看到《哈》5 的中国哈迷读者在读完这句话后会觉得很困惑：海格，这个身材高大、强壮健硕、没有接受太多教育的混血巨人怎么会如此斯文地对待进攻他的傲罗们呢？除此之外，海格在搏斗中进行还击时怒吼的言语是"用这样——这样——"，这样的译文更加不符合海格粗犷彪悍的形象。所以译文 1 使海格的人物形象在读者心中产生了扭曲和变形，丧失了原著中海格那种力战傲罗们的勇敢和坚强，从而也丢失了罗琳赋予海格这个人物形象的神韵。因为当时的场景是：海格被魔法部的多个傲罗围攻，但是他因为巨人身体不易被咒语击中，于是海格激烈地回击，沉浸在阅读中的读者能够想象到的是，海格此时一定会畅快淋漓地说："该死的胆小鬼！尝尝这个，再尝尝这个！"每次说一声"尝尝这个"，就有一个傲罗应声倒下，这样一来，其他的傲罗们也就不敢进攻，然后海格才能全身而退。译文 2 是马氏姐妹在 2009 年重译之后的版本，该译文将蔡文的译文进行了全面的修订，既符合海格的人物形象，又呈现给儿童读者一个十分清晰的搏斗场景，让小读者们读起来热血沸腾并且有身临其境之感。

（二）哈利·波特

作为罗琳笔下最重要的小说主人公，哈利·波特可以说是一个家喻户晓的人物——他就是那个为众多读者所熟知的额头上有着闪电伤疤的“大难不死的男孩（the boy who lived）”。“大难不死的男孩”是《哈》1 第 1 章的标题，台湾地区繁体版的译文是“活下来的男孩”，显而易见，人民文学出版社译者采取了意译的翻译方法，而台湾地区译者采取的是直译。作为赞助人的人民文学出版社始终把控着译本的选择和生成，无论是意识形态还是经济利益都影响着译者的翻译策略。首先，中国俗语中有一句话是“大难不死必有后福”，这句话意思是遇到巨大的灾祸而没有丢掉性命，在将来必定有福气。为了强调主人公哈利·波特从邪恶的反派人物伏地魔的索命咒语中幸存下来，成长、壮大并最终击败伏地魔，人民文学出版社译者采用意译的方法。其次，作为系列小说第 1 部第 1 章的标题，译文“大难不死的男孩”从一开始就能吸引读者的注意力，激起读者的好奇心，刺激读者的购买欲望。不可否认，经济利益是影响赞助人的一个重要因素，赞助人授权译者进行翻译，也是希望译者能够高质量地完成翻译任务，其译本能够在市场上取得更多的销量。所以，“大难不死的男孩”这个标题在哈迷读者心中留下了不可磨灭的印象。

但是每个国家读者心中的“哈利·波特”形象是否都相同呢？当《哈利·波特》系列作品进入中国，这样一个立体、性格鲜明的英国男孩形象在经过译者的翻译之后，其在中国读者心中产生了一个与英国读者脑海中是否相同呢？经过文本细读发现，人民文学出版社中译本对原著的误译、漏译在特定语境中产生了对主人公哈利·波特形象和性格的歪曲、变形，在一定程度上给中国读者带来了误解和困惑。

例 1：

原著： Stored in an underground vault at Gringotts **in London** was **a small fortune** that his parents had left him.

（Rowling，2004b：40）

译文 1： 他父母留给他的一点可怜的财产，存在古灵阁的地下金库里。

（马爱新译，2000：26）

译文 2： 他父母留给他的一点财产，存在古灵阁的地下金库里。

（马爱农、马爱新译，2017：34）

——（《哈利·波特与密室》第 4 章）

在第 2 部第 4 章中，哈利在海格的带领下来到了对角巷，并进入古灵阁的地下金库取回了一部分哈利父母留给他的财产。作者罗琳在小说中对这笔财产进行了描述，见例 1 英文原文，但是在人民文学出版社中译本中，这句话不仅有漏译也有误译：首先，2000 年和 2017 年版的中译本都漏译了“in London”；其次，“a small fortune”在牛津在线词典（Oxford Learner's Dictionaries）①和柯林斯在线词典（Collins Online Dictionary）②的英文解释分别是“a lot of money”和“a large sum of money”，意思是指“一笔小财、一笔巨款、一大笔钱”，主要用于口头表达方式，而此处的“a small fortune”却在 2000 年和 2017 年版的中译本中被分别翻译成“一点可怜的财产”和“一点财产”。漏译和误译给喜欢这部作品的忠实哈迷读者造成了巨大的困惑，使读者产生了一种错觉，哈利的父母去世后给他留下了一笔财产，不算太多，但也很可观。这在该系列作品的第 1 部《哈利·波特与魔法石》第 5 章中有具体的描述：“里面是成堆的金币、银条和堆积如山的青铜纳特”“可他一直拥有一笔属于他的小小财富，深埋在伦敦底下呢”（苏农译，2000：45）。由此可见，哈利拥有一笔不菲的财富。如果读者从第 1 部一直看到第 2 部的第 4 章，看到哈利的父母留给他的竟然是“一点可怜的财产”，那么必然会产生困惑。而且人民文学出版社的误译也让读者在一定程度上对哈利这个主人公产生误解，认为哈利真的很可怜，财产不多，并且在某种程度上也歪曲了哈利在读者心目中富有但不傲娇要横、善良而不奢靡浪费的形象。相比好友罗恩·韦斯莱而言，小说中的哈利似乎从来不用担心金钱的问题，而且在他的教父小天狼星布莱克去世之后，他又继承了一大笔财富。在《哈利·波特与火焰杯》的最后，哈利直接就将三强争霸赛的奖金 1000 金加隆给了乔治和弗雷德兄弟，由此可以看出哈利根本不缺金钱。如果有读者看过电影《哈利·波特与魔法石》，电影中的镜头显示哈利的父母其实在古灵阁的保险柜中给他留下了一笔不菲的财产。对于那些经历“影像—文本”的读者而言，人民文学出版社此处的误译都会让这些读者对哈利的形象产生误解，因为根据人民文学出版社中译本的译文描述，哈利似乎真的很可怜，财产不多，而电影中的哈利却并非如此。由此可见，中译本中至今仍存在的部分误译，在很大程度上扭曲了哈利这个小说中的主要人物形象。

哈利·波特和罗恩是关系非常好的朋友，同时他与韦斯莱一家人的关系十分融洽，韦斯莱先生和夫人也十分疼爱哈利。在第 3 部第 5 章中，韦斯莱先生带哈利坐车去国王十字车站，英文原文是“Mr. Weasley **marched** Harry across the short stretch of pavement…”（Rowling，2004c：57）此处“marched”应该是韦斯莱先生“领着或者带着”哈利走过人行道，人民文学出版社初版的译文却译成“韦

---

① 具体参见 https://www.oxfordlearnersdictionaries.com/。

② 具体参见 https://www.collinsdictionary.com/。

斯莱先生强迫哈利穿过短短的一段人行道”（郑须弥译，2000：43）。译者郑须弥的译文让读者非常困惑：韦斯莱先生怎么会“强迫”哈利做事情呢？首先，韦斯莱先生不可能也不会“强迫”哈利做任何事情。其次，哈利本人也不会被任何人强迫做事情，他的性格中有点倔强，哪怕是邓布利多或者是伏地魔都无法强迫他做任何事情。最后，这个段落出现的语境并没有显示有任何特殊情况出现，就是一个很简单的描述，哈利要和韦斯莱一家人坐车前往国王十字车站。因此，在原著中这句话的基本含义应该是韦斯莱先生“带着或者领着”哈利去坐车，人民文学出版社中译本初版的误译却同时歪曲了两个人物的形象。究其缘由，还是赞助人（人民文学出版社）在拿到版权后出于经济利益的权衡，找了多位译者同时翻译3部作品，这导致译者不能做到对人物性格的全面把握和认识。令人感到欣慰的是，马氏姐妹在2009年重译时意识到这个问题，对其进行了纠正，将此处改译成“领着”。同样，在第5部第13章中，哈利骨子里不易屈服的性格让他即使是面对乌姆里奇那可怕又变态的惩罚时也坚决不低头，当然他也不想把发生在乌姆里奇办公室的一切告诉他的好朋友罗恩和赫敏。因为他害怕他们担心，反而使事情变得更糟糕，所以骨子里要强的哈利就算是遭受痛苦的折磨也不会低头示弱。英文原文为“he was not going to give her the satisfaction of hearing that he **had complained about** it”（Rowling，2003：243）。原文中的“had complained about”在初版译文中被翻译成“哭诉埋怨”，中译本此处的翻译让读者感到十分困惑，原著中没有“哭诉”字眼，“哭诉埋怨”把哈利描写成了一个爱哭鼻子、有点懦弱的男生，这完全不符合罗琳对哈利这个主人公的形象设定，也极大地损害了哈利在读者心中的形象。在第4部第35章，罗琳用一小段文字描写了哈利最后在他死去的父母幽灵的帮助下通过三强杯门钥匙回到了三强争霸赛的场地，当时他的内心没有恐惧，只有震惊和疲劳，因为发生的一切都让他感到十分震惊。英文原文为“**Shock** and exhaustion kept him on the ground... ”（Rowling，2004d：582），中译本则把“shock”误译成“恐惧”，把哈利描述成了一个被伏地魔吓坏了胆侥幸逃脱、劫后余生的人物形象，严重扭曲了原著对哈利人物形象的塑造。在第6部第11章中，哈利要为格兰芬多学院的魁地奇球队招募新队员，因为不停地对发牢骚的人嚷嚷，同时他还要面对那些落选学生的抱怨，他有点恼火，说出了这样一句话，“That's my final decision and if you don't **get out of the way** for the Keepers I'll hex you”（Rowling，2005：212）。人民文学出版社中译本将此处的“get out of the way”译成了“滚开”，哈利虽然在气头上，但是他并不是一个没有风度和礼貌的人，他应该不会如此粗鲁地当着这么多同学的面说出“滚开”这种词语。

例 2：

原著：... "I suppose she cried, did she?" said Harry **bitterly**.

（Rowling，2003：621）

译文 1：……"我猜她一定哭了，对吗？"哈利略带讥讽地说。

（马爱农、马爱新、蔡文译，2003：463）

译文 2：……"我猜她哭了，是不是？"哈利尖刻地说。

（马爱农、马爱新译，2009：459）

译文 3：……"我猜她哭了，是不是？"哈利苦涩地说。

（马爱农、马爱新译，2017：545）

——（《哈利·波特与凤凰社》第 31 章）

在第 5 部第 25 章中，哈利在霍格莫德村对刚刚交往不久的初恋女友秋·张说了不合时宜的话，秋·张因为哈利在跟她约会时提起了赫敏而心生嫉妒，对爱情还很懵懂的哈利并不知道秋·张为什么生气，她就已经离开了小茶馆。之后，D. A.（邓布利多军）集会的事还是被人告发到乌姆里奇那里，而且众人也都了解是秋·张的闺蜜玛丽埃塔做了叛徒。秋·张却没有考虑哈利的心情，而是一味地帮自己的闺蜜辩白，这使得哈利和她之间的关系走到冰点，导致了二人短暂的爱情彻底走到了尽头。在第 5 部第 31 章，罗恩帮助格兰芬多学院夺得魁地奇杯之后兴奋地告诉了哈利比赛的细节，罗恩向哈利描述了金妮从秋·张眼皮底下抓到飞贼时，哈利回应了一句话，见例 2。通过细读和分析可以发现，例 2 的译文 1 还是由蔡文翻译，而蔡文只是负责 *HP*5 的最后 10 个章节，所以他对 *HP*5 前面章节中发生的故事情节并没有太过关注。赞助人（人民文学出版社）在 *HP*5 的翻译过程中采用寻找 3 位译者合作翻译的方法使得原著小说被刻意分割成 3 份，蔡文是首次翻译该作品。赞助人（人民文学出版社）通过自己的渠道找到了合适的译者，但 3 位译者首次合作翻译的译文能否让读者群体满意是个挑战。在前面对"海格"人物形象分析的描述中，类似的误译也发生过。这说明了赞助人（人民文学出版社）虽然对译者产生了影响，但是多个译者的翻译策略还是呈现出一定的差异性，而这种差异性导致三人合译的《哈》5 出现了人物性格、人物形象扭曲的情形。

例 2 原文中的副词"bitterly"描述的应该是哈利对于这段短暂恋情中初恋女友的依依不舍，或者他对于自己因为说话不合时宜而导致两人关系走到尽头的懊悔与痛苦。加上他所在的格兰芬多学院又在魁地奇比赛中战胜了拉文克劳学院，而秋·张正是拉文克劳魁地奇球队的找球手，所以哈利对刚分手不久的前女友还是有点不舍，也很关心输了比赛的秋·张，因此向罗恩询问她哭了没有。而人民文学出版社 2003 年的初版译文 1 和 2009 年版的译文 2 分别把副词"bitterly"误译成“略带讥讽地”和“尖刻地”，这两种译文都极大地扭曲了哈利的性格并歪曲了其在读者心目中的形象。哈利不是一个冷酷无情、感情淡薄之人，尽管他和秋·张刚刚分手没有多久，但不至于对她如此出言讥讽或者是言语尖酸。这个误译直到在2017年之后的版本中才被修改过来，人民文学出版社2017版的译文3中把副词“bitterly”译成“苦涩地”，这才比较符合当时哈利的心理状态，也十分契合哈利这个人物在语境中的设定。

除了上述误译之外，人民文学出版社中译本《哈利·波特》中的漏译也在一定程度上扭曲了哈利·波特的形象和性格。由于赞助人（人民文学出版社）留给译者的时间都十分紧张，所以小说中出现的漏译在所难免。罗琳笔下的哈利·波特是个有着顽强个性的男孩，例如在第3部第10章中，摄魂怪的突然出现极大地影响了哈利在魁地奇比赛中的发挥，他受到影响从空中坠下，而且他最喜爱的飞天扫帚也被折断。所以当卢平教授回来时，心情沮丧的哈利想找卢平咨询摄魂怪。英文原文为：“Did you hear about the dementors too?” **said Harry with difficulty.**（Rowling，2004c：139）此处的黑体字在初版中译本中被漏译，译文没有给读者呈现哈利当时内心的纠结和情感波动，在一定程度上削弱了原著对哈利人物形象和性格的描写。哈利·波特的自尊心很强，他从小在姨父家长大，不愿意也不想跟别人诉苦，他骨子里的顽强性格使他不想在卢平教授勉强表现出自己软弱的一面，因此，哈利向卢平教授承认自己受到摄魂怪影响而受伤的事肯定是十分艰难的。在第4部第34章，哈利在魔法学校三强争霸赛的最后终于明白这场比赛不过是一场精心策划的阴谋，目的是使他不受到保护，然后抓到他并利用他的血让伏地魔恢复肉身东山再起。作家罗琳在伏地魔恢复肉身之后准备杀死哈利时描写了哈利躲在墓碑后面的心理状态，英文原文为“he was not going **to die** kneeling at Voldemort's feet ...”（Rowling，2004d：575）。但是人民文学出版社的译文却漏译了最为关键的“to die”，这个漏译之后的译文就变成了“他不能跪倒在伏地魔的脚下”（马爱新译，2001：392），这在很大程度上使哈利的形象变得单薄、无力，因为哈利的内心绝对不会向伏地魔低头，宁可站着死，不愿跪着生。即使是死，也要战斗到最后一刻。这个漏译之后的译文使哈利失去了那种“宁为玉碎不为瓦全”或“生当作人杰死亦为鬼雄”的豪迈气概。

（三）秋·张

秋·张（Cho Chang）是《哈利·波特》小说中唯一的华裔女孩，也是主人公哈利·波特的初恋女友。她的男友塞德里克在三强争霸赛中不幸被伏地魔杀死之后，她性格变了不少。她对哈利始终抱有一种复杂的感情，觉得喜欢哈利是对已故的男友塞德里克的背叛，她希望从哈利口中知道塞德里克临死时的状况，而与此同时，她又被这个率真、坚强的男孩所吸引，逐渐对他产生好感，进而喜欢上他。至于她真正喜欢的人究竟是谁，她也不是很了解，因此她感到十分纠结和苦楚。虽然罗琳对秋·张的描写并不是很多，但至少给我们呈现了一个快乐、爱笑、温柔友善但是后来又异常爱哭、对感情敏感的少女形象。但是下面中译本中的两个误译的例子，让我们看到了一个被扭曲和变形的秋·张形象。

例 1：

原著：“The Tornados-hater?” said Cho rather coolly. “**Is he any good**?”

“Yeah,” said Harry...

（Rowling，2003：254-255）

译文 1：“就是那个讨厌龙卷风队的人？”秋很冷淡地说，“他有长处？”

“是啊，”哈利说，……

（马爱农、马爱新、蔡文译，2003：198）（马爱农、马爱新译，2009：196）

译文 2：“就是那个讨厌龙卷风队的人？”秋很冷淡地说，“他怎么样？”

“不错，”哈利说，……

（马爱农、马爱新译，2017：235）

——（《哈利·波特与凤凰社》第 14 章）

这个例子发生在霍格沃茨魔法学校的猫头鹰棚屋，哈利和秋·张都要找猫头鹰寄信，两人借机交谈了一下。不久之前在校园的一次偶遇中，长袍上别着一枚天蓝色龙卷风队的秋·张向哈利打招呼，但是罗恩不合时宜地用了一种略带指责口吻的方式询问秋·张是不是支持塔特希尔龙卷风队。面对罗恩无理由的指责询问，秋·张十分不开心，不是很喜欢罗恩，所以提前结束了对话。所以，在猫头鹰棚屋中，当谈到格兰芬多学院是否找到新的守门员的时候，哈利说已经找到，是他的好朋友罗恩·韦斯莱。秋·张对罗恩第一印象不是很好，所以态度应该比较冷淡，而她本人正好也是其所在学院球队的找球手，于是她就问了一句：“Is he any good?”根据哈利的回答，秋·张的原意应该是问哈利“罗恩的球技如何，在守门员选拔赛中的表现如何”。但是译文 1 将这句话误译成：“他有长处？”这几乎是对罗恩彻底的否定和十足的鄙视。而罗琳笔下的秋·张其实是一个温柔友善且性格随和的女孩，即使她不喜欢罗恩，她也不会当着罗恩好朋友哈利的面说出这样的话。而且，作为罗恩的好朋友，如果秋·张真的这么说罗恩，哈利又怎么可能对她的话没有任何过激的反应呢？根据原著剧情发展，两人后面的对话还是比较融洽的，这就说明此处的秋·张想要表达的根本不是“他有长处？”这个意思。在后期的修订重译中，人民文学出版社译者重新将这句话改译成比较中性的“他怎么样？”才基本传递了原著想要表达的真实意义。同时，译文 2 将哈利的回答“Yeah”重译为“不错”，在一定程度上凸显了哈利对罗恩的信任和支持，认为他的好友罗恩球技不错。由此可见，赞助人（人民文学出版社）在《哈》5 的翻译过程中采取的合作翻译带来了不少问题，译文 1 的误译完全扭曲了秋·张在读者心中的人物形象和性格，同时也在一定程度上对哈利的形象造成损害。

例 2：

原著：Cho sprang to her feet. The whole tearoom was quiet and everybody was watching them now.

"I'll see you around, Harry," she said **dramatically**...

（Rowling，2003：496）

译文 1：“再会，哈利。”她演戏似地说……

（马爱农、马爱新、蔡文译，2003：370）

译文 2：“再会，哈利。”她演戏似地说……

（马爱农、马爱新译，2009：368）

译文 3：秋跳了起来。整个茶馆都安静下来，每个人都在看着他们。

“再会，哈利。”她引人注目地说……

（马爱农、马爱新译，2017：437）

——（《哈利·波特与凤凰社》第 25 章）

例 2 描述了因为哈利说话不合时宜和秋·张的敏感吃醋，本应一起庆祝情人节的两人在霍格莫德村的一个小茶馆里不欢而散。首先要提的是，译文 1（2003 年）和译文 2（2009 年）都把原著中的一小自然段（例 2 中的第一小段黑体句子部分）彻底漏译，这造成了下文中的“dramatically”这个副词在理解上的偏差。因为哈利在和秋·张约会，哈利却不合时宜地提到他要去见赫敏，这让处在恋爱敏感期的秋·张有些吃醋；然后，由于秋·张对已故的前男友塞德里克无法释怀，想要从哈利口中知道塞德里克临死前有没有提到过她。而这个话题是哈利最不想谈的话题，所以没有任何恋爱经验的他只能转移话题，结果说错话，这让本就敏感的秋·张更加伤心恼怒。于是，她跳了起来，茶馆里的人都在注视着他们。然后她跟哈利说再见，根据语境，这里的“dramatically”应该是秋·张恼怒后的一种女生的过激反应，她想要在大庭广众之下告诉哈利她生气了，在所有人的目光中甩开门舍哈利而去，所以结合语境“dramatically”不应该译成“演戏似地”，因为这里秋·张根本不是在演戏，而是一个伤心的吃醋女生对所爱之人的真情流露，译文 1 和译文 2 都没有将原著中秋·张这个人物细腻的心理波动给读者呈现出来，反而扭曲了秋·张这个人物在读者心目中的美好形象，实属不该。因为笔者在查阅菲利普·埃林顿编写的《J. K. 罗琳：参考书目 1997—2013》一书时，并没有找到作者罗琳对该例子中的英文有任何修改之处。整个自然段的漏译究竟是人民文学出版社 2003 年拿到的英文原稿本来就没有，还是译者当时疏忽忘记翻译了，这个不得而知。幸运的是，在 2017 年修订过的典藏版中，译者终于注意到这个重大漏译和误译，对译文进行了修订。

《哈利·波特》系列自2000年进入中国之后，作为赞助人的人民文学出版社出于经济利益考虑，自始至终把控着中译本《哈利·波特》生产和流通的全过程。一方面，遴选的译者必须在规定时间内完成“显性”赞助人（人民文学出版社）安排的翻译任务，同时还需要使其译文满足“隐性”赞助人（儿童读者）的阅读期待。另一方面，赞助人（人民文学出版社）希望尽早出版发行中译本，以挽回日益猖獗的盗版对其造成的经济损失，所以译者所能进行翻译的时间十分有限。因此，人民文学出版社中译本《哈利·波特》（初版）中存在的大量误译、漏译，这些都对罗琳笔下所塑造的栩栩如生的人物性格或多或少造成了的偏差，使人物形象也在一定程度上扭曲和变形。限于篇幅，本书无法一一分析，只能寄希望于人民文学出版社在今后对中译本《哈利·波特》进行修订时能发现并意识到这些存在的问题然后进行修改。通过逐条分析上面所列举的译例，我们可以发现，赞助人（人民文学出版社）早期影响下的中译本《哈利·波特》给中国读者呈现了与原著有差异的人物形象，或者说，在经过人民文学出版社译者的翻译之后，原著中罗琳精心塑造的人物形象有些已经开始变形和扭曲。而中国部分精通英汉两种语言的哈迷读者在对比原著后发现了人民文学出版社中译本的问题，他们在网络空间中发表批评型意见，这就是在本书第五章讨论的“新型读者群体”。这些新型读者群体对中译本《哈利·波特》提出了很多的批评性意见，部分精通双语的读者另起炉灶，开始在网络空间发布自己的译文。在该系列小说完结后，部分更为专业、精通双语的资深哈迷读者开始就书中的人物形象展开分析，并在网络上发表文学翻译批评。庆幸的是，历来重视与读者进行沟通的赞助人（人民文学出版社）并没有忽视新型读者群体的网络文学翻译批评，为了刺激人民文学出版社中译本进一步销售，赞助人（人民文学出版社）和译者都对人民文学出版社中译本初版中出现的误译和漏译进行了仔细的校对、修订和重译。

二、文字游戏在转换过程中出现偏差：预期效果缺失，影响读者理解

罗琳热衷于在小说中使用各种文字游戏。根据牛津在线词典的解释，文字游戏（wordplay）的英文解释是“making jokes by using words in a clever and humorous way, especially by using a word that has two meanings, or different words that sound the same”，即用一种巧妙和有趣的方式使用单词来制造幽默，尤其是使用一个有着两种含义的词汇或读音相同但意义截然不同的词汇。文字游戏是作者的一种写作技巧，利用文字的多义性，使几个读音相同或相似的词在特殊的语境中产生幽

默、诙谐、讽刺或者发人深省的效果。文字游戏也是一种极具特色的语言现象，通过对词汇的妙用，可以达到作者的预期效果或娱乐目的。诚然，正如本书第五章所描述的那样，英美两国的出版社最初对《哈利·波特》小说的读者定位是儿童，而且罗琳一开始也是把小说定位为写给 9~12 岁的儿童看的。最初定位儿童文学的《哈利·波特》需要面对众多儿童读者，但是由于书中出现的情节还是或多或少令儿童读者感到恐惧，所以作者罗琳在书中使用了不少带有幽默效果的文字游戏，这不仅有利于舒缓儿童读者心理上的恐惧，而且可以给他们带来一种轻松愉悦的阅读体验。

小说中大量存在的文字游戏如头韵、双关、回文构词、首字母缩写、首音互换等可以说是让人目不暇接，这些文字游戏不仅表现了罗琳丰厚的古典文学知识底蕴和丰富的写作技巧，同时也产生了耐人寻味、引人入胜的预期效果，有的幽默风趣，有的引人深思，让读者在读完小说之后依然回味无穷。罗琳在情节建构、文字游戏、伏笔预设等方面的写作技巧令国外研究者连连称赞，但是由于英语和汉语是两种截然不同的语言，所以存在着一定概念上的语言差异，而这些差异在进入一个全新的语言环境之后，是否能够产生与原著相同的效果就完全取决于翻译了。当原著《哈利·波特》进入中国后，很多小说中的文字游戏的效果并没有在中译本中呈现出来，甚至不少文字游戏无法准确译出，只能用加注释的方法展现，不仅达不到预期的幽默、惊奇效果，而且使得中文读者在阅读时感到非常困惑和诧异，也造成了一定程度对原著的变形和扭曲。接下来，笔者将从双关语、回文构词、首字母缩写、首音互换四个方面对中译本《哈利·波特》中文字游戏的翻译处理进行详细的分析。

（一）双关语

双关语（pun）在英语中十分常见，是一个极为重要的修辞表达方式。在中外文学作品中，双关语大量存在。双关语可以使文章诙谐幽默，在儿童文学作品中尤其重要，因为双关语可以被作者用来表现人物性格、凸显主题，或者制造引人入胜的艺术效果，使读者感受到趣味性。如何将原著中的双关语进行合适的转换而且保留原著的修辞效果，给译者带来了巨大挑战。从理论上来说，译者所能采取的最佳翻译方法就是用译入语中的双关语翻译原作中的双关语，做到译文和原文在形式与内容上的完全对等，这样既可以保留原文结构，也能直观地译出双关语的字面意思。但在现实操作中，由于中英两种语言有着彼此不同的发音、词汇、语法和修辞体系，所以英文中的双关语几乎很难在汉语中找到与之对应的双关语。因此，无论译者怎么努力，原文本的特色在某种程度上会在翻译过程中失去。双关语的翻译就是译者和原作者彼此之间心照不宣的“游戏”，要让原作者的这种文字游戏在译文中得到完美地呈现，就需要译者通过自己的聪明才智对其进行“解码”。双关语如果翻译到位，就能让目标语读者在阅读之后会心一笑，惊叹于作者的写作技巧，有些读者甚至会感叹翻译之巧妙。接下来，笔者将举例探究译者在处理原著中双关语时翻译策略，进而分析原著中双关语的预期效果在文本转换过程中是如何消失并影响读者理解和扭曲原著的。

在第4部第28章中，罗琳巧妙地使用了英语单词“bug”来进行文字游戏，其在原著中有着让读者印象深刻的修辞效果。英文原文：“Maybe she had you **bugged**,” said Harry. “**Bugged**?” said Ron blankly.（Rowling，2004d：475）。人民文学出版社初版译文将其译成“窃听器”。“bug”在英语中作名词有“臭虫、小昆虫、甲虫”之意，但是也可以表示“漏洞、故障”，如果“bug”作动词，则表示“窃听”的意思。一直生活在魔法世界中的罗恩因为不熟悉麻瓜世界（普通人的世界，即非魔法世界）中的各种电子窃听装备，以为“bug”是只“臭虫”。而到了第4部第37章时，罗琳又使用了“bug”，其实也表达了丽塔·斯基特是魔法部登记注册的阿尼马格斯中的“漏洞”，同时还表达了丽塔·斯基特变成一只“甲虫”进行“窃听”的种种行为，可谓是“一语三关”。但是人民文学出版社的译文只是采取了方便读者阅读的翻译策略——在译文下面加注释，对“bug”的含义进行了两次解释：①“在……装窃听器”一词，同时有“臭虫”的意思；② 同时有“变成甲虫”的意思。只能说，此双关语很难在目标语中找到对应的表达方式，加注的翻译策略恪守了忠实于原文的基本翻译准则，只能基本将意思译出，但是原著中作者想要表达的幽默、诙谐和风趣的效果基本都在译文中丢失了。

罗琳在《哈利·波特》的第4部开篇第1章的标题是“The Riddle House”，其中的“riddle”就是一个典型的双关语，既表示了这家人的姓氏是Riddle，又表示这座府邸曾经因为发生过离奇的人名案，谜底一直没有解开，所以可以说是“谜一般的”府邸。此外，这也和第2部《哈利·波特与密室》中伏地魔的全名汤姆·马沃罗·里德尔（Tom Marvolo Riddle）相关联起来，Riddle就是伏地魔的姓氏，也暗示了汤姆·马沃罗·里德尔究竟是如何变成伏地魔的。自第4部开始，随着互联网的飞速发展，《哈利·波特》的网络译本开始与人民文学出版社正式中译本共存，网友将该标题译成了“谜宅”，比较契合整个故事的情节发展。但是当2001年人民文学出版社中译本出版之后，很多网友惊讶于人民文学出版社的译文将第1章的标题翻译成了“里德尔府”。这个标题“The Riddle House”其实是罗琳巧妙构思的“文字游戏”，其对小说里人名和地名的一语双关在中译本中失去了原有的效果。相比之下，我国台湾地区的繁体中文版把此处的标题译为“谜屋”，然后在文中加注解释了缘由，这种翻译处理方式虽然没有达到和原著相同的效果，但至少给了读者一些暗示，在某种程度上将地名的双关之意呈现出来了。

（二）回文构词

回文构词（anagram），在牛津在线词典上的解释为“a word or phrase that is

made by arranging the letters of another word or phrase in a different order”，即“通过将一个单词或短语以不同的顺序进行排列从而产生的另一个单词或短语”。回文构词是一种特殊的文字表达方式，一种有趣的构词法，通过更换原词或句子中字母次序而构成另一个新单词或者句子。“anagram”有时候也被翻译成“字谜”，指“词语的一种结构思维方式，通过变化原词字母顺序或者增加、减少字母数量而构成另一个新的词汇”。作家罗琳在小说《哈利·波特》中多次使用回文构词这种特殊的文字表达方式来达到一种陌生化效果，从而使读者在正常的阅读过程中产生新鲜感，引起读者的好奇，激发读者的想象力，就如同猜谜一样。但是在跨越国界进入中国之后，罗琳在英国奇幻小说《哈利·波特》中用的“文字游戏”是否能够被译者巧妙复制，或者通过巧妙的方式在目标语中找到类似的表达，取决于译者的想象力和文字驾驭能力。让人感到遗憾的是，一方面，赞助人（人民文学出版社）出于经济利益的考虑，只留给译者为数不多的时间去进行翻译，译者没有时间对译文进行打磨，这导致原著中作者精心构思的回文构词的“文字游戏”没有被译者识别出来。另一方面，由于“隐性”赞助人是儿童读者，所以译者只能采用适合儿童文学作品的翻译策略。正如曹明伦（2016：113）提到的，“儿童文学的读者主要是儿童，其宗旨是要教育引导儿童，使其心智健康发育。为实现这个宗旨，儿童文学专家都力求其语言表达符合儿童的年龄、心理特征、语言水平和认知水平，所以除内容（故事）本身的知识性和趣味性外，其语言一般都具有间接性、生动性和音乐性”。考虑到儿童读者的接受能力和理解层次，人民文学出版社的译者在处理《哈利·波特》中的回文构词时并没有将罗琳试图要表达的隐含信息表示出来，请看下面几个例子：

例 1：

原著： Chapter Twelve The Mirror of Erised

It was a magnificent mirror... There was an inscription carved around the top: **Erised stra ehru oyt ube cafru oyt on wohsi**.

（Rowling，2004a：152）

译文 1： 第 12 章 厄里斯魔镜

这是一面非常气派的镜子……顶部刻着一行字：厄里斯 斯特拉 厄赫鲁 阿伊特乌比 卡弗鲁 阿伊特昂 沃赫斯[1]。

脚注：［1］这行字是厄里斯魔镜上的符箓。

（苏农译，2000：127）（苏农译，2017：161）

——（《哈利·波特与魔法石》第 12 章）

译文 2：　　　　　　　　第 12 章　意若思鏡

那是一面高達天花板，非常氣派、壯觀的大鏡子，……頂端的鏡框上刻了一段文字：意若思，思特拉，厄魯，歐特，烏比，卡佛魯，歐特，昂，烏西。

（彭倩文译，2000：215）

——（《哈利波特：神秘的魔法石》第 12 章）

例 1 发生在一年级圣诞节的那天晚上，哈利当时在图书馆禁书区查阅图书，但一本禁书高声尖叫，为了逃避费尔奇和斯内普的搜查，哈利躲进了一间废弃的教室，在那里他看到了厄里斯魔镜。例 1 就是描写在这面镜子的顶端有一行字，其实这也是作家罗琳巧妙设计的一个文字游戏，这面镜子在后面的剧情发展中还是比较重要的，也是罗琳埋下的众多细节线索之一。如果当时的译者仔细一点，就会发现罗琳在这里使用了回文构词法，第 1 部第 12 章的标题“The Mirror of Erised”中的“Erised”其实就是英语单词“desire”倒过来的拼写，也就是“愿望、渴望、想法、欲望”之意。人民文学出版社的译者没有将其隐藏的信息译出，而是音译为“厄里斯”，但是考虑到这面镜子有着神奇的魔力，所以译成“厄里斯魔镜”。很奇怪的是，这里的英语单词“erised”最前面的英语元音字母“e”竟然会音译成汉语拼音的“e”的发音“厄”，让读者比较困惑。很多英语世界的读者很容易就能理解这个简单的回文构词的文字游戏，因为可以把这个单词形象化，然后站在一面镜子前面，desire 就是 erised，非常有趣，能让读者会心一笑，印象深刻。赞助人（人民文学出版社、皇冠文化）留给译者的时间太短，没有办法让她们对译文进行精雕细琢、反复打磨，所以无论是简体中文版还是繁体中文版的《哈利·波特》都没有将此处的“The Mirror of Erised”中的“Erised”进行有效的文本转换以凸显原作者的“文字游戏”。值得称赞的是，在中国台湾的繁体中文版中，译者彭倩文对“Erised”的翻译处理比人民文学出版社的译文更为巧妙，“意若思”将英语单词“desire”的意思多少表达出来了。但是，让读者感到困惑和好奇的是，在例 1 中，这段魔镜顶端的文字其实也可以倒过来看，即 I show not your face but your hearts desire，意思就是“我显示的不是你的脸，而是你内心深处的渴望”。这也就是这面镜子的隐藏密码，它成为保护魔法石对抗伏地魔的一个重要道具。但是人民文学出版社译者可能是没有时间打磨译文，也可能是没有意识到这是原作者刻意营造的回文构词文字游戏，将其译成了一连串没有任何具体意义的谐音文字，并在下面加注说明这是一段符箓。符箓在中国传统文化中的是道教的一种法术，其主要作用是通过道教文化中的带有特别含义和作用的符书文字来召神劾鬼、镇魔降妖。考虑到儿童读者是“隐性”的赞助人，人民文学出版社译者对这个注释的解释固然也是为了能够吸引儿童读者的注意力，引导儿童读者天马行空的想象力，让儿童读者以为这面镜子有着可怕的力量，或者这面镜子中有着可怕的妖魔鬼怪，而镜子上面的文字是中国道教文化中的符箓，可以镇压镜子里的妖魔。中国有着悠久的道教文化，这样的谐音译文和有关符箓的注释，能够让中国儿童读者将该镜子和中国传统文化中的“照妖镜”等关联起来，拉近译文和中国儿童读者的距离，并进一步激发他们的阅读兴趣。不可否认，人民文学出版社译者的翻译策略有其独有的翻译意图，然而，这和罗琳想要给读者展示的截然不同，罗琳只是想通过这面镜子反射出我们每个人内心的渴望和内心最真实的想法而已。通过这面神奇的镜子，可以看出小说中人物的内心世界，但人民文学出版社对这面镜子上回文构词文字游戏的翻译处理方式完全丢失了原著作者的精心设定，更没有将这段文字隐藏的深层次意义表现出来，反而误导了中国读者。部分精通双语的精英型读者在网络空间中发表网络文学翻译批评，指出此处其实是作者罗琳的文字游戏之后，赞助人（人民文学出版社）却依然没有对此处的译文进行修订或重译，在笔者看来，人民文学出版社和译者或许都认为这样的译文没有必要修订，儿童读者喜欢看这部小说并乐于接受就行，“魔镜”的译文和符箓的注释使这面神奇的镜子充满神秘感，这样的译文已经合格。而真正了解此处回文构词的读者毕竟还太少，除了部分精英型读者和严肃学院派的学术研究者，没有多少儿童读者会对此处的译文过于执着。至于译文 2，繁体版彭倩文的译文也是将原文翻译处理成一串毫无意义的谐音文字，只是彭倩文并没有在下面加注说这是一种符箓。笔者手边只有台湾皇冠文化 2000 年第 2 次印刷版的《哈利·波特》系列，所以无从知晓皇冠文化的后续修订重印版是否有对该处译文进行修订，不过网友“月影君”在知乎上的网页内容显示，台湾的繁体版在后续重印版本中将此处译文修订为“望慾的心內你是而臉的你是只非並的現顯我”，因为是镜子，而且台湾地区繁体版文字是竖排的，所以这句话倒着读即可理解，可以看出皇冠文化后期还是对该处译文做出了正确的修订。

例 2：

原著： He pulled Harry's wand from his pocket and began to trace it through the air, writing three shimmering words:

TOM MARVOLO RIDDLE

Then he waved the wand once, and the letters of his name rearranged themselves:

I AM LORD VOLDEMORT

(Rowling, 2004b: 231)

译文 1：

他从口袋里抽出哈利的魔杖，在空中画了几下，写出一个闪闪发亮的名字：

汤姆·马沃罗·里德尔

然后他把魔杖挥了一下，那些字母自动调换位置，变成了：

我是伏地魔[1]

脚注：[1] 汤姆·马沃罗·里德尔的英文是"Tom Marvolo Riddle"，"我是伏地魔"的英文是"I am Lord Voldemort"，字母完全一样，只是排列不同。

（马爱新译，2000：186）（马爱农、马爱新译，2017：238）

——（《哈利·波特与密室》第 17 章）

译文 2：

他從口袋中掏出哈利的魔杖，開始淩空書寫，在空中畫出一排文字：

TOM MARVOLO RIDDLE

（湯姆·馬佛魯·瑞鬥）

接著，他又揮了一下魔杖，空中的字母開始重新排列組合：

I AM LORD VOLDEMORT

（我是佛地魔王）

（彭倩文译，2000：365）

——（《哈利波特：消失的密室》第 17 章）

例 2 是众多哈迷觉得非常有趣的地方，也是罗琳第一次揭晓伏地魔名字的来历。而这个地方的回文构词法（通过字母易位构词）却让全世界各国的《哈利·波特》译者感到非常棘手，因为语言的不同使得罗琳此处的回文构词比较难以转换。这个例子选自《哈利·波特与密室》的第 17 章，当时霍格沃茨魔法学校的数位学生因为看到蛇怪的眼睛而被石化，学校师生陷入恐慌状态，而哈利一直没有找到躲在这一切背后的凶手。原来这一切都是伏地魔躲在日记本里的分身所做的，而 Tom Marvolo Riddle 就是伏地魔。如果是英文读者看到这一切及这里回文构词的"文字游戏"，就会幡然醒悟，然后会惊讶于作者的写作技巧及故事情节设定，因为看到这里，所有的故事情节就能衔接起来。

回文构词的使用从视觉上给人新奇之感，但是中国读者在看到加粗的译文时会十分困惑：这 8 个汉字的人名"汤姆·马沃罗·里德尔"怎么就重新排列变成 5 个汉字的"我是伏地魔"了呢？为了能让作为"隐性"赞助人的儿童读者在阅读此处的时候不至于觉得突兀和产生理解上的滞点，人民文学出版社译者采取的翻译策略是在页面下方加注释进行解释，这也是译者的无奈之举，毕竟汉语和英语这两种语言在形态上没有任何相似之处，此处似乎是不可译的。中国也有类似的修辞方式——回文。所谓回文，就是可以正序顺读，也可反序逆读的一种特殊修辞句式。例如，“我为人人，人人为我”或“长相知，才能不相疑；不相疑，才能长相知”等。但是上述回文都是在同一种语言之中进行转换的文字游戏，而对于外国文学作品中的回文构词能够进行复制并在目的语中找到类似的回文修辞表达，这只能寄希望于译者的灵机一动或对译文的精雕细琢了。然而赞助人（人民文学出版社）并没有留给译者太多的翻译时间，译者所能做的就是在有限的时间内完成人民文学出版社交代的翻译任务，使译本符合“显性”赞助人和“隐性”赞助人的需求，所以译者只能采取这种译文加注释进行解释的翻译策略。虽然这种译文让当时中国大陆的儿童读者在理解上出现了滞点，逻辑理解上出现了困惑，因为故事情节似乎被撕裂，但21世纪以来的中国读者的外语接受能力和整体知识水平相比于之前的读者提高了很多，人民文学出版社也正是出于这种考虑，才将英文人名“Tom Marvolo Riddle”和回文构词后的“I am Lord Voldemort”放在注释里进行解释。尽管没有营造出作家罗琳想要表达的那种特殊“文字游戏”的神奇效果，但也情有可原。我国台湾地区译者彭倩文的翻译策略是直接在译本中列出英语原文，并没有任何突破。至于世界上其他国家对例2的翻译策略大多也是按照罗琳的回文构词法重新构造伏地魔的名字，例如法国、丹麦、芬兰、意大利、挪威等国的译者对此处的翻译处理基本和罗琳做到了一致，多数国家都只能采用加注释的翻译策略。随着中国读者的英语水平不断提高，这种加注释的方式应该不会太过于影响读者对原文的理解，但是也许有一天会有某位精通双语的精英型读者突然就此处想出了一个更好的译文，能彻底将罗琳的回文构词法用汉语的回文修辞法还原出来，毕竟，译文没有最好，只有更好。此外，原著中作者罗琳使用了大量的回文构词的文字技巧，此处限于篇幅不再赘述。

（三）首字母缩写

首字母缩写（acronym），也叫发音缩略词，通过将每个英文单词的首位字母组合构成新词或是专有名词的形式，这种新构成的词要按照一个词来发音，例如NASA（美国国家航空航天局，National Aeronautics and Space Administration）等。另外还有一种首字母缩写是“initialism”，这种缩写发音按照单个字母发音逐个读，例如VIP（重要人物，Very Important Person）、UN（联合国，United Nations）等。这两种首字母缩写在西方国家非常普遍，因为交流使用很方便，所以很多国家和国际组织对此使用频繁。而随着社交网络的出现和即时通信设备的兴起，西方国家的人为了节约时间或省去打字烦恼则更喜欢使用缩略语来表达自己的想法，如ASAP（as soon as possible）、JK（just kidding）、BTW（by the way）等。这种缩略语有的时候还可以用来调侃或者起到幽默的效果，例如BMW（Big Money Waster）、BOSS（Built On Self Success）、GIRL（Greatly Interesting Revitalizing Lifeform）等。在原著《哈利·波特》中，罗琳妙笔生花、巧妙构思、精心设计的魔法世界有很多这样的首字母缩写，其中不少都是伏笔深埋，不是资深的哈迷一时很难理解，但部分对原著中存在的首字母缩写的翻译却能反映出赞助人（人民文学出版社或皇冠文化）的意识形态对译者翻译策略的影响。

例：

原著："—because she was a house—elf," said Harry. He had rarely felt more in sympathy with the society Hermione had set up, **S. P. E. W.**

（Rowling，2005：410-411）

译文1："——因为她是家养小精灵，"哈利说，他从没像现在这样同情赫敏组织的社团：家养小精灵解放阵线。

（马爱农、马爱新译，2005：329-330）（马爱农、马爱新译，2017：326）

——（《哈利·波特与"混血王子"》第20章）

译文2："——因為她是家庭小精靈。"哈利說。他從來没有像現在這麼認同妙麗創辦的"小精靈福利促進協會"過。

（皇冠编译组译，2005：498）

——（《哈利波特：混血王子的背叛》第20章）

S. P. E. W 全称是"Society for the Promotion of Elfish Welfare"，这是14岁的赫敏·格兰杰在观看魁地奇世界杯后看到家养小精灵受到了不公正待遇而创办的社团。罗琳的奇思妙想总是让很多首字母缩写的单词呈现出意想不到的效果，但是也给不少译者出了难题。在世界上其他国家，不少译者的做法是先尽量用本国文字翻译一个和"Society for the Promotion of Elfish Welfare"类似的名字，然后找到其首字母缩写在本国文字里有特殊含义的一个单词，如法国的译者把S. P. E. W. 翻译改写成 S. A. L. E.（Société d'Aide à la Libération des Elfes，"帮助释放家养小精灵协会"），在法语中，单词"sale"的意思为"肮脏、邋遢的"。

人民文学出版社译者对此处缩略语的翻译是"家养小精灵解放阵线"，这个社团组织名称的翻译折射出赞助人的意识形态对译者翻译策略的把控。"解放"源自北魏贾思勰《齐民要术·安石榴》："十月中，以蒲藁裹而缠之；二月初乃解放。"这个词语的本意是指解除束缚，得到自由或发展。但是"解放"在中国有着特殊的政治学含义："解放"一词常用于特指中国革命胜利，中华人民共和国成立这一重大历史事件。人民文学出版社作为国家级专业文学出版机构，在意识形态的把控方面从未放松过。"阵线"通常指两军交战时的接触线，也指不同信仰或倾向的人或团体为了达到共同目的而形成的联盟。"解放阵线"则更多地指通过暴力革命推翻已有社会制度的武装力量。在中国大陆，"解放阵线"更能体现出团结人民、为人民争取解放的政治学意义。而作为中译本《哈利·波特》的"显性"赞助人，人民文学出版社必然要从意识形态方面对翻译过程进行全程把控。而作为译者，在接受了翻译任务时要相应地更换翻译策略，使译本达到赞助人（人民文学出版社）的预期要求。马氏姐妹分别出生于20世纪60年代和70年代的中国南京市，六七十年代正是中国相对动荡的阶段，对于马氏姐妹来说，这种潜意识中存在的意识形态的影响必然是根深蒂固的，因此，在面临“Society for the Promotion of Elfish Welfare”的翻译时，这种意识形态对翻译策略的影响就体现在译文词汇的选择上，“家养小精灵解放阵线”这样的译文也就可以理解了。而在我国台湾地区，由于意识形态的差异，所以台湾地区的译者将S. P. E. W翻译成“小精灵福利促进协会”。译文的不同鲜明地凸显出海峡两岸译者在不同意识形态背景下对同一个英文组织翻译的选择。

除了S. P. E. W之外，《哈利·波特》中还有不少缩略语的翻译，例如O. W. L.（Ordinary Wizarding Levels）是“普通巫师等级考试”，是霍格沃茨魔法学校五年级学生需要参加的一种分科考试，学生通过某一门O. W. L. 考试就可以拿到一个O. W. L. 证书。但在2000年出版的《哈利·波特》繁体中文版中，台湾译者彭倩文的译文都有错误，她将O. W. Ls翻译成等级，如“O. W. Ls十二級”和“巫術等級三十級檢定考試”，而不是拥有多少个O. W. L. 证书，此处误译会不会让台湾地区的读者产生困惑和理解障碍就不得而知了。在中国大陆，人民文学出版社早期的译本中都是将该缩略语用复数形式加以表达，即O. W. Ls，这种形式也最为常见，在同名电影《哈利·波特与凤凰社》中出现过该缩略语全称的画面，乌姆里奇教授用魔杖凌空在黑板写下了“Ordinary Wizarding Levels”。中国读者只要学过英语的应该都有点语法常识，即英语中可数名词复数一般会加上“s”，所以很多读者看到O. W. Ls并无不妥，但是人民文学出版社经过数次修订将其统一改成了O. W. L. 反而让很多哈迷难以接受。毕竟，大量的哈迷读者的回忆还停留在当年读那本书的初版译文的时候。还有一个类似的考试是N. E. W. T.（Nastily Exhausting Wizarding Test），即终极巫师考试，人民文学出版社早期的翻译也是“N. E. W. Ts”这种复数形式，后期基本同意改成了“N. E. W. T.”。这个首字母缩写构成的单词“newt”是“蝾螈”的意思，而这种动物是魔法世界里制作魔药的原材料，同时也是电影《神奇动物在哪里》中男主角纽特·艾尔特弥斯·菲多·斯卡曼德（Newt Artemis Fido Scamander）的分名。中国读者感到困惑的可能就是虽然“O. W. Ls”在2000年初版的《哈利·波特与密室》中出现两次（第4章和第13章），但是这两处相同的首字母缩写被翻译处理成了两个截然不同的意思：在第4章时，译者马爱新将“O. W. Ls”翻译成“O. W. L. 证书”，而在第13章，马爱新将“O. W. Ls”翻译成“猫头鹰”，让人顿感意外，十分困惑。O. W. L. 这个缩略语组合成的单词OWL是“猫头鹰”，是一种能够在罗琳构造的魔法世界与麻瓜世界中充当信使自由穿梭的飞禽，可以为巫师传递信件、包裹等。但同一个译者（马爱新）怎么会将同一个英文首字母缩写处理成两个截然不同的译文呢？只有一种可能的解释：赞助人（人民文学出版社）为了尽快出版该系列的三部作品，遴选了4位译者分工协作，即曹苏玲（负责第1部）、马氏姐妹（负责第2部）和郑须弥（负责第3部），后来曹苏玲中途退出，马爱农接手从第一部的第9章开始翻译；而这种分工协作翻译4部同一系列的文学作品，就会导致翻译中的某些专有名词或表达无法做到统一，即使人民文学出版社在很多术语和人名地名上做了大量的统一、编辑工作，但百密一疏。可以推测，"Ordinary Wizarding Levels"的译文不一致的原因应该就是两位译者在翻译《哈利·波特与密室》时没有做到该英文缩略语的译文一致。第2部第13章中的"三十只猫头鹰"这种误译让当时的读者记忆犹新。尽管该错误已经在后续版本中得到了修订，但是对于这些在早期译文中出现的误译，能让我们切身感受到人民文学出版社译者在面对缩略语时的抉择——是复制英文缩略语字母，还是译成一个单词的意思"猫头鹰"，选择不同，效果迥异。

（四）首音互换

首音互换（spoonerism），有些文献将其译为"斯本内现象"，这个术语源于英国传教士和学者威廉·阿奇博尔德·斯本内（William Archibald Spooner）。文海霖（2005：54）在文章中指出，首音互换是指"将两个或两个以上单词的首字母位置互换，这种置换可能是有意的，但也可能是无意的（因此也可称其为'首音互换'或'首音误置'），其结果都将颠覆原句的意思，并造成谐趣现象"。例如原话是"Is the dean busy?（院长现在是否有空?）"，现实中人们可能会因为口误或者故意调侃而将2个单词（dean 和 busy）的首字母"d"和"b"互换位置变成了"Is the bean dizzy?（那颗豆子是不是头晕了?）"。虽然听上去让人困惑不已，有时候也会取得一定的幽默效果。"spoonerism 这种修辞方式在现代社会不断扩大其概念的外延，有些单词内部字母的前后互换也被归纳其中，所以把 spoonerism 译成'首音互换'便难以概括这一现象了"（文海霖，2005：56）。作者罗琳当然也不会错过这种有趣的"文字游戏"，所以在《哈利·波特》系列小说中，我们还是能够找到几处首音互换的例子。

例1：

原著：George observed. "... we know we're called **Gred and Forge.**"
（Rowling，2004a：149）

译文1：乔治评论道，"……倒是她自己，经常管我们叫乔雷德和弗治。"
（苏农译，2000：124）

译文2：乔治说，"……倒是她自己，经常管我们叫乔雷德和弗治。"
（苏农译，2017：157）

——（《哈利·波特与魔法石》第12章）

译文3：喬治歪著頭打量，“……我們知道自己叫‘弗治’和‘喬雷’啊。”

（彭倩文译，2000：210）

——（《哈利波特：神秘的魔法石》第12章）

例2：

原著：“**Lairy fights**, that's the one!”

（Rowling，2004d：358）

译文1：“鲜艳之光[1]，没错，是这样！”

脚注：[1] **应是“仙境之光”，胖夫人喝得醉醺醺的，说错了口令。**

（马爱新译，2001：249）（马爱农、马爱新译，2017：299）

——（《哈利·波特与火焰杯》第23章）

译文2：“現子光殞，沒錯，就是這個！”

（彭倩文译，2001：433）

——（《哈利波特：火盃的考驗》第23章）

在上面的两个例子中，罗琳就是使用了首音互换的“文字游戏”来达到幽默诙谐的效果，对英语世界的读者来说，首音互换不难理解。但是对于中国读者来说，将这种首音互换的“文字游戏”进行语言转换同时又保留其幽默诙谐的效果，需要译者完美的翻译处理。在例1中，乔治和弗雷德这对双胞胎兄弟永远是形影不离、性格开朗，经常在一起拌嘴，互相逗乐，深受中外哈迷欢迎，在中外读者的心中有着不可替代的地位。乔治采取首音互换的方式来调侃他的妈妈韦斯莱夫人经常不能识别他们这对双胞胎兄弟，人民文学出版社的译文处理得很好，将乔治和弗雷德的前面两个汉字互换，基本保留了原著中首音互换的幽默诙谐效果，也让读者读起来十分通顺，毫无违和感。同样，台湾地区译者彭倩文的译文处理方式也是一样，所以效果也相同，保留了原文的幽默感。

因为霍格沃茨魔法学校的学生进入各自学院的公共休息室或者教师办公室的时候一般都需要说出口令，英文是“password”，所以罗琳在小说中创造了无数的口令和暗号，这些都让哈迷十分着迷。在例2中，因为当天是圣诞夜舞会，看守格兰芬多学院休息室大门的胖夫人喝醉了，口齿不清的她把正确的口令“Fairy lights（仙境之光）”说错了，通过首音互换，说成了“Lairy fights”，这种喝醉酒的情况下最容易舌头打结产生口误，也进而为罗琳使用首音互换的“文字游戏”带来了可能性。人民文学出版社译者将“Lairy fights”翻译成“鲜艳之光”，然后在下方加注做了一个解释。对于作为“隐性”赞助人的儿童读者而言，人民文学出版社的译文对他们的阅读理解没有太大影响，只是相对于原著而言缺失了那种幽默诙谐的效果。但是，人民文学出版社的译文却让部分精通双语的读者很是困惑——“仙境之光”和“鲜艳之光”并不能让一个喝醉酒的人弄混淆啊！

例如，知名哈迷网友“米赫普”曾对人民文学出版社此处的误译发表了意见，认为人民文学出版社的译文只译出了一半，即“lairy”，但是后面的单词“fights”却没有译出，他提出改译为“鲜艳之战”。例 1 中的那种首音互换的译文可以让读者接受，但是读者读到“鲜艳之战”时，无论如何也想不出其和“仙境之光”有任何关联。要想达到汉语中的首音互换，谐音似乎很重要，例如“枫叶红了”互换成了“红叶风（枫）了”。当然，这本来就与译者的知识储备和能否巧妙处理译文有关。人民文学出版社此处对“Lairy fights”这个首音互换“文字游戏”的处理使哈迷读者感到疑惑，他们在网络上发表网络文学翻译批评，由此可见，赞助人（人民文学出版社）应该对中译本《哈利·波特》做出进一步的修订，网友的质疑无疑对人民文学出版社构成了“质量监督”，这对双方都是有益的。虽然笔者在此处想不出更好的译文，但建议修订时在注释中将原著中的英文正确口令和错误口令都列出来，然后说一下这是个首音互换的“文字游戏”。我想，这样的处理可以让读者的困惑减少，也能让一部分热爱学习的读者对首音互换这种修辞格产生兴趣。再看例 2 的译文 2，台湾译者彭倩文对正确口令“Fairy lights”的翻译是“仙子光晕”，而对胖夫人醉酒后的“Lairy fights”则处理成了“現子光殞”，这基本做到了文字不同，但是发音上相同。作为中国大陆的读者，笔者并不能感受到繁体中文版译文能将罗琳文字游戏中的这种诙谐和幽默进行保留，但至少有一点可以肯定的就是繁体中文版译文在首音互换的“文字游戏”中进行了尝试。

罗琳在《哈利·波特》系列作品中发明的文字游戏还有很多，例如很多人物的姓名采取的都是压头韵（alliteration），而且不少人名巧妙构思，预示着其未来的命运，而地名也是暗藏玄机或伏笔深埋，这些都归功于罗琳在读大学时期在拉丁语、法语及希腊神话等方面打下的坚实基础。罗琳在英国埃克塞特大学中主修的就是法语和古典文学，并辅修了拉丁文，所以《哈利·波特》小说深受古典文学的影响。小说中可以看到罗琳的古典文学造诣，她在写作中经常借鉴经典神话、修辞和命名法，并从古典拉丁文中提取并创造了大量的咒语、人名、地名和魔法物品等。除此之外，小说中罗琳创造的大量口令、暗号、食品名称等都让中外读者耳目一新，而这些精心设计、巧妙安排的文字游戏在译者的翻译下多少都产生了一定的误译、漏译，也就不可避免地给中国读者带来了理解上的偏差和困惑。罗琳的文字游戏对英语世界的读者来说是很有趣的语言现象，通过文字游戏可以达到很多幽默诙谐的效果，从而让读者在阅读的过程中顿感轻松和愉悦。不可否认，汉语和英语是两种截然不同的语言，承载着迥异的文化，要想在汉语中找到一个词语完全能传递英语原著中词语的表面和引申含义，对译者来说的确挑战巨大，更不用说英语中那些作者匠心独运、暗藏玄机的文字游戏。人民文学出版社对这些文字游戏的翻译处理方式多样，不少文字游戏采取的是加注释进行解释的处理方式，虽然这样处理可以让“隐性”赞助人（儿童读者）弄懂原文的意思，但是在某种程度上阻碍了读者阅读时的连贯性和流畅性。这就导致文字游戏在中译本《哈利·波特》文本转换过程中产生了一定的偏差，很多地方没有取得预期的效果，在一定程度上影响着中国读者的理解和接受。

三、习语翻译：适度异化才可保留异域文化意象

习语（idioms），是语言文字的精华，通常指在语言中使用频率很高的成语、谚语、典故、俗语等，具有很深的民族性和文化性。各个国家因为地理位置、风俗习惯、宗教信仰、历史典故等差异，对不同的客观事物的认识和理解不同，思维方式和价值取向也不尽相同，都有着属于自己民族文化特色的习语，或含蓄幽默，或严肃典雅，但这些习语大多是文字精练、音节优美、形象生动、意境鲜明。因此，习语翻译不仅要对承载语言精华的文字进行翻译，更要将习语所承载的文化意义进行解读。在《哈利·波特》系列小说中，作者 J. K. 罗琳通过借用英语世界中的大量习语表达模仿创造了大量魔法世界中巫师所使用的习语。这些习语与罗琳巧妙构思的魔法世界息息相关，是魔法世界中巫师所处生活环境、民俗风情和历史背景下语言运用的精华。在英语世界的读者看来，罗琳只是在英语习语上进行了巧妙的文字游戏，理解起来不会有太大障碍，但是当这部奇幻文学作品进入中文世界语境，译者对这些具有魔法世界语言特色和文化特征的习语翻译处理，将会在一定程度上促进或阻碍读者阅读，对其好奇心和阅读连贯性产生影响。且看下面几个习语翻译的例子。

例 1：

原著：“Gallopin' Gorgons, that reminds me,” said Hagrid, ...

（Rowling，2004a：43）

译文：“狂奔的戈耳工[1]，哟，我想起来了。”海格……

脚注：[1] **戈耳工，希腊神话中三个蛇发女怪之一，面貌可怕，人见之立即化为顽石。**

（苏农译，2000：32）（苏农译，2017：40）

例 2：

原著：“Gulpin' gargoyles, Harry, ... ”

（Rowling，2004a：45）

译文 1：“对那些狂奔的戈耳工们，哈利……”

（苏农译，2000：33）

译文 2："贪吃的怪兽滴水嘴啊，哈利……"

（苏农译，2017：42）

——（《哈利·波特与魔法石》第 4 章）

例 3：

原著：... said Bagman. "... **Gulping gargoyles**!"

（Rowling，2004d：119）

译文：……巴格曼说，"……我的天哪！"

（马爱新译，2001：79）（马爱农、马爱新译，2017：96）

——（《哈利·波特与火焰杯》第 9 章）

例 4：

原著：... said Fudge heartily. "... let's hear what you've got to—**galloping gargoyles**!"

（Rowling，2003：540）

译文：福吉热情地说，"……让我们听听你——老天哪！"

（马爱农、马爱新、蔡文译，2003：400）（马爱农、马爱新译，2009：398）

（马爱农、马爱新译，2017：473）

——（《哈利·波特与凤凰社》第 27 章）

例 5：

原著："**Galloping gargoyles**！" shouted Professor Tofty...

（Rowling，2003：636）

译文 1："天哪！" 托福迪教授喊道……

（马爱农、马爱新、蔡文译，2003：474）

译文 2："狂奔的滴水兽啊！" 托福迪教授喊道……

（马爱农、马爱新译，2009：469）（马爱农、马爱新译，2017：558）

——（《哈利·波特与凤凰社》第 31 章）

在上面 5 个例子中，5 个英文句子中都出现了类似的表达，即"Gallopin' Gorgons / Gulpin' gargoyles / Galloping gargoyles / Gulping gargoyles"，这其实是作者罗琳根据"Galloping gals"这一说法创造的一个新习语，主要是用来表示吃惊或愤怒的时候说的一种口头用语。"gargoyle"指的是"教堂顶上石头制作而成的怪兽状滴水嘴、雨漏"，也是邓布利多办公室门前听口令的石兽。罗琳为魔法世界里的巫师们所说的话都进行了构思巧妙的设计，毕竟在魔法世界中巫师们有着属于他们独有的语言表达习惯，她将英语中很多常见的习语改动了一下，创造了不少新的习语。

但是人民文学出版社译者对这几种习语的翻译出现了数个译本，从初版的译文来看，后 3 个例句中译者对这些习语的处理都是采用归化方式，即意译成“我的天哪”“老天啊”或“天哪”，在当时这样的译文比较容易让中国读者理解和接受。如前文所述，赞助人（人民文学出版社）对该书的定位是儿童文学，所以译者尽可能选择较为通俗易通、朴素简单的语言进行翻译。但例 1 和例 2 对“Gallopin' Gorgons”和“Gulpin' gargoyles”采取的都是异化翻译，这两处译文均由曹苏玲女士翻译。曹苏玲在 2000 年的《哈利·波特与魔法石》初版译文中对“Gallopin' Gorgons”的翻译处理其实就是一种文学翻译中的“创造性叛逆”，译者有时候必须在内容和形式之间做出选择。当时的中国读者在面对这种异化处理的译文时多少觉得有点怪异，但随着小说中海格人物形象的逐渐清晰，海格能说出那样的言语倒也符合其个性十足的形象设定。极有可能是曹苏玲女士认为海格这个人物有其独有的说话特征，因此翻译时采用异化处理方式来对其人物形象进行突出。不得不说，曹苏玲女士在 20 年前对“Gallopin' Gorgons”和“Gulpin' gargoyles”的异化翻译处理非常精彩。人民文学出版社应该是为了尊重和纪念曹苏玲女士的译文奠定了整套《哈利·波特》小说中译本的基调，所以即使是修订（例 2 的译文 2 改译成了“贪吃的怪兽滴水嘴啊”），也保持对这两处译文采用异化处理。此处还有一种可能，那就是前期赞助人（人民文学出版社）找了多名译者进行翻译，译者彼此之间的翻译风格尚未统一，而到了后期，译者们开始注意到这个习语翻译问题，于是马氏姐妹在 2017 年对译本进行修订时还是将例 5 中的习语表达进行异化翻译，改译成“狂奔的滴水兽啊”，而这种经过异化翻译处理的译文对当今社会的读者来说并不显得突兀。根据接受美学理论，每一位读者在阅读一部小说之前都有属于自己的“先在理解”，即每一位读者根据自己的知识水平、人生阅历形成的定向思维，或者称之为“期待视野”，而需要指出的是，读者的这种“期待视野”可以反过来影响读者对译文的接受情况。而读者的期待视野并非一成不变，随着读者在接受活动中生活经历、体验和阅读经验的不断加深，读者就可能改变或发展期待视野，形成“视野的变化”。这种文学接受者的视野变化为译者处理译文提供了便利条件。中译本《哈利·波特》在 2007 年完结，之后人民文学出版社不断对初版译文进行修订和重译。人民文学出版社新出版的译本更多地开始采用异化翻译策略，直接保留罗琳这部奇幻文学作品中大量存在的独有文化意象，而不是以目标语的文化意象对源语进行替换或采用归化处理策略。这说明了新时期译文读者随着阅读经验、文学鉴赏经验和生活阅历的提升，其期待视野得以拓宽，读者的需求和期待也相应地发生了一系列变化，新时期的读者对异域文化充满好奇和渴望。

例 6：

原著：“... well，it's no good crying over spilt potion，I suppose... but the cat's among the pixies now.”

（Rowling，2003：27）

译文 1：“……唉，得啦，药水已经洒了，哭也没有用……不过那只猫这会儿已经到了小精灵那儿了。”

（马爱农、马爱新、蔡文译，2003：17）（马爱农、马爱新译，2009：17）

译文 2：“……唉，得啦，药水已经洒了，哭也没有用……这就像狸猫闯进了小精灵堆。”

（马爱农、马爱新译，2017：20）

——（《哈利·波特与凤凰社》第 2 章）

这个例子中的话来自住在哈利·波特姨父家附近保护他的邻居费格太太。当时哈利·波特和他的表哥达力被摄魂怪攻击后，本应该保护哈利的巫师蒙顿格斯擅离职守没有出现，费格太太非常生气，说了这么一番话，这段话中有两个习语，其实在英语中都比较常见，即“it's no good crying over spilt milk”和“cat among the pigeons”。“it's no good crying over spilt milk”字面意思是“牛奶已经洒了，哭也没有用”，表示担心那些已经发生的不幸事件是没有用的，这并不能改变它，有点类似于中国的成语“木已成舟”或“覆水难收”。而“cat among the pigeons”这个习语的直译是“鸽子群中的猫”，意思是“突然意外地做某些事情给许多人造成麻烦和担忧”，这个习语也曾经是阿加莎·克里斯蒂（Agatha Christie）的一本侦探小说的英文名。作家罗琳直接对英语世界中的这两个简单易懂的习语进行了一些修改，创造了在魔法世界中巫师们所使用的习语。例如，第一个习语中的“milk”改成了“potion”。因为在巫师的生活里经常要配置各种魔法药水（potion），在《哈利·波特》小说中就有魔药课，教授霍格沃茨魔法学校的学生如何识别和配置各种魔法药水（potion），如变身水、吐真剂、生骨灵等，所以罗琳创造的新习语“it's no good crying over spilt potion”也就不难理解了。而用 pixies“小精灵”来替换“pigeons（鸽子）”就更有创意了，因为 pixie“小精灵”是英国传说中的一种生物，暗含着凯尔特人的信仰，通常小精灵是善良的，但是喜欢恶作剧，如果把习语变成了“cat's among the pixies”，则预示着小精灵会带来更大的麻烦和痛苦。

罗琳对英语中已经存在的习语进行了巧妙构思，使得新习语更加符合魔法世界中巫师所使用的表达，但是人民文学出版社的初期译文对第二个习语的误译让读者甚为困惑。“那只猫这会儿已经到了小精灵那儿了”在读者脑海中投影成一个很吊诡的场景，这个场景和中国读者已有的文化认知无法达成一致，因此这个误译必然会阻碍读者对故事中人物和情节的理解。由此可见，罗琳首先对英语中固有习语进行了适度变形，而因为她的小说被中国的出版社引进，所以罗琳创作的这个全新习语进入了一个完全不同的文化语境，译者的创造性叛逆又一次让该习语产生“变形”。人民文学出版社译者当时的直译对儿童读者来说略显突兀，但不至于影响读者对文章的理解。需要注意的是，在译文 2 中，习语“the cat's among the pixies”被异化翻译成“这就像狸猫闯进了小精灵堆”。译者在 2017 年的修订过程中又一次进行创造性叛逆，并没有对原著习语使用归化翻译的处理方式，而是保留“小精灵”这个原著中的“文化意象”。例 2 和例 5 中的“滴水兽”这个西方文化意象也在后期修订的版本中被保留下来，而且改得更为精细，“贪吃的怪兽滴水嘴”的译文让新时代的读者连连叫绝。谢天振（2013：149）谈译者在传递文化意象时要恪守两个原则时说道，“……译者应该相信……随着读者接触到的外来文化日益增多，今日的读者有能力接受带有外来文化印记的各种文化意象”。如本书第四章所述，我国的奇幻文学读者群在 2000 年开始之前尚未形成，在 2000—2005 年之间才初具规模，而在 2005 年之后，我国奇幻文学读者开始与日俱增。如果译文“这就像狸猫闯进了小精灵堆”出现在 2003 年的《哈利·波特与凤凰社》初版中，读者可能会觉得有些困惑，因为“小精灵”的文化意象可能并不能让当时的读者瞬间就能明白，但是随着奇幻文学作品不断增多、奇幻读者数量剧增及各国文化交流频繁，加上互联网在中国的高速发展，当今的中国读者对异质文化的接受能力在不断提高，对奇幻文学作品早已不陌生，西方文化中的文学典故、神话、传说及不少类似于“小精灵”“矮人”“女巫”“美人鱼”等西方各种文化意象和形象也逐渐被中国读者熟知。正如谢天振（2013：149）所说，“译者大可不必越俎代庖、徒费心力地把面包做成馒头塞给读者”。这个时候，如果译者在译文中保留“小精灵”的文化意象，向原作者靠拢，最真实地传递原文内容也就显得十分自然。例如，在《哈利·波特与凤凰社》第 27 章中出现了“Like mother, like daughter”这样的新习语，罗琳就是根据小说发生的语境将英语中的“Like father, like son”进行了简单修改，人民文学出版社译者将此处的习语异化翻译成“有其母必有其女”，这样的译文更契合当时的语境，如果译者将这句改编过的习语处理成“有其父必有其子”这样的归化译文，不仅不能引入新的形象，而且会误导读者。

在接受理论看来，译本的存在不仅再现了原文本，而且对译本读者产生深刻的影响。作为具有强烈文化特征的语言精华载体，习语的翻译其实就是一个对文化意象的处理过程，译者必须考虑到读者期待视野动态的变化，不断地根据读者的需求针对性地采取相应的翻译策略。读者阅读译文的过程其实不仅是一个接受过程，也是一个文化交流的过程。21 世纪以来，随着外国文学作品的大量引进和互联网在中国的高速发展，中国读者获取信息变得更为便捷，对西方文化的认识逐渐加深，其经验视野和期待视野得到了拓宽。这些变化必然对译文提出更高的要求，而译者要根据读者的这种动态的期待视野适时对译文做出调整。中译本《哈利·波特》的不断重译、修订就是考虑到新时代的读者期待视野，译文中对习语的直译或异化处理不仅可以使读者了解源语中的文化背景，促进文化交流，还可以为读者今后的阅读开拓更宽的期待视野。例如，《哈利·波特与凤凰社》第4章中就出现这样一句罗琳改编的习语“Time is Galleons”，马氏姐妹并没有将其归化成“一寸光阴一寸金，寸金难买寸光阴”这种中国式习语表达。相反，马氏姐妹将其直译为“时间就是金加隆”，因为“金加隆”是《哈利·波特》小说中魔法世界中所使用流通的货币，这样的直译不仅传达了“金加隆”这个文化意象，可以潜移默化地让读者了解罗琳创造的魔法世界，还可以让读者吸收奇幻文学作品的习语表现手法、拓宽阅读视野，进而丰富汉语的表达，促进语言和文化的进一步交流。从接受理论的视角来看，马氏姐妹的这句译文经典传神，不失为一句佳译。另外，在众多的哈迷读者看来，“时间就是金加隆”这样的译文一点不显得突兀，反而让哈迷读者觉得十分亲切。

总而言之，虽然罗琳在《哈利·波特》中创造的这些习语都是魔法世界中巫师的特有表达，反映了魔法世界里人们的生活习惯、价值判断，但透过这些习语我们可以意识到英语世界中习语丰富而深刻的内涵。译者要适时根据新时代读者的期待视野对习语做出灵活的翻译处理，使习语的译文既能够适应读者期待视野的变化达到视野融合，又能够保留原文的异域文化意象、拓展读者阅读的期待视野和促进文化交流。

四、“诗者，翻译之所失也”——论中译本《哈利·波特》中的诗歌翻译

J. K. 罗琳在《哈利·波特》中塑造了大量的人物形象，也发明了众多的文字游戏让读者耳目一新、印象深刻。除了这些以外，罗琳在小说中所创作的多首诗歌也让众多中外读者记忆犹新、念念不忘。熊辉（2009：45）指出，“诗歌翻译在很大程度上是翻译诗歌形式，而恰恰是诗歌形式最容易引起误译……由于语言和文化的不同，诗歌的形式内容很难用另一种语言等值地翻译到异质的文化语境中”。诗歌翻译对于译者来说非常棘手，译者要想把诗歌翻译成目标语，其过程不亚于获取灵感重新创作诗歌。文学翻译的过程其实就是一种艺术的再次创作过程，这需要译者对原作进行艺术性地创造。要想将外国文学作品中的诗歌翻译成汉语，译者就必须首先把自己当成一位诗人，彻底领悟原诗作者的创作特征和意象，然后用自己的文学素养和知识沉淀去对理解后的诗歌进行艺术性再现，这

个过程本身就是一种译者的创作。正如法国著名社会学家埃斯卡皮（1987：137）提出的术语"创造性叛逆"，即"翻译总是一种创造性叛逆"。而这种创造性叛逆在诗歌翻译过程中体现得尤为突出，谢天振教授（2013：106）就曾提道："在诗歌这一独特的体裁中，高度精练的文学形式与无限丰富的内容紧密地结合在一起，使得译者几乎无所适从——保存了内容，却破坏了形式，照顾了形式，却又损伤了内容。"在诗歌的翻译过程中，不少译者都是在形式和意义方面进行抉择。马红军（2000：200-201）指出："如果我们一定要按照原文的格律，结果必然是要牺牲原文的内容，或者增加字，或者减少字，这是很不合算的。每国文字不同，诗歌格律自然也不同。追求诗歌格律上的'信'，必然造成内容上的不够'信'。"诗歌的体裁决定了在翻译过程中必然会丢失很多东西，例如神韵、节奏、隐喻、意境等。美国著名诗人罗伯特·弗罗斯特（Robert Frost）曾就诗歌翻译留给世人一句经典且至今还发人深省的话："Poetry is what gets lost in translation"①（Bassnett & Lefevere，2004：57）。诗歌的翻译在众多学者看来比较艰难，那么译者要想把原著诗歌中的内容和形式都在目标语中再现出来，就必须跨越两种语言的障碍，创造性地再现原著中诗歌所要表达的音、形、意三种美。然而不是每一位翻译家都能够做到这一点，因此最终我们会看到，不少译者会选择牺牲诗歌的形式去成全诗歌内容的传递，以达到文化交流之目的。罗琳在《哈利·波特》系列作品中创作的诗歌与故事里的人物塑造和情节发展关系紧密，人民文学出版社的译者对这些诗歌的翻译好坏必然会影响这部作品在中国的传播和接受效果。接下来，笔者选择几首来进行分析。

例 1：

Come seek us where our voices sound,
We cannot sing above the ground,
And while you're searching, ponder this:
We've taken what you'll sorely miss,
An hour long you'll have to look,
And to recover what we took,
But past an hour—the prospect's black
Too late, it's gone, it won't come back.

（Rowling，2014d：402）

---

① 这句话是不是弗罗斯特所说，有待商榷。杨全红和曹明伦两位学者分别在《解放军外国语学院学报》（2008 年第 4 期）和《中国翻译》（2002 年第 4 期）上发文对这句话查核出处，并对这句话的汉译译文发表意见。曹明伦认为，这句话应该译为"诗意乃翻译中失去的东西"。

这首诗歌选自《哈利·波特与火焰杯》中的第25章，哈利作为魔法学校三强争霸赛参赛者勇士之一，他完成第一个任务，从火龙匈牙利树峰手下夺取了金蛋。当哈利要打开金蛋寻找第二个任务的线索时，他听到尖锐、刺耳的叫声。在塞德里克·迪戈里和桃金娘的帮助下，哈利终于在5楼浴室的浴池水中打开了金蛋，歌曲就是从被打开的金蛋中传出的人鱼唱的歌，这是三强争霸赛第二个任务的线索。但是这首诗歌有两个特点需要注意：首先，从英文诗歌形式上来看，这首人鱼唱的歌曲用词简单，没有任何生僻或者典雅字眼，读起来抑扬顿挫，很有节奏感，八句诗都是每两行韵脚相同，双行双押韵，即aa-bb-cc-dd的形式；其次，这首诗最难处理的就是第四行和第六行中宾语从句引导词"what"，因为诗歌中讲得比较模糊，没有给出具体的名词，可能是"某个东西"，但是诗歌中又没有给出"thing"这个单词，而到了最后比赛时，读者才发现，其实人鱼带走的是人（people）而不是"thing"。罗琳就是利用这种语言的模糊性让读者感到迷局密布、惊喜不断。而中国的译者在翻译这首诗歌时，是否注意到上述两个特点并在译文中呈现出来呢？且看下面3组译文：

译文1：

寻找我们吧，在我们声音响起的地方，(ang)
我们在地面上无法歌唱。(ang)
当你搜寻时，请仔细思量：(ang)
我们抢走了你最心爱的宝贝，(ei)
你只有一个钟头的时间，(an)
要寻找和夺回我们拿走的物件，(an)
过了一小时便希望全无，(u)
它已彻底消逝，永不出现。(an)

（马爱新译，2001：279）（马爱农、马爱新译，2017：335）

译文2：

寻找我们吧，在我们声音响起的地方，(ang)
我们在地面上无法歌唱。(ang)
当你搜寻时，请仔细思量：(ang)
我们抢走了你最不舍的宝贝，(ei)
你只有一个钟头的时间，(an)
要寻找和夺回我们拿走的物件，(an)

过了一小时便希望全无，(u)
它已彻底消逝，永不出现。(an)

(马爱农、马爱新译，2019：681)

——(《哈利·波特与火焰杯》第25章)

译文3：

前來尋找我們，到我們嗓音清晰的地方，(ang)
我們無法在陸地上面歌唱，(ang)
當你搜尋時，請仔細思量：(ang)
我們奪走你最不捨的珍藏，(ang)
你必須在一個鐘頭內四處尋晃，(ang)
並讓我們奪去的事物重返故鄉，(ang)
但過了一個鐘頭——前途將黯淡無光，(ang)
時機已晚，它將遠去，永不再回到你的身旁。(ang)

(彭倩文译，2001：484-485)

——(《哈利波特：火盃的考驗》第25章)

译文1和译文2都是人民文学出版社的译文，二者的区别是译文2（2019年新出版的英汉对照版）把第四行做了修改，将译文1中第四行“最心爱的”修订成了“最不舍的”，和译文3台湾版译文相同，不知道是人民文学出版社译者参考了皇冠文化版译文还是他们心有灵犀。在前两种译文中，译者虽然将诗歌内容基本还原，但是破坏了原诗歌独有的韵脚，而诗歌的韵律主要就是尾韵。文学作品的形式和内容不是截然分开的，人民文学出版社的两种译文都没能将原诗歌的韵脚进行还原，韵律变形或多或少使原诗歌独有的格调丧失或偏离，当然这种忽略尾韵的翻译方法可能是受到译者自身翻译风格的影响。马氏姐妹的译文一般比较通俗易懂，生僻字很少，符合儿童文学作品的风格。正是因为只考虑到读者的理解，内容上做到了忠实，于是韵律变形也就无可避免。译者如果想要再现原诗的韵律，就必然在目的语词汇选择上反复斟酌。例如，译文3的译者彭倩文就在尾韵上下了功夫，其译文从第一句到最后一句都是押尾韵ang，读起来声调铿锵、朗朗上口。这首诗歌中最难翻译的是两个宾语从句，第四行“what you'll sorely miss”翻译成“我们抢走了你最心爱的/最不舍的宝贝”尚可接受，因为心爱之人或小孩也可以被称为“宝贝”，但是第六行中的“what we took”的译文变成了“我们拿走的物件”，这里“物件”在中国读者眼中都是指“某件物品”“某样东西”，这一点是毫无疑问的。可是当读者读完后面的第26章之后就会十分困惑，因为第26章三强争霸赛第二个项目其实是去救人，而非夺回被拿走的

“物件”。同样，译文 3 的翻译也是“珍藏”“事物”，这两个单词还是指物品，并非指人，尽管译者彭倩文在韵脚上做了大量的努力以追求韵律，但是在译文内容上还是会出现偏差。这就仿佛“鱼和熊掌不可兼得”一样，内容和形式很难做到兼顾。这真实地反映了谢天振教授（2013：106）所提到的：“文学翻译中的创造性表明了译者以自己的艺术创造才能去接近和再现原作的一种主观努力，而文学翻译中的叛逆性，就是反映了在翻译过程中译者为了达到某一主观愿望而造成的一种译作对原作的客观背离。”作家罗琳利用人鱼以诗歌方式说出第二个项目的线索，本身就是利用语言表达的模糊性来吸引读者的好奇心，不看到后面，读者根本不知道人鱼带走的究竟是什么。但是中文译文却都没能将这种译文的模糊性保留，甚至人民文学出版社的译文还破坏了诗歌原有的尾韵，既没有让读者产生好奇的期待，又将读者引入一个理解的误区——人鱼究竟要带走什么“物件”？

例 2：

First think of the person who lives in disguise,
Who deals in secrets and tells naught but lies.
Next, tell me what's always the last thing to mend,
The middle of middle and end of the end?
And finally give me the sound often heard
During the search for a hard-to-find word.
Now string them together, and answer me this,
Which creature would you be unwilling to kiss?

（Rowling, 2014d: 546）

例 2 是哈利在参加三强争霸赛第三个项目时遇到的一个狮身人面像怪兽斯芬克司（Sphinx）给他出的一个字谜，回答对了，怪兽才会给他让路。同例 1 一样，罗琳还是坚持用了双行双韵脚的方法，读起来还是自然流畅，韵味悠长，引人深思。谜语在西方从很早以前就一直采用文字游戏的方式，而且几乎都是押韵。作为谜语，这首诗每两行其实就是一个线索，4 个线索凑在一起，这个英语单词就能猜出来。

译文 1：

先想想什么人总带着假面，
行动诡秘，谎话连篇。
再告诉我什么东西总是缝缝补补，
中间的中间，尾部的尾部？
最后告诉我想不出词的时候

哪个字经常被说出口。
现在把它们连起来，回答我，
什么是你不愿意亲吻的动物？

（马爱新译，2001：373）（马爱农、马爱新译，2017：450）

——（《哈利·波特与火焰杯》第 31 章）

译文 2：

首先設想一名偽裝身份的人，
他買賣機密，說的話没有半句是真。
其次，告訟我最後才能改善的事物為何，
是最中之中還是最終之終？
最後再告訟我當你苦苦沈吟，
搜索字眼時所最常發出的聲音。
現在把它們連在一起，回答我這個疑問，
有哪種生物你死都不願去親吻？

（彭倩文译，2001：655）

——（《哈利波特：火盃的考驗》第 31 章）

英汉两种语言的异质性决定了这首关于字谜的诗歌几乎是不可能用中文翻译出来的，即使译者能将字谜内容全部准确、忠实地译出，但是如果读者没有一定英语的语言基础，他们几乎不知道这首关于字谜的诗歌究竟在讲述什么线索。同时，原诗歌双行双韵脚的这种诗歌韵律之美在只顾忌内容而忽略形式的译文中荡然无存。在该诗歌后面哈利和怪兽斯芬克司的对话中，哈利不断解析线索，最后得出字谜的答案。但是对这部分内容的翻译，人民文学出版社的做法是在文章下面加了 5 个注释，对诗歌中的线索进行了详细的解释，这样对于帮助读者了解故事内容本无可厚非，但是大量的注释打断了读者阅读的连贯性，割裂了读者在解析字谜时的思考。彭倩文的译文是直接在文内加英文单词注释，这样的做法也并不能很好地解决字谜翻译。虽然对于这种英文字谜的翻译是翻译难题，但是加注释必然不是最佳选择。两种译文都只是将诗歌内容进行了保留，但忽略了形式。如果译者能够用中文编一个谜语，采用类似的韵脚，中文答案也和这首英文诗歌的答案“蜘蛛（spider）”一样，那么这个时候必然会有人指出这样的译文根本没有忠实于原文。诗歌翻译对语言要求比较高，正如辜正坤（2015：78）所说的，“原作是精妙的语言艺术，译作也应该是精妙的语言艺术”。

例 3：

Danger lies before you, while safety lies behind,
Two of us will help you, whichever you would find,
One among us seven will let you move ahead,
Another will transport the drinker back instead,
Two among our number hold only nettle wine,
Three of us are killers, waiting hidden in line.
Choose, unless you wish to stay here for evermore,
To help you in your choice, we give you these clues four:
First, however slyly the poison tries to hide
You will always find some on nettle wine's left side;
Second, different are those who stand at either end,
But if you would move onwards, neither is your friend;
Third, as you see clearly, all are different size,
Neither dwarf nor giant holds death in their insides;
Fourth, the second left and the second on the right
Are twins once you taste them, though different at first sight.

(Rowling, 2014a: 206–207)

这首诗歌选自《哈利·波特与魔法石》第 16 章“穿越活板门”。在霍格沃茨魔法学校，许多教授都使用自己独一无二的方式来保护魔法石。例如，海格找到的三头犬路、斯普特劳教授设置的魔鬼网藤蔓机关、弗立维教授施了魔法的钥匙、麦格教授的变形棋局。当时哈利和好友罗恩、赫敏一道穿过重重障碍去寻找魔法石，正当罗恩赢了麦格教授布下的棋局晕过去之后，哈利和赫敏来到最后一扇门前，他们遇到了斯内普教授设置的保护魔法石的机关。当然，这些机关都跟霍格沃茨魔法学校教授各自的魔法课程内容有关，斯内普是魔药学教授，所以他设置的障碍涉及魔药药水。这首诗歌写在一张羊皮纸上，其实是逻辑推理题，弄清楚了就能走进房间，弄不懂就只能被困在原地。

译文 1：

危险在前面，安全在后方，
我们中间有两个可以给你帮忙。
把他们喝下去，一个领你向前，
另一个把你送回原来的地方。
两个里面装的是荨麻酒，

三个是杀手，正排着队等候。
选择吧，除非你希望永远在此耽搁。
我们还提供四条线索帮你选择：
第一，不论毒药怎样狡猾躲藏，
其实它们都站在荨麻酒的左方；
第二，左右两端的瓶里内容不同，
如果你想前进，它们都不会对你有用；
第三，你会发现瓶子大小各不相等，
在巨人和侏儒里没有藏着死神；
第四，左边第二和右边第二，
虽然模样不同，味道却是一样。

（苏农译，2001：175-176）

译文 2：

危险在前面，安全在后方，
我们中间有两个可以给你帮忙。
把他们喝下去，一个领你向前，
另一个把你送回原来的地方。
两个里面装的是荨麻酒，
三个是杀手，正排着队等候。
选择吧，除非你希望永远在此停留。
我们还提供四条线索帮你选择：
第一，不论毒药怎样狡猾躲藏，
其实它们都站在荨麻酒的左方；
第二，左右两端的瓶里内容不同，
如果你想前进，它们都不会对你有用；
第三，你会发现瓶子大小各不相等，
在巨人和侏儒里没有藏着死神；
第四，左边第二和右边第二，
虽然模样不同，味道却是一样。

（苏农译，2017：221-222）

译文 3：

危险在前面，安全在后方，我们中间有两个可以给你帮忙。
把他们喝下去，一个领你向前，另一个把你送回原来的地方。
两个里面装的是荨麻酒，三个是杀手，正排着队等候。

选择吧，除非你希望永远在此停留。
我们还提供四条线索帮你选择：
第一，不论毒药怎样狡猾躲藏，
其实它们都站在荨麻酒的左方；
第二，左右两端的瓶里内容不同，
如果你想前进，它们都不会对你有用；
第三，你会发现瓶子大小各不相等，
在巨人和侏儒里没有藏着死神；
第四，左边第二和右边第二，
虽然模样不同，味道却是一样。

（苏农译，2019：419–420）

——（《哈利·波特与魔法石》第16章）

译文4：

危險在前，安全在後，
我們之中有兩個可以給你援手，
但你得先把它們給喝進口，
七個裡面有一個可以讓你繼續前進，
另一個會將飲者送回門後，
我們有兩個裡面之裝著蕁麻酒，
三個是殺手，藏在隊伍裡靜靜等候，
選擇吧：除非你想永遠在此逗留，
為了幫助你選取，再次提供你四個線索：
首先，不論毒藥藏得多滑頭，
你總是往蕁麻酒的左邊去走；
其次，左右兩端的飲料都沒有毒，
但你若想繼續前進，它們就不是你的朋友；
第三，如你所見，七個瓶子個個不同，
矮鬼或是巨人裡面，都沒有死神在等候，
第四，左邊第二與右邊第二乍見之下完全不同，
嘗了以後才知道它們是無獨有偶。

（彭倩文译，2000：291–292）

——（《哈利波特：神秘的魔法石》第16章）

这其实是一道逻辑推理题目，一共有七瓶药水，一瓶让人前进，一瓶让人后退，两瓶荨麻酒，三瓶毒药；此外还满足四个条件：① 毒药总是在酒的左边；

② 左右两边的药水作用不同，并且都不是让人前进的；③ 最大的瓶子和最小的瓶子里装的都不是毒药；④ 左二和右二的瓶子里药水是相同的。说实话，如果没有给出图片告诉读者七瓶之中最大瓶子和最小瓶子是哪两个，这道题还是比较难的。虽然读者可以根据书中后面赫敏说的话反推理一下，然后得出正确答案，但是这首诗的英译带给我们的思考还是很多的。首先，译文 1、译文 2、译文 3 分别是人民文学出版社初版（2000 年）、2017 年典藏版和 2019 年英汉对照版上的译文，内容基本上没有太大变动，译文 2 只是将译文 1 第七行中的“耽搁”改成“停留”，目的很明显，是为了押韵。但是罗琳采取这种双行双押韵的英文诗歌，总是让译者无法做到内容和形式的统一，译者只能在艺术性地再造诗歌的过程中尽可能做到形式上无限接近，但完全做到韵脚相符几乎不可能。人民文学出版社可能也意识到自己的译文无法在诗歌形式上体现原诗歌的韵律美，于是在 2019 年新出版的英汉对照版中没有将英文中的诗歌写成例 3 中的英文形式，而是将所有诗句挨在一起，凑成一个段落，打乱了作者罗琳原来的韵脚分明的排列，这样做可能的解释就是：人民文学出版社并不想让读者看到原诗歌是怎样的，只是让读者看到其译文是比较完美的，当然，除了最后一句。这样保留了译文形式和内容，却又丢失了原文的形式美；诗歌是语言艺术的一种升华，它必然有自己的规则，不可任意修改，而这种对原文诗歌的排列顺序进行修改也可以说是译者的一种创造性叛逆。译文 4 是台湾繁体版译文，在最大限度保留韵脚的前提下，此译文基本将诗歌内容忠实地译出，但仍然不够完美。除了韵律之美以外，罗琳在这首诗中运用拟人的修辞手法，将装有不同药水的瓶子描述成具有生命的“killers”“twins”“dwarves”和“giants”，对这些瓶子的拟人化描述显示出罗琳笔下斯内普教授对制作魔药的热爱。除了“twins”之外，这种拟人手法在中译本中基本都有体现和还原，能让读者在阅读之余停下来在脑海里进行思考，形象化的思维加上正确的逻辑推理，这才是优质的译文所带给我们的乐趣。

第八章　结　语

本书依据译介学理论、翻译研究文化学派的“操纵”和“重写”理论、接受理论和副文本理论，对《哈利·波特》在中国的译介展开全面、系统的描述性个案研究，探讨了该作品是如何被译介到中国及在进入中国后在中国普通读者和专业研究者群体中的传播、接受情况，分析了中译本《哈利·波特》在中国的定位和目标读者群体的接受错位问题，并从副文本与文本转换过程分析了中译本《哈利·波特》中的形象建构和翻译问题。

通过对中译本《哈利·波特》在中国出版发行的历时性描述分析，笔者研究发现，《哈利·波特》这部通俗文学作品能够进入中国与当时的社会接受环境紧密相关。通俗文学，又称为大众文学，一直处在中国文学系统的边缘。长期以来，通俗文学的娱乐消遣功能与中国传统的“文以载道”文学观念相悖，通俗文学往往被视为严肃文学、纯文学的对立面。而在改革开放之后，国内开始大规模地译介外国通俗文学作品，通俗文学开始从文学系统的边缘向中心运动，长期被压抑和禁锢的文学娱乐消遣功能终于得到释放。随着中国 1992 年成为《伯尔尼公约》和《世界版权公约》的成员国，中国对外版权贸易得到迅速发展，开始不断从国外引进通俗文学作品，以满足国内日益增长的需求。20 世纪 90 年代，国内出版业经历了从计划经济向社会主义市场经济转变的历史进程。在这样的历史背景之下，人民文学出版社积极转变观念，从国外获取最新商业出版资讯，《哈利·波特》就这样进入了人民文学出版社的编辑眼中。2000 年 8 月底，人民文学出版社鏖战数月后赢得了《哈利·波特》中文版版权。《哈利·波特》被引进中国之后也取得了非常不错的销售成绩，成为一部畅销的流行读物。

《哈利·波特》进入中文世界后，普通读者和专业研究者对该作品的接受各自呈现出不同的接受特征。中国奇幻文学读者群体从无到有逐渐发展壮大，对《哈利·波特》这部作品的接受经历了“文本—影像—文本”和“影像—文本”两种文学接受过程。在原著《哈利·波特》进入中国之前，中国大陆的普通读者对于奇幻文学还比较陌生，即使有奇幻文学作品的存在，在当时也是被当成童话被译介到中国。在21世纪之前，中国大陆并不存在奇幻文学所能接受的土壤或环境，也就没有奇幻文学读者群体的存在。而随着《魔戒》和《哈利·波特》等系列作品陆续被国内出版社引进译介，再加上国内义务教育的蓬勃发展和一系列教育制度的改革，新时期的中国读者在文化程度、知识深度、阅读广度上有很大幅度的提高，国内逐渐形成具有一定规模的奇幻读者群体，他们热爱阅读和接受各种西方奇幻文学作品。同时，大众传媒尤其是由奇幻文学改编的同名电影在中国热映，使众多读者在欣赏奇幻大片时，感受到了奇幻文学作品的魅力，部分读者是看完纸质作品之后去电影院欣赏改编的同名电影（影像），然后再对该奇幻文学作品的纸质书籍（文本）进行深度阅读；也有不少读者是观看完奇幻文学作品改编的同名电影（影像）后购买纸质书籍（文本）阅读。“文本—影像—文本”和“影像—文本”构成了中国普通读者对外国奇幻文学作品的两种文学接受过程。而与普通读者对《哈利·波特》的接受不同的是，中国的专业研究者对《哈利·波特》并不是特别重视，在我国主流核心学术刊物上刊载有关“哈利·波特”研究的文章数量相对有限。尽管通俗文学从文学系统的边缘向中心运动，但是严肃的学院派研究者并不十分关注《哈利·波特》这种通俗文学作品。究其缘由，一方面，纯文学或者说精英文学才是中国专业研究者关注的焦点；另一方面，目前我国对文学作品的研究更多的是关注中国文学如何“走出去”，这更符合当下时代的主旋律，而外国通俗文学作品“走进来”的译介研究很难引起他们的关注。

与《哈利·波特》系列作品在英语世界的接受状况相比，中译本《哈利·波特》在中国的传播和接受出现了一定程度的偏差。在英语世界，《哈利·波特》系列一开始的定位是儿童文学，面向儿童读者群体，但因为该作品深受青少年读者和成人读者的喜爱，英语世界的出版社很快就灵活地改变该作品目标读者群体定位，扩大其读者群体范围。而在中文世界，赞助人（人民文学出版社）从一开始就一直把该作品定位为儿童文学，并自始至终把控着中译本《哈利·波特》生产和流通的全过程。从副文本视角对中译本《哈利·波特》进行分析，无论是从书籍的开本设计、封面装帧、插图、书签还是到内页版式设计，人民文学出版社都是按照儿童文学作品的定位进行设计和出版发行的，儿童才是其目标读者群体。因此，人民文学出版社对中译本《哈利·波特》的定位和中国读者对该作品的接受之间产生了错位，部分中国读者对人民文学出版社的儿童文学定位和译文质量不满，三种新型读者群体——批评型读者、作为译者的读者和精英型读者出现。在互联网技术的支持下，新型读者群体在网络空间中对人民文学出版社中译本《哈利·波特》的翻译质量展开网络文学翻译批评，或者另起炉灶自己开始翻译并在网络空间中分享译文。随着原著《哈利·波特》系列小说和同名电影的完结，精英型读者群体开始涌现，他们从不同视角、细节、主题对这部作品展开全新的网络文学翻译批评，具有一定的学术素养和敏锐的批评意识。互联网通信技术的发展使中国读者的角色从单一走向多元化，在文学文本选择和文本意义建构上由“失语者”变成了“建构者”。新型读者群体展开的网络文学翻译批评对人民文学出版社和译者形成了“良性监督”，加强了读者和出版社之间的互动，这些都是《哈利·波特》在中国的接受史中较为重要的组成部分。

《哈利·波特》被译介到中文语境后，“显性”赞助人（人民文学出版社）的意识形态、经济利益和社会地位自始至终都影响着译者的翻译工作，同时“隐性”赞助人（儿童读者群体）也迫使译者适当调整翻译策略使译文符合儿童读者阅读。因此，人民文学出版社在对《哈利·波特》进行文本转换的过程中因为误译、漏译产生了一系列的偏差和变形。因为原文本进入了一个全新的、原作者根本没有预料到的接受语境，作家 J. K. 罗琳精心创作的大量文化特色词汇、人物形象、文字游戏和习语在经过译者的翻译转换之后无法完美呈现预期效果，原著中的人物形象、性格在中译本中发生了一定程度的扭曲和变形。原著中大量巧妙构思、精心创作的习语并没有被译者进行异化处理，这使得习语中独有的文化意象和语言特色在中译本中丢失，影响和阻碍了中国读者阅读的连贯性。

综上所述，本书进一步丰富了《哈利·波特》在中国的学术研究，让更多严肃学院派研究者认识到通俗文学翻译的影响和特殊研究价值，为该作品走向经典化做出努力。通俗文学作品一直被严肃的学术界精英人士所排斥，一直处在学术研究的边缘位置，相比纯文学作品或严肃文学作品，《哈利·波特》在中国的学术研究还有很大提升空间。随着《哈利·波特》的不断重印和在中国的广泛传播，这部作品将会被更多的读者所接受。王宁（1996：91）就曾针对通俗文学被大众广泛接纳发表评论，“它打破了少数权威人士对经典确定的垄断，也即打破了隐藏在经典确立之背后的权力运作机制的操纵，使得广大读者有机会参与阅读和批评，从而为经典的调整甚至重构提供有益的阅读经验”。《哈利·波特》作为一部通俗文学作品，其在中国的传播和接受给本土通俗文学发展带来了巨大的积极影响，不仅使国内通俗文学的类型和相关概念得以拓展和延伸，而且在一定程度上启发了学术界对很多通俗文学问题的重新思考，例如什么是儿童文学，什么是跨界小说，儿童文学作品究竟适合哪个年龄段读者阅读等。通过对《哈利·波特》这样的通俗文学作品展开学术研究，可以消解或者模糊通俗文学与严肃文学的分界线，提升通俗文学的地位。正如陆建德（2016：141）在《论林译“二三流者”作品的非凡意义》一文中提及的，“这些通俗小说的意义是不亚于任何‘名著’”。严肃的学术研究者只有从根本上转变文学观念，从精英文学观中跳出来，才可能看到通俗文学的研究价值。随着《哈利·波特》开始在中国被编入教材、送进课堂、写进文学史，该作品正在不断走向经典作品行列。本书从描述性翻译学视角展开对《哈利·波特》这部通俗文学作品严肃的学术研究，也将进一步推动《哈利·波特》进入更多学术界研究者的视野，为该作品迈向经典化做出努力。同时，基于《哈利·波特》在中国的译介和传播过程中遇到的新型读者群体的网络文学翻译批评，本书可以为中国通俗文学作品外译提供参考和借鉴。借助译介学的视角，我们重新审视《哈利·波特》小说进入中国的过程，发现不能简单地将其归结为语言文字转换的翻译过程，这其实是一个跨越国家、跨越民族、跨越文化、跨越语言传播方式和接受心态等一系列问题的过程。同样，在当下中国文化“走出去”大旋律之下，中国通俗文学外译的问题可以借鉴和参考中译本《哈利·波特》在中国的传播和接受特点，谢天振曾多次谈到译介学理论中的“译出”和“译入”问题，认为要认识到主流文化向非主流文化流动的译介基本规律，更要重视文化交际中的“时间差”和“语言差”问题。正如本书第四章中所述，西方国家想主动学习和了解中国的时间不过才短短二三十年，而且西方现在还没有足够了解中国文化和文学作品的读者群体，同时西方也缺少很多能轻易阅读和理解译自中国的文学作品的读者群体。因此，中国通俗文学外译应该从中译本《哈利·波特》在中国的接受史中汲取养分，吸取经验教训，例如中国通俗文学外译大多是在网站上发表译文，读者可以直接发表对作品和译文的看法，译者、赞助人或出版机构应该及时跟进读者的意见反馈，适时对译文进行调整和改进。在翻译大量中国人名、地名、文化负载词和民族特色词汇时，西方读者和期待了解异域文化意象的中国读者不同，毕竟中国通俗文学外译是“译出”。就翻译方式而言，中国通俗文学外译应该采用适合西方读者阅读习惯的意译，并灵活地根据语境加以注释以方便读者理解原文。或者，译者可以在网上发布多种译文供西方读者自行选择和对比阅读，毕竟普通的西方读者长期处在强势主流文化之中，在阅读中国通俗文学作品的时候，他们更为关注的是阅读体验、获得信息，如果信息过于复杂，异域文化意象太多会导致读者感到疲惫，造成阅读中的理解受阻从而无法获得好的阅读体验。通俗文学可以作为中国文学“走出去”的突破点，成为西方读者了解中国的一扇窗户。站在“互联网+”的风口，利用网络翻译和大众传媒时代同名小说改编的漫画和影视作品翻译的传播模式，适时调整翻译策略以契合西方读者审美文化特征，让中国方兴未艾的通俗文学作为先锋先行“走出去”，吸引西方读者大众审美兴趣和消费视线，进而为中国文学“走出去”做好铺垫。

虽然本书对《哈利·波特》在中国的译介特征和传播过程进行了详细的描述，但本书也存在一定的局限性。一是本书主要参考了英语世界（主要是英美两国）的英文文献和中文语境下（中国大陆）的中文文献，并没有考虑非英语国家的相关评介文献；二是本书所采取的理论只是译介学和部分文化学派翻译理论，这些理论可能对于解释《哈利·波特》在中国大陆的译介和传播有一定的局限性，虽然能够从这些理论的视角对研究问题进行描述，但可能仍有提高的空间；三是《哈利·波特》系列作品作为一部风靡世界的英国奇幻文学作品，也是深受世界读者喜欢的一套畅销书，研究这样一部作品在中国的译介和接受一定能够为中国奇幻文学作品“走出去”和中国奇幻文学作品在国外的译介提供借鉴。

《哈利·波特》在中国的译介和传播过程告诉我们：每一部优秀作品的成功都不是偶然的，是由其自身的优越物质和时代的召唤相互形成合力才成功的。对于这部经典的英国奇幻文学作品，国内学者从叙事学、文体学、写作技巧、文化研究和思想内涵等多个视角对其展开了研究，取得了一定的学术研究成果，但与国外方兴未艾、百家争鸣的《哈利·波特》研究相比，国内学者们还有很多的研究空间，这部作品在未来值得从多个学科视角进行开拓。具体有：①《哈利·波特》与中国本土奇幻文学作品的互文性研究。西方奇幻文学发轫较早，在20世纪50年代就有不少经典奇幻文学作品出版发行，如《魔戒》《霍比特人》和《纳尼亚传奇》等，《哈利·波特》的出现及其中译本在中国的传播和接受使奇幻文学在中国大地上生根发芽，开始不断发展，奇幻文学读者群日益壮大。与此同时，中国本土的奇幻文学也随着互联网的兴起而异军突起，不断创造出版界的传奇。阅读东西方奇幻文学作品可以发现，这些小说几乎都建构了一个与现实世界平行的世界，或者主人公可以在两个世界中来回穿梭。不少中国本土的奇幻文学作品的作者都曾经是西方奇幻文学作品的忠实读者，《哈利·波特》系列作品伴随着很多中国本土奇幻作家的成长，因此本土的奇幻文学作品和《哈利·波特》在叙述手法、故事模式、意象、语言风格等方面存在诸多的互文关系是完全有可能的。例如，2018年笔名为“天下归元”的作者创作的《扶摇皇后》小说改编的电视剧《扶摇》在电视台热播，该电视剧的部分情节却引起网友热议，因为该电视剧中的一场比赛同《哈利·波特与火焰杯》中的魁地奇比赛在很多方面极为相似。可以说，在今后，对《哈利·波特》与本土奇幻文学进行互文性研究有很大的学术研究空间。②《哈利·波特》与中国儿童文学的创作。众所周知，《哈利·波特》最初获得大批儿童读者的喜爱，然后才开始逐渐拓展更多的读者群体。作为一部能够同时吸引小孩和大人的奇幻文学作品，《哈利·波特》本身有很多地方值得国内儿童文学作家或研究者展开分析。中国儿童文学一直游离在主流文学作品之外，在中国当前的文学系统中属于“边缘化”的弱势群体，《哈利·波特》在中国的风靡让中国的儿童文学研究者眼前为之一亮并陷入思考：在当今网络时代、读图时代，厚达几百万字的《哈利·波特》为什么能够做到赢得千万儿童读者甚至是成年读者的喜爱呢？国内对于《哈利·波特》从儿童文学视角进行研究的学术文章数量还十分有限，该作品提及的将西方巫术传统融入现代的叙述手法，集魔幻、校园和成长于一体的写作手法等都值得进一步深入研究。③《哈利·波特》在中国台湾地区的译介及传播特征。皇冠文化出版有限公司对《哈利·波特》系列小说的读者定位是9~99岁，所以该作品在中国台湾地区的销量惊人。同时，中国台湾地区比中国大陆更早地接受奇幻文学作品，台湾地区本土奇幻文学创作也比大陆要早。中国大陆已经有部分研究者在学术、学位论文中将两种中文译本进行了对比研究，但是对于该作品在台湾地区的译介及传播还有待学者搜集相关文献资料后做进一步的分析和探讨。

参考文献

一、《哈利·波特》原著及其中译本

(一)《哈利·波特》原著

[1] ROWLING J K. Harry Potter and the Order of Phoenix[M]. London: Bloomsbury, 2003.

[2] ROWLING J K. Harry Potter and the Philosopher's Stone[M]. London: Bloomsbury, 2004a.

[3] ROWLING J K. Harry Potter and the Chamber of Secrets[M]. London: Bloomsbury, 2004b.

[4] ROWLING J K. Harry Potter and the Prisoner of Azkaban[M]. London: Bloomsbury, 2004c.

[5] ROWLING J K. Harry Potter and the Goblet of Fire[M]. London: Bloomsbury, 2004d.

[6] ROWLING J K. Harry Potter and the Half-Blood Prince[M]. London: Bloomsbury, 2005.

[7] ROWLING J K. Harry Potter and the Deathly Hallows[M]. London: Bloomsbury, 2007.

(二)《哈利·波特》中译本

1.《哈利·波特》简体中文版

[1] J. K. 罗琳. 哈利·波特与魔法石[M]. 苏农，译. 北京：人民文学出版社，2000.

[2] J. K. 罗琳. 哈利·波特与密室[M]. 马爱新，译. 北京：人民文学出

版社，2000.
[3] J. K. 罗琳. 哈利·波特与阿兹卡班的囚徒［M］. 郑须弥，译. 北京：人民文学出版社，2000.
[4] J. K. 罗琳. 哈利·波特与火焰杯［M］. 马爱新，译. 北京：人民文学出版社，2001.
[5] J. K. 罗琳. 哈利·波特与凤凰社［M］. 马爱农，马爱新，蔡文，译. 北京：人民文学出版社，2003.
[6] J. K. 罗琳. 哈利·波特与"混血王子"［M］. 马爱农，马爱新，译. 北京：人民文学出版社，2005.
[7] J. K. 罗琳. 哈利·波特与死亡圣器［M］. 马爱农，马爱新，译. 北京：人民文学出版社，2007.
[8] J. K. 罗琳. 哈利·波特与阿兹卡班囚徒［M］. 马爱农，马爱新，译. 北京：人民文学出版社，2009.
[9] J. K. 罗琳. 哈利·波特与凤凰社［M］. 马爱农，马爱新，译. 北京：人民文学出版社，2009.
[10] J. K. 罗琳. 哈利·波特与魔法石［M］. 苏农，译. 北京：人民文学出版社，2017.
[11] J. K. 罗琳. 哈利·波特与密室［M］. 马爱农，马爱新，译. 北京：人民文学出版社，2017.
[12] J. K. 罗琳. 哈利·波特与阿兹卡班囚徒［M］. 马爱农，马爱新，译. 北京：人民文学出版社，2017.
[13] J. K. 罗琳. 哈利·波特与火焰杯［M］. 马爱农，马爱新，译. 北京：人民文学出版社，2017.
[14] J. K. 罗琳. 哈利·波特与凤凰社［M］. 马爱农，马爱新，译. 北京：人民文学出版社，2017.
[15] J. K. 罗琳. 哈利·波特与"混血王子"［M］. 马爱农，马爱新，译. 北京：人民文学出版社，2017.
[16] J. K. 罗琳. 哈利·波特与死亡圣器［M］. 马爱农，马爱新，译. 北京：人民文学出版社，2017.
[17] J. K. 罗琳. 哈利·波特与魔法石（英汉对照版）［M］. 苏农，译. 北京：人民文学出版社，2019.
[18] J. K. 罗琳. 哈利·波特与密室（英汉对照版）［M］. 马爱农，马爱新，译. 北京：人民文学出版社，2019.
[19] J. K. 罗琳. 哈利·波特与阿兹卡班囚徒（英汉对照版）［M］. 马爱农，马爱新，译. 北京：人民文学出版社，2019.

[20] J. K. 罗琳. 哈利·波特与火焰杯（英汉对照版）[M]. 马爱农，马爱新，译. 北京：人民文学出版社，2019.

2.《哈利·波特》繁体中文版

[1] J. K. 羅琳. 哈利·波特：神秘的魔法石 [M]. 彭倩文，譯. 臺北：皇冠文化出版有限公司，2000.

[2] J. K. 羅琳. 哈利·波特：消失的密室 [M]. 彭倩文，譯. 臺北：皇冠文化出版有限公司，2000.

[3] J. K. 羅琳. 哈利·波特：阿兹卡班的逃犯 [M]. 彭倩文，譯. 臺北：皇冠文化出版有限公司，2001.

[4] J. K. 羅琳. 哈利·波特：火盃的考驗 [M]. 彭倩文，譯. 臺北：皇冠文化出版有限公司，2001.

[5] J. K. 羅琳. 哈利·波特：鳳凰會的密令 [M]. 皇冠編譯組，譯. 臺北：皇冠文化出版有限公司，2003.

[6] J. K. 羅琳. 哈利·波特：混血王子的背叛 [M]. 皇冠編譯組，譯. 臺北：皇冠文化出版有限公司，2005.

[7] J. K. 羅琳. 哈利·波特：死神的聖物 [M]. 皇冠編譯組，譯. 臺北：皇冠文化出版有限公司，2007.

二、英文参考文献

（一）理论专著

[1] BATCHELOR K. Translation and paratexts [M]. London and New York: Routledge, 2018.

[2] GENETTE G. Paratexts: thresholds of interpretation [M]. Cambridge: Cambridge University Press, 1997.

[3] LEFEVERE A. Translation, rewriting and manipulation of literary fame [M]. London: Routledge, 1992.

[4] MUNDAY J. Introducing translation studies: theories and applications [M]. New York: Routledge, 2001.

[5] RIES A, TROUT J. Positioning: the battle for your mind [M]. New York: McGraw-Hill, 2001.

[6] TAHIR-GÜRÇAGLAR S. What texts don't tell: the uses of paratexts in translation research [M]. // HERMANS T. Cross-cultural transgressions: research models in translation studies Ⅱ. historical and ideological issues. Beijing: Foreign Language Teaching and Research Press, 2007: 44-60.

（二）评论《哈利·波特》原著的参考文献

[1] ADNEY K, HASSEL H. Critical companion to J. K. Rowling: a literary reference to her life and work [M]. New York: Facts On File, 2011.

[2] AL-DARAGI A. Tensions between didacticism, entertainment and translatorial practices: deletion and omission in the Arabic translations of *Harry Potter* [D]. London: University. of London, 2017.

[3] ALTAHRI A. Issues and strategies of subtitling cultural references: Harry Potter movies in Arabic [D]. Salford: University. of Salford, 2013.

[4] ANATOL G. Reading *Harry Potter*: critical essays [M]. Westport: Praeger Publishers Inc, 2003.

[5] ANGGRAINI T. The Characteristics of child-to-adult crossover literature [D]. Columbus: The Ohio State University, 2015.

[6] BAGGETT D, KLEIN S E. *Harry Potter* and philosophy: if Aristotle ran Hogwarts [M]. Chicago: Open Court Publishing Company, 2004.

[7] BARRATT B. The Politics of *Harry Potter* [M]. New York: Palgrave Macmillan, 2012.

[8] BARTON B H. *Harry Potter* and the half-crazed bureaucracy [J]. Michigan law review, 2006 (6): 1523-1538.

[9] BECKETT S L. Crossover fiction: global and historical perspectives [M]. New York: Routledge, 2009.

[10] BEDEKER L, FEINAUER I. The Translator as cultural mediator [J]. southern African linguistics and applied language studies, 2006 (2): 133-141.

[11] BERNDT K, STEVEKER L. Heroism in the *Harry Potter* series [M]. Burlington: Ashgate Publishing Company, 2011.

[12] BOERMAN-CORNELL W, KLANDERMAN D, SCHUT A. Using Harry Potter to bridge higher dimensionality in mathematics and high-interest literature [J]. Journal of adolescent & adult literacy, 2017 (4): 425-432.

[13] BOOTH R E. Crossing over: a research essay and a fantasy novel for young adults [D]. Union Institute and University, 2005.

[14] BRØNDSTED K, DOLLERUP C. The names in *Harry Potter* [J]. Perspectives: studies in translatology, 2004 (1): 56-72.

[15] CUMMINS J. The secret world of *Harry Potter* [J]. Michigan quarterly review, 2000 (3): 661-666.

[16] CZUBEKT A, Greenwald J. Understanding *Harry Potter*: parallels to the deaf world [J]. Journal of deaf studies and deaf education, 2005 (4): 442-450.

[17] DAVIES E E. A goblin or a dirty nose? The treatment of culture-specific references in translations of the *Harry Potter* books [J]. Translator: studies in intercultural communication, 2003 (1): 65-100.

[18] DEMPSTER S, OLIVER A, SUNDERLAND J, et al. What has *Harry Potter* done for me? Children's reflections on their 'potter experience' [J]. children's literature in education, 2016 (3): 267-282.

[19] ECCLESHARE J. Guide to the *Harry Potter* novels [M]. London: Continuum International, 2002.

[20] ERRINGTON P W. J. K. Rowling: a bibliography 1997-2013 [M]. London: Bloomsbury, 2015.

[21] FALCONER R. The crossover novel: contemporary children's fiction and its adult readership [M]. New York and London: Routledge, 2009.

[22] FELDT L. Contemporary fantasy fiction and representations of religion: playing with reality, myth and magic in *His dark materials and Harry Potter* [J]. Religion, 2016 (4): 550-574.

[23] FERAL A. The translator's 'magic' wand: *Harry Potter*'s journey from English into French [J]. Meta, 2006 (3): 459-481.

[24] FRASER L. An Interview with J. K. Rowling [M]. Great Britain: Mammoth, 2000: 38.

[25] FRASER L. Conversations with J. K. Rowling [M]. New York: Scholastic Inc., 2001.

[26] FRASER L. Volumes of choice for the holidays [N]. The Scotsman, 1997-6-28 (15).

[27] GIERZYNSKI A, EDDY K. *Harry Potter* and the millennials: research methods and the politics of the muggle generation [M]. Baltimore: Johns Hopkins University Press, 2013.

[28] GUNELIUS S. *Harry Potter*: the story of a global business phenomenon [M]. New York: Palgrave Macmillan, 2008.

[29] HEILMAN E H. Critical perspectives on *Harry Potter* [M]. 2nd ed. New York and London: Routledge, 2009.

[30] HEILMAN E H. Critical perspectives on *Harry Potter* [M]. New York and London: Routledge, 2003.

[31] IRWIN W, BASSHAM G. The ultimate *Harry Potter* and philosophy: Hogwarts for muggles [M]. Hoboken: John Wiley and Sons, 2010.

[32] IÇLKLAR K M. Problematizing translated popular texts on women's sexuali-

ty: a new perspective on the modernization project in Turkey from 1931 to 1959 [D]. Istanbul: Bogazici University, 2007.

[33] JENTSCH N K. *Harry Potter* and the tower of babel: translating the magic [M]. WHITED L A. The ivory tower and *Harry Potter*: perspectives on a literary phenomenon. Columbia: University of Missouri Press, 2002.

[34] LATHEY G. The travels of Harry: international marketing and the translation of J. K. Rowling's *Harry Potter* books [J]. The lion & the unicorn, 2005 (2): 141-151.

[35] LURIE A. Not for muggles [J]. New York review of books, 1999 (20): 6-8.

[36] MESSINGER A M. Teaching content analysis through *Harry Potter* [J]. Teaching sociology, 2012 (4): 360-367.

[37] MITNICK E. Review for *Harry Potter and the Chamber of Secrets* [J]. School library journal, 1998 (10): 145-146.

[38] MULHOLLAND N. The psychology of *Harry Potter*: an unauthorized examination of the boy who lived [M]. Dallas: BenBella Books, 2006.

[39] MUSSCHE E, WILLEMS K. Fred or farid, bacon or baydun ("egg")? proper names and cultural-specific items in the Arabic translation of *Harry Potter* [J]. Meta, 2010 (3): 474-498.

[40] NEXON D H, NEUMANN I B. *Harry Potter* and international relations [M]. Lanham: Rowman and Littlefield Publishers, 2006.

[41] NILSSENA P, NILSEN D L F. Latin revived: source-based vocabulary lessons courtesy of *Harry Potter* [J]. Journal of adolescent and adult Literacy, 2006 (2): 128-134.

[42] OBLINGER D G, OBLINGER J. L. Educating the net generation [M]. Boulder, CO: EDUCAUSE, 2005.

[43] PHILLIPS-MATTSON C. Children's literature grows up [D]. Cambridge: Harvard University, 2015.

[44] POLLACK P, BELVISO M. Who is J. K. Rowling? [M]. New York: Grosset and Dunlap, 2012: 63.

[45] PRENSKY M. Digital wisdom and homo sapiens digital [M]. //THOMAS M. Deconstructing digital natives: young people, technology and the new literacies. New York and London: Routledge, 2011.

[46] SAMUTINA N. Emotional landscapes of reading: fan fiction in the context of contemporary reading practices [J]. International journal of cultural stu-

dies, 2017 (3): 253-269.

[47] SAMUTINA N. Fan fiction as world-building: transformative reception in crossover writing [J]. Continuum: Journal of media & cultural studies, 2016 (4): 433-450.

[48] SHAPIRO M. J. K. Rowling: the wizard behind *Harry Potter* [M]. New York: St. Martin's Griffin, 2000.

[49] SICKELS A, ZIMMER K. Mythmaker: the story of J. K. Rowling (who wrote that?) [M]. New York: Chelsea House Pub, 2008.

[50] SIEGEL L. Fear of not flying [J]. The New Republic, 1999 (21): 40-44.

[51] STRIMELC B. The politics of terror: rereading *Harry Potter* [J]. Children's literature in education, 2004 (1): 35-52.

[52] STRIPHAS T. *Harry Potter* and the simulacrum: contested copies in an age of intellectual property [J]. Critical studies in media communication, 2009 (4): 295-311.

[53] TISDELL T M. *Harry Potter* and the world of internal objects: an object relations analysis [D]. Berkeley: The Wright Institute, 2002.

[54] TUCKER N. The rise and rise of *Harry Potter* [J]. Children's literature in education, 1999 (4): 221-234.

[55] WHITED L A. The ivory tower and Harry Potter: perspectives on a literary phenomenon [M]. Columbia: University of Missouri Press, 2002.

[56] WINTERS S F. Streaming Scholarship: using fan vids to teach *Harry Potter* [J]. Children's literature in education, 2014 (3): 239-254.

[57] WYLER L. *Harry Potter* for children, teenagers and adults [J]. Meta, 2003 (1-2): 5-14.

三、中文参考文献

(一) 理论专著

[1] 埃斯卡皮. 文学社会学 [M]. 王美华，于沛，译. 合肥：安徽文艺出版社，1987.

[2] 曹顺庆. 比较文学学 [M]. 成都：四川大学出版社，2005.

[3] 彭懿. 西方现代幻想文学论 [M]. 上海：少年儿童出版社，1997.

[4] 热奈特. 热奈特论文集 [M]. 史忠义，译. 天津：百花文艺出版社，2001.

[5] 托多罗夫. 奇幻文学导论 [M]. 方芳，译. 成都：四川大学出版

社，2015.
[6] 王佐良，丁往道. 英语文体学引论［M］. 北京：外语教学与研究出版社，1987.
[7] 谢天振. 译介学［M］. 上海：上海外语教育出版社，1999.
[8] 谢天振. 翻译研究新视野［M］. 青岛：青岛出版社，2003.
[9] 谢天振. 译介学导论［M］. 北京：北京大学出版社，2007.
[10] 谢天振. 译介学［M］. 增订本. 南京：译林出版社，2013.
[11] 谢天振. 超越文本 超越翻译［M］. 上海：复旦大学出版社，2014.
[12] 谢天振. 隐身与现身——从传统译论到现代译论［M］. 北京：北京大学出版社，2014.
[13] 许渊冲. 翻译的艺术［M］. 北京：中国对外翻译出版公司，1984.
[14] 余光中. 余光中谈翻译［M］. 北京：中国对外翻译出版公司，2002.

(二) 评论《哈利·波特》中译本的参考文献

[1] 毕维. 凯尔特文化复兴下的《哈利·波特》解读[D/OL]. 上海:上海师范大学,2015[2020-07-22]. https://kns.cnki.net/KCMS/detail/detail.aspx?dbcode=CMFD&dbname=CMFD201502&filename=1015371364.nh&v=MDMyNDk5TEtxNUViUElSOGVYMUx1eFlTN0RoMVQzcVRyV00xRnJDVVI3cWZZdVptRmlqbFU3ckJWRjI2RzdDL0g=.
[2] 曾鹏宇. 人文社否认将“打击”网络版《哈利·波特》［N］. 北京青年报，2003-07-29.
[3] 常耀信. 英国文学通史［M］. 天津：南开大学出版社，2013.
[4] 陈德鸿. 21世纪初两个新型读者群：《哈利·波特》中译本的接受史［J］. 译苑新谭，2018（1）：2-8.
[5] 储亚萍.《哈利·波特》在中国的接受[D/OL]. 合肥:安徽大学,2008[2020-07-11]. http://www.wanfangdata.com.cn/details/detail.do?_type=degree&id=D202918.
[6] 董国超. 神话与儿童文学[D/OL]. 长春:东北师范大学,2013[2020-07-25]. https://kns.cnki.net/KCMS/detail/detail.aspx?dbcode=CDFD&dbname=CDFD1214&filename=1013357770.nh&v=MjQ2ODIxTHV4WVM3RGgxVDNxVHJXTTFGckNVUjdxZll1Wm1GaW5uVmJ2QVZGMjZIYkM5R2RiTHI1RWJQSVI4ZVg=.
[7] 管士光.《哈利·波特》的成功带给我们的启示[J]. 中国出版,2004(4):46-47.
[8] 郭星. 二十世纪英国奇幻小说研究[D/OL]. 天津:南开大学,2010[2020-08-01]. https://kns.cnki.net/KCMS/detail/detail.aspx?dbcode=

CDFD&dbname=CDFD0911&filename=1011045308. nh&v=MDk4MjJDVVI3cWZZdVptRmluZ1dydk1WRjI2SDdPOEc5TE1wNUViUElSOGVYMUx1eFlTN0RoMVQzcVRyV00xRnI=.
[9] 姜淑芹,严启刚. 反英雄哈利·波特[J]. 外国语文,2009(4):82-85.
[10] 姜淑芹.《哈利·波特》研究综述[J]. 内蒙古大学学报(人文社会科学版),2008(1):82-87.
[11] 姜淑芹. 并置与戏仿:析《哈利·波特》的魔法世界[J]. 东北师大学报(哲学社会科学版),2009(5):147-150.
[12] 姜淑芹. 从隐喻到转喻:《哈利·波特》系列的结构主义研究[D/OL]. 天津:南开大学,2007[2019-07-05]. http://www.wanfangdata.com.cn/details/detail.do?_type=degree&id=J014793.
[13] 姜淑芹. 论《哈利·波特》系列的叙事结构[J]. 外国文学研究,2010(3):76-82.
[14] 康慨.《哈利·波特》批判[N]. 中华读书报,2007-07-25(8).
[15] 黎霜. 论文学畅销书生命的延伸——及《哈利·波特》《我为歌狂》案例分析[D/OL]. 成都:四川大学,2003[2020-07-18]. https://kns.cnki.net/KCMS/detail/detail.aspx? dbcode=CMFD&dbname=CMFD9904&filename=2003106152.nh&v=MDA0NTZyV00xRnJDVVI3cWZZdVptRmluZ1c3ck9WMTI3SGJLNEdOREpyWkViUElSOGVYMUx1eFlTN0RoMVQzcVQ=.
[16] 梁燕. 当代“丑小鸭”及《丑小鸭》之后——《哈利·波特》故事解读[J]. 中国图书评论, 2001(6): 15-16.
[17] 林品. 从《哈利·波特》与《魔戒》的接受状况看中国社会的审美代沟[J]. 广州大学学报(社会科学版), 2019(3): 22-28.
[18] 刘亚. 从《哈利·波特》看图书馆对英国初等教育的作用——对《哈利·波特》的内容分析[J]. 图书与情报, 2008(2): 86-90.
[19] 罗琳, 弗雷泽. 我和哈利·波特的真实故事[M]. 蔡文, 译. 北京: 人民文学出版社, 2003.
[20] 吕侃. 从《哈利·波特6》的网络翻译看网络翻译现象[D/OL]. 上海:上海外国语大学,2008[2020-07-21]. https://kns.cnki.net/KCMS/detail/detail.aspx? dbcode=CMFD&dbname=CMFD2009&filename=2009026111.nh&v=MDM3OTdJUjhlWDFMdXhZUzdEaDFUM3FUcldNMUZyQ1VSN3FmWXVabUZpbmhVcjdBVjEyN0Y3TzZHTkROcnBFYlA=.
[21] 聂震宁. 一部超级畅销书的“生命工程”——《哈利·波特》的整体开发与营销[J]. 编辑之友, 2002(5): 7-12.
[22] 聂震宁. 在朝内166号的日子里[M]. 南昌: 江西高校出版社, 2019.

[23] 沈国荣. 论《哈利·波特》电影字幕翻译 [J]. 电影文学，2013 (18): 30-31.

[24] 舒晋瑜. 当人文遇上哈利 [N]. 中华读书报，2007-07-11 (18).

[25] 舒晋瑜. 国外畅销 国内未必能畅销——关于引进版畅销书的采访手记 [N]. 中华读书报，2001-01-23.

[26] 苏文清，熊英. “三生万物”与《哈利·波特·三兄弟的传说》——兼论杜贵晨先生的文学数理批评 [J]. 广州大学学报（社会科学版），2012 (4): 77-80.

[27] 王冬梅. 百年中国的英国文学史书写研究[D/OL]. 武汉:武汉大学，2016 [2020-07-12]. https://kns.cnki.net/KCMS/detail/detail.aspx?dbcode=CDFD&dbname=CDFDLAST2017&filename=1016124081.nh&v=MjkyMTRuaFVyM0xWRjI2R0xLNkd0SEVycEViUElSOGVYMUx1eFlTN0RoMVQzcVRyV00xRnJDVVI3cWZZdVptRmk=.

[28] 王鹏.《哈利·波特》与其汉语翻译——以系统功能语言学理论分析情态系统 [D/OL]. 广州：中山大学，2004 [2020-07-14]. http://lib.cqu.edu.cn/asset/detail/0/20114967195.

[29] 王泉根.《哈利·波特》的双重解读 [J]. 中国图书评论，2003 (6): 52-55.

[30] 王泉根.《哈利·波特》给了我们什么启示 [J]. 当代文坛，2004 (5): 87-89.

[31] 王瑞琴.《哈利·波特》——一部大人和孩子都喜欢的书 [N]. 新华书目报，2015-11-23 (A06).

[32] 王羽潇. 浅谈畅销书的整合营销策略 [J]. 中国出版，2006 (5): 53-54.

[33] 翁佳妍.《哈利·波特》：第八次来到中国 [J]. Vista 看天下，2016 (30): 76-79.

[34] 肖夏林. 两个神话 永恒与速朽——《美德书》与《哈里·波特》[J]. 博览群书，2001 (12): 19-22.

[35] 杨静.《哈利·波特》：新书上市三把火 [J]. 中国出版，2000 (12): 121.

[36] 杨绮婷. 从神话原型批评理论看《哈利·波特》主要人物形象 [J]. 戏剧之家，2018 (20): 227-228.

[37] 杨文. 风靡全球为哪般？——析《哈利·波特》成功的原因 [J]. 出版发行研究，2001 (12): 57.

[38] 叶舒宪. “新时代”运动的文学冲击波——从《塞来斯廷预言》到《哈利·波特》[J]. 文艺理论与批评，2002c (2): 9-12.

[39] 叶舒宪.《哈利·波特》与后现代文化寻根 [J]. 海南广播电视大学学报，2002a (2)：31-35.

[40] 叶舒宪. 凯尔特文化复兴思潮与《哈利·波特》[J]. 瞭望新闻周刊，2005 (1)：56-58.

[41] 叶舒宪. 文化寻根的学术意义与思想意义 [J]. 文艺理论与批评，2003a (6)：42-50.

[42] 叶舒宪. 巫术思维与文学的复生——《哈利·波特》现象的文化阐释 [J]. 文艺研究，2002b (3)：56-62.

[43] 叶舒宪. 西方文化寻根的"凯尔特复兴" [J]. 文艺理论与批评，2003b (1)：110-121.

[44] 叶舒宪. 现代性危机与文化寻根 [M]. 济南：山东教育出版社，2009.

[45] 于敏. 重写浪漫传奇:《哈利·波特》系列小说互文研究[D]. 南京:南京大学,2020[2020-10-17]. https://kns.cnki.net/kcms/detail/detail.aspx? dbcode=CDFD&dbname=CDFDTEMP&filename=1021663089.nh&uniplatform=NZKPT&v=2vpTyFtai35To%25mmd2BXDhl8up87THyeU7nFKPm1viBcUWVmQsmT3asciL3JXSAuRHsMq.

[46] 原明明. 小议儿童文学翻译的忠实性——兼评《哈利·波特与死亡圣器》第一章翻译 [J]. 山西师大学报（社会科学版），2008 (6)：143-145.

[47] 张红."哈利·波特"的作者罗琳采访记 [J]. 外国文学动态，2000 (6)：35-38.

[48] 张祥龙.《哈利·波特》中的亲子关系与孝道——人类本性的一种展示：不死还是虽死犹生？[J]. 江苏社会科学，2012 (1)：1-13.

[49] 张艳琴. 网络时代文学翻译读者角色的多重化 [J]. 广东外语外贸大学学报，2007 (6)：15-19.

[50] 张知依."哈利·波特"引进 17 年售出两千万册 [N]. 中国青年报，2017-06-28.

[51] 周林. 魔法石的力量——《哈利·波特与魔法石》在中国的译介与接受 [D/OL]. 贵阳：贵州大学，2006 [2018-07-11]. http://www.wanfangdata.com.cn/details/detail.do? _type=degree&id=Y960838.

[52] 周淑茹.《哈利·波特与魔法石》原型初探 [J]. 名作欣赏，2005 (12)：92-95.

[53] 邹婷. 从接受美学看"哈利·波特现象"[J]. 山东师范大学学报（人文社会科学版），2007 (6)：37-40.

（三）其他参考文献

[1] 曹明伦. 翻译中失去的到底是什么？——Poetry is what gets lost in trans-

lation 出处之考辨及其语境分析［J］. 解放军外国语学院学报，2009（5）：65-71.

［2］曹明伦. 关于弗罗斯特若干书名、篇名和一句名言的翻译［J］. 中国翻译，2002（4）：52-55.

［3］曹明伦. 语域再现和译者的虚拟社会角色——兼谈儿童文学作品的翻译［J］. 中国翻译，2016（1）：112-115.

［4］曹顺庆. 翻译的变异与世界文学的形成［J］. 外语与外语教学，2018（1）：126-129.

［5］陈晓莉. 20 世纪 90 年代外国儿童文学译介［J］. 湖南大学学报（社会科学版），2011（4）：93-97.

［6］邓军. 热奈特互文性理论研究［D/OL］. 厦门：厦门大学，2007［2019-09-10］. https：//kns. cnki. net/KCMS/detail/detail. aspx？ dbcode = CMFD&dbname = CMFD2008&filename = 2008057126. nh&v = MDIwNjIxTHV4WVM3RGgxVDNxVHJXTTFGckNVUjdxZll1Wm1GaW5oVUw3QVYxMjdGck85R2RET3FaRWJQSVI4ZVg=.

［7］高红梅. 英国现代奇幻文学在中国大众文化语境中的接受与影响［J］. 社会科学战线，2015（4）：170-174.

［8］耿强. 重返经典：安德烈·勒菲弗尔翻译理论批评［J］. 中国比较文学，2017（1）：53-67.

［9］辜正坤. 世纪性诗歌翻译误区探讨与对策——兼论严复先生的翻译［J］. 中国翻译，2015（3）：75-81.

［10］胡安江. 中国文学"走出去"之译者模式及翻译策略研究——以美国汉学家葛浩文为例［J］. 中国翻译，2010（6）：10-16.

［11］胡开宝，胡世荣. 论接受理论对于翻译研究的解释力［J］. 中国翻译，2006，27（3）：10-14.

［12］江帆. 他乡的石头记——《红楼梦》百年英译史研究［M］. 天津：南开大学出版社，2014.

［13］金宏宇. 中国现代文学的副文本［J］. 中国社会科学，2012（6）：170-183.

［14］廖七一. 译介学与当代中国翻译研究的新发展［J］. 外语学刊，2019（4）：108-114.

［15］刘彬. 勒菲弗尔操控论视野下的十七年文学翻译［J］. 解放军外国语学院学报，2010（4）：93-97.

［16］卢冬丽，李红. 阎连科《受活》在日本的诠释与受容——基于日译本《愉楽》副文本的分析［J］. 文艺争鸣，2016（3）：170-175.

［17］陆建德. 文化交流中"二三流者"的非凡意义——略说林译小说中的

通俗作品［J］. 社会科学战线，2016（6）：135-142.

［18］吕敏宏. 中国现当代小说在英语世界传播的背景、现状及译介模式［J］. 小说评论，2011（5）：4-12.

［19］马红军. 翻译批评散论［M］. 北京：中国对外翻译出版公司，2000：200-201.

［20］马顺佳. 关于科幻小说的两个问题［J］. 云南民族学院学报，1987（4）：84-86.

［21］马萧. 文学翻译的接受美学观［J］. 中国翻译，2000（2）：47-51.

［22］穆雷. 网络时代翻译文学的发展［J］. 中国比较文学，2002（2）：22-24.

［23］邱进，胡文华，杜凤刚. Rewriting：“改写”还是“重写”：兼评对勒菲弗尔理论的相关误读［J］. 东北大学学报（社会科学版），2014（5）：539-544.

［24］史国强. 谢天振的翻译文学思想［J］. 当代作家评论，2011（3）：22-28.

［25］王理行. 1999 年美国出版的文学佳作［J］. 当代外国文学，2000（4）：165-172.

［26］王宁. “文化研究”与经典文学研究［J］. 天津社会科学，1996（5）：90-94.

［27］王燕华. 经典的翻译与传播——《诗经》在英国的经典化路径探析［J］. 上海翻译，2016（2）：78-83.

［28］王一多. 网络翻译书评的特点与作用［J］. 上海翻译，2018（2）：82-86.

［29］文海霖. Spoonerism：首音互换［J］. 当代外语研究，2005（1）：54-56.

［30］肖丽. 副文本之于翻译研究的意义［J］. 上海翻译，2011（4）：17-21.

［31］谢天振. 当代西方翻译研究的三大突破和两大转向［J］. 四川外语学院学报，2003（5）：110-116.

［32］谢天振. 多元系统理论：翻译研究领域的拓展［J］. 外国语，2003（4）：59-66.

［33］谢天振. 论译学观念现代化［J］. 中国翻译，2004（1）：9-13.

［34］谢天振. 译介学：理念创新与学术前景［J］. 外语学刊，2019（4）：95-102.

［35］谢天振. 中国文化如何才能真正有效地“走出去”？［J］. 东方翻译，2011（5）：4-7.

［36］谢天振. 中国文学、文化走出去：理论与实践［J］. 东吴学术，2013（2）：44-54.

［37］谢天振. 中国文学走出去：问题与实质［J］. 中国比较文学，2014（1）：1-10.

[38] 熊辉. 试论形式之维的诗歌误译 [J]. 天津外国语大学学报，2009（2）：44-47.

[39] 许钧，高方. 网络与文学翻译批评 [J]. 外语教学与研究，2006（3）：216-220.

[40] 殷燕，刘军平. 国内副文本研究三十年（1986—2016）——基于CiteSpace的科学计量分析 [J]. 上海翻译，2017（4）：22-26.

[41] 于丽丽. 类型文学：在主流与边缘之间 [N]. 新京报，2013-04-06（B07）.

[42] 喻建章. 中国出版史上一次拨乱反正的重要会议——记庐山“全国少年儿童读物出版座谈会”[J]. 出版史料，2006（2）：24-29.

[43] 袁楠，竺祖慈. 眼光与责任——《魔戒》版权贸易个案“揭秘”[J]. 出版广角，2003（5）：12-13.

[44] 查明建. 译介学：渊源、性质、内容与方法——兼评比较文学论著、教材中有关“译介学”的论述 [J]. 中国比较文学，2005（1）：40-62.

[45] 张旭. 也谈网络翻译文学 [J]. 中国比较文学，2002（2）：16-22.

[46] 郑宇明. 少儿读物的装帧设计略谈 [J]. 编辑之友，2011（5）：112-114.

[47] 朱自强. 小说童话：一种新的文学体裁 [J]. 东北师大学报，1992（4）：63-67.

[48] 朱立元. 接受美学 [M]. 上海：上海人民出版社，1989.